闲·闲·拾·光

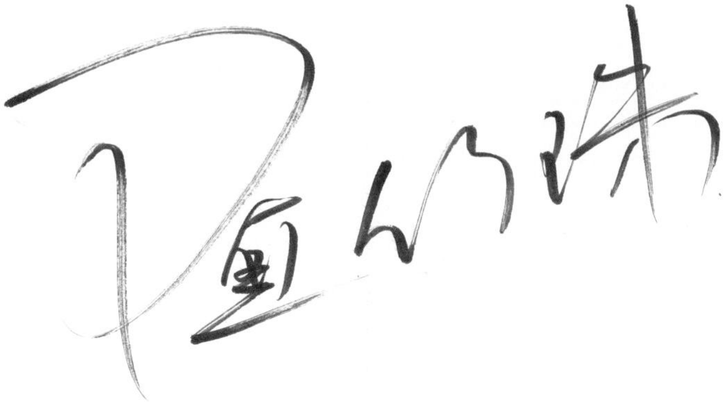

照见星星的她

随侯珠

作品

天津出版传媒集团
百花文艺出版社

图书在版编目（CIP）数据

照见星星的她 / 随侯珠著. -- 天津 : 百花文艺出版社, 2019.3
ISBN 978-7-5306-7663-9

Ⅰ. ①照… Ⅱ. ①随… Ⅲ. ①长篇小说–中国–当代
Ⅳ. ①I247.5

中国版本图书馆CIP数据核字（2018）第292955号

照见星星的她
ZHAOJIAN XINGXING DE TA
随侯珠　著

责任编辑：郑　爽　　**特约编辑：**DORIA
装帧设计：小　茜　　**封面绘图：**顾小屿
版式设计：刘珍珍
出版发行：百花文艺出版社
地址：天津市和平区西康路 35 号　**邮编：** 300051
电话传真：+86-22-23332651（发行部）
+86-22-23332656（总编室）
+86-22-23332478（邮购部）
主页：http://www.baihuawenyi.com
印刷：北京美图印务有限公司
开本：146×210 毫米 1/32
字数：280千字
印张：10
版次：2019 年 3 月第 1 版
印次：2019 年 3 月第 1 次印刷
定价：39.80元

如有印装质量问题，请与天津印艺通制版印刷有限公司联系调换
地址：天津市南开区三马路 165 号
电话：（022）27216989
邮编：300100

目录……
CONTENTS

Chapter1 哈喽，洛杉矶 / 001

Chapter2 黑色星期五 / 021

Chapter3 镜头里的沈医生 / 045

Chapter4 人间浮华 / 065

Chapter5 灯火辉煌，男人卓然 / 085

Chapter6 懒得找和懒得换 / 107

Chapter7 暧昧就在一瞬间 / 129

Chapter8 嗯，心动了 / 157

Chapter9 嗯，在追你 / 183

Chapter10 拒绝信和反悔药 / 211

Chapter11 秘密在茶园 / 233

Chapter12 不敢公开 / 261

Chapter13 猝不及防被求婚 / 289

Chapter1

哈喽，洛杉矶

汤贝跷着腿拍了张左脚刚打上石膏的照片，“咔嚓”一声，手机里便多了一张特写的脚部受伤照。打开微博，她将刚刚拍的照片发了上去，手指轻点手机屏幕小键盘，敲了两句简单的话：“上次是哪个人诅咒我出门摔断腿的？！请你给我站出来！！！”

气咻咻的一条微博，不用过多解释，都能猜到她今天发生了什么事。很快，微博消息提醒已有数十条未查看的评论，加上原先没有查看的评论一共有好几千条。

汤贝点开微博评论。

你好土豆我是马铃薯：不会吧……不管如何，人没事就好。

小怪瘦：好惨哦！

灰灰肥肥：反正不是我！绝对不是我！

天天是个纯逗比：摊上事了！

……

汤贝一条条浏览评论，后背靠着墙，由于心情莫名感到不错，裹着石膏的脚搁在另一条腿上点了点，只是还没来得及好好享受这种感觉，让她头疼的几个ID又出现了。

其中为首的便是“你家七姑娘”ID号，针对她五分钟前发的微博，“你家七姑娘”又发起一波新的攻击：“汤三哥这是混不下去了，开始装受伤博取同情了吗？”

汤贝：“……”

没错，她是一个编剧，微博加V认证编剧“汤三哥”，本是正经八百的戏剧学院导演系学生，因为大一跟着童老板写起了剧本，从此一发不可收拾。只不过编剧圈也不太好混，混好混坏也存在一定的机缘。比如半年前她还是圈内小透明，半年后她就借着一部IP剧（在有一定粉丝数量的国产原创网络小说、游戏、动漫等基础上创作改编而成的影视剧）起飞了。

结果预想的飞升上神没有出现，好不容易飞到半空中又被重重地摔了下来，原因也很简单，由她第一次完全署名改编的电视剧火爆了，不管是收视还是关注度。

然而不幸的是……它也烂尾了。

因为烂尾，不管是剧粉还是书粉都暴躁了，尤其该小说的作者大人在剧完结之后追悼了一篇痛心长文，发誓再也不会随随便便地把自己小孩交出去，作为编剧和那部作品后妈的她更是羞愧难当，恨不得三跪九叩跟作者大大负荆请罪。

直到现在，在《××传》贴吧里，回帖最多的一个帖子名叫作“大家说说支撑你们看完《××传》的动力是什么”，其中一条回复是：“脑残编剧不敢露真名，不敢开微博，生怕遭到书迷讨伐，这种垃圾早晚遭天谴！”也就是因为这句，她重新注册了一个微博，不仅实名注册，还特意加V认证。

然后，就这样，变成了现在这个情况。她微博遭粉丝攻击是真的，她遭了霉运也是真的，出国旅游第二天就成了伤残人士。

唉！

汤贝再次看了看自己的石膏腿，抬起头，便看到电梯里的大静和小静。大静和小静原本在电梯里说着什么，在电梯门打开的时候各自抿住了嘴。

她冲她们扯了一个大大的笑脸。

这次美国西部行，大静和小静都是她的同行伙伴，两人也都是戏剧学院的学生，因为名字里都有一个静字，就依照生日月份大小相互称呼大静小静；不同的是她是导演系她们是表演系。这次她同她们一起旅行，是在校内论坛相互结识的。

原本大家商量好，十五天的美国行，她负责给她们拍照和摄影，她们给她免费当模特和演员。只不过现在，她必须要跟她们商量一件事，后面她应该没办法同她们继续玩了。

“我刚刚问了医生，他说我这腿暂时不方便继续行动了，需要住院一个星期。”汤贝望着她们说，“所以后面治疗结束我打算直接改航班先回国。”

她话音刚落，大静小静都没了声音，汤贝索性把意思说明白：“我的想法是，你们继续玩你们的，我就先留在这里。”

她的行程可以泡汤，她们不能跟着泡汤啊。

“这个……”

两人纷纷遗憾地低下了头，然后性格相对直接的大静问她一句：“你一个人可以吗？”

汤贝扯笑，正要吹嘘一番，小静抬起头说：“要不我留下来吧，汤导我留下来陪你。”

汤贝：“……”老实说，有些感动。

小静继续望着她，水汪汪的眼睛里填满了难过的情绪：“你也是为了给我们拍片才受伤，我们怎么能丢下你一个。”说着说着，几乎要落下泪来。

旁边大静不作声，叹气。

汤贝感动地注视着她们，顿了一会儿，笑了，找了一个理由说：“我刚刚联系了我家人，他们会过来接我，你们放心吧。”

她都这样说了，大静立马接受了她的安排：“那我们随时联系。”

汤贝微笑点头。

傍晚，大静她们都走了。

汤贝无聊地躺在由美国主治医生给她安排的病房里，用手机上网，想大致了解一下美国急诊住院费用，随后整个人差点从床上弹起来。

哎哟……汤贝拱了拱身子，艰难地翻了个身。旁边同病房的美国阿姨惊讶询问她："Are you okay?"

汤贝欲哭无泪，实在无法说因这次自己出国太赶，忘了买意外险。难怪今天她的主治医生强烈建议她住院……万恶的资本主义国家！

手机突然振动，汤贝看了眼屏幕——季柏文的视频电话。

她看了看时间，现在这个时候季柏文应该正在上班的路上。"咳……"汤贝按掉了视频，过了会儿，主动换了语音打过去。语音接通，她像是往日般若无其事地嬉笑起来："哥……你找我有事吗？我还没有起床……"

"你在洛杉矶到底发生了什么事！"不等说完，季柏文硬邦邦的声音从手机里传了出来。

汤贝有些蒙，季柏文怎么知道她受伤了？

不会是……今早的那条微博吧？！可是，季柏文怎么知道她微博？汤贝大脑陷入了沉思，一时之间冒不出话来，只有耳朵微微发烫。手机里，季柏文还在逼问，面对季柏文刚硬的问话方式，就算隔着一万多公里距离，她还是如实地告诉他一切。交代完毕，婉转地强调两句——她就是左腿小小地骨折了一下，不是什么大问题。

手机那边只剩下轮胎划过湿润地面的沙沙声，然后响起车辆的喇叭声。急促、不耐、冰冷，好像这几天S市都在下雨。

"哥？"汤贝小声地问了问，得到季柏文一声极其冷感的回应后，捂着手机更加小心翼翼地说了起来，"我这个事你能不能别告诉咱妈啊……她会瞎担心的，其实我过两天就可以自己回国了……如果她知道，还以为我出了多大的事了。"

季柏文没回她。

汤贝一急，嗷呜了两声。

手机里，一向强势得不要不要的季总经理终于答应了她的苦苦哀求，总归是有割舍不断的血脉关系，季柏文缓了缓语气，替她安排了一切：“你给我老实待在医院，我有个老朋友就在加州工作，我找他帮一下忙。”

“啊……？不用吧，加州那么大，对方不一定在洛杉矶。”

“啊什么啊！他姓沈，你小时候见过，到时候见面你就像小时候一样叫沈哥哥。”

小时候见过？沈？沈哥哥？汤贝没有印象了。她哥是她亲哥没错，但是从姓氏就可以看出，她和她哥只有一半血缘，在她小时候，季柏文就被季叔叔带回了S市，从此两人变成了不同的阶层。所以，她哥能有什么老朋友是她也见过的呢。

不管如何，汤贝老老实实地将病历登记卡上的医院名字告诉了季柏文，这家医院的英文名真的特别长，以致她发音的时候卡了两下——

“就这样的英文水平也敢出国。”季总经理冷冷地挤对她说。

汤贝：……

她英文咋啦，不就是发音中式一点嘛！就算她英文说得再磕巴，她不也顺利办好了住院手续嘛，何况现在中文普及全世界，美国医院不仅可以提供中文服务，连主治医生看病的时候电脑前都摆着一台直接可以对话的翻译机器……

“所以，你现在是一个人在医院？”季柏文问。

“嗯。”

“所以，你的同学全扔下你不管了？”季柏文又揪出了一个事实。

“……不是的。”汤贝对季柏文解释，“是我怕拖累她们，才找了个理由让她们继续进行她们的行程。”

“你……真行。”

汤贝笑了下，假装轻松道：“哥，我都要大学毕业了，又不是小孩子了。”

“是，你不是小孩子了。”季柏文肯定了她的话，然后道，“小孩子都比你懂事。”

汤贝：……

“先这样，有问题给我打电话，如果……”季柏文说起了老话，也表明快要挂电话了。

“如果联系不上，就打舒姐姐的电话，我知道。”她接下她哥的话。

“嗯。”

终于，季柏文挂上了语音电话，汤贝在心里哀叹了一口气，脑袋轻轻往后靠，眼珠打转了半圈，突然注意到手机还停留在美国急诊看病的费用搜索页面——

汤贝按了病床服务的门铃，很快，进来一个笑容和蔼的黑人护士小姐，开口就是英文。汤贝活络脑子，张嘴，慢慢地用英文咨询起护士这次她治疗和住院的大概费用。

英文不好的人是这样交流的——先说一句，明确这位黑人护士听懂了，她再说一句。

只是费用是个严肃的问题，她边问边听边比画，表情渐渐凝重起来，然后美国护士也紧张起来。原本前面她一句，护士一句，两人基本还能顺利交流，后面护士解释起来，语速快得像是英文单词突突突地朝她砸来，瞬间在她大脑爆成一团。

隔壁病床，美国大妈一脸迷茫地看着她和护士，然后“友好”地帮忙解释起来，声音大得更像是在吵架，得不到回应后还飙起了中文：“你好！你好！”

“……”

越是交流出现问题，双方越容易产生误会。

汤贝沉默了一会儿，抬眸，用自己最真诚的眼神看向护士，说出了她的需求：“May I have the mandarin service? Thank you.”（她需要普通话服务，谢谢。）

终于……万事大吉了。

护士点头离开，汤贝憋着脸地靠向病床。谁说出国之后到处都可以看到华人，华人在哪里，在哪里？！

……

不到十分钟，美国护士带来了一个穿着白大褂的医生。

一个年轻的华人。

脸很帅。

还有，大长腿。

汤贝抬着脸望着病房门口，目光顿了顿，嘴角慢慢地露出了笑意。

因为就读戏剧学院的关系，汤贝几乎天天混在帅哥美女堆里，见过的帅哥没有一个师，也有一个团了，导致对一般帅哥都产生了免疫。

不过眼前这个——不是一般的帅哥。

黑人护士小姐把帅哥医生带来便离开了，病床上汤贝撑坐起身子，端视这位为她提供中文服务的白大褂帅哥。

“嘿。”她招了下手，表达友好。

白大褂帅哥朝她走了过来，看她的目光也带着份扫视，将她从头到受伤的脚大致地看了看，再将视线落回她的面庞。

“你是中国人？”汤贝已经找了句开场白。

“嗯，我是。”毋庸置疑的回答，说话声音很沉，普通话发音很准。

“中国哪里人啊？”她又问，双眼继续冒着光。

一双长腿来到了她的病床前。白大褂帅哥低了低头，望着她：“S市。”

噢，S市啊！

“我也是从S市过来的……不过我不是S市人，你知道周庄吗？我是周庄人。”汤贝一脸喜上眉梢的样子。

“我知道。”白大褂帅哥顿了一下，才回答她，“很美的水乡。”

“去过？”

“去过。”

汤贝抿唇轻笑，整个人恍恍惚惚变得惬意无比，仿佛上帝为她关了一扇窗又给她开了一整道后门。白大褂帅哥看了看贴在她病床上方的住院信息卡，汤贝仰头看他，从她这个仰视的角度刚好可以看到他漂亮的下颌线条和胡须被剃得精光的下巴。

真是一个好看的男人，连这种角度都耐得住细看。汤贝在心里感叹道。

突然，她这双偷窥的眼睛被逮了一个正着，白大褂帅哥揪住了她的打量，蹙了下眉头。

"……"

"你的腿就是因为这样才被摔折了吧。"一句肯定的推测飘过她头顶上方。

然后，白大褂帅哥拿着她病床的英文病历翻看起来，眼眸垂着，目光直白得似乎将她整个人罩住了般。

汤贝反应了一下……他话里的意思是，她是看男人才摔断了腿吗？

"不是啊。"汤贝摇头说，"我摔倒的时候正在看两位大美妞。"

白大褂帅哥不再说话，恢复了过来时的正经模样，汤贝由于心理活动密集，偏了下头。

"帅哥医生……"

"你刚刚——"

两人同时开口，汤贝乖巧地停下来，让白大褂帅哥先说。

"你刚刚找护士到底问什么事？"白大褂帅哥将话问完。

哦，她差点都忘了正事，汤贝转而正经说起来："美国这边急诊看病不是很贵嘛，所以我想提前咨询一下大概费用。"如果真的很吓人，她就快点卷铺盖回去，如果还是可以承受，那她就多住两天，权当体验不同的医疗制度。

白大褂帅哥："……"

"这个等会儿我会替你查询。"然后补了一句，"美国这边医疗服务没有明码标价，具体费用要服务账单下来才知道。"

噢……真的好坑。

"所以你刚刚要问什么？"白大褂帅哥问她。

呃……问你有没有女朋友。

其实，汤贝平时真不是一个见色便起意的人，只是异国他乡孤立无援的情况下突然看到了一个气质款中国帅哥，心思就热络了一些，当然最重要的是她以未来女导演的眼光来看，这个男人真的很吸引人。

“我，我就是想问问……你多大了？”汤贝问。一时心虚，声音细细弱弱的，有些含糊。

白大褂帅哥：“……什么？”

打探打探年龄应该没什么吧。汤贝索性抬起头，干脆利索地聊起来：“帅哥，我看你那么年轻，一定也是九〇后吧？”

“……”

“不会是九五后吧！”

“……”

“我的年龄吗？”白大褂帅哥沉默半晌终于出声，稍微转了转头，然后面容沉静地看着她说，“我跟你哥同岁……对了，我叫沈时，是你哥托我过来看看你。”

什么？她哥？沈哥哥……瞬间，轮到汤贝说不出话来。只觉得大脑轰的一声，炸了！

一、二、三……足足五秒的时间，她面部僵硬，耳朵赤红，感觉自己就像裤子脱到一半又急急提了回去。自然，她已经完全没了非分之想。

“……他姓沈，你小时候见过，到时候见面你就像小时候一样叫他沈哥哥。”她哥的话再次在她耳边凉凉响起。可是，眼前这个人她小时候真的见过吗？她刚刚是瞎了吗！

还有，她真的要叫……沈哥哥？

消化良久，汤贝努力露出笑脸，将面部的尴尬变成礼貌的微笑，“开心”又“激动”地开口道：“原来你就是沈时哥哥……沈哥啊！”

沈时：“……”

“失敬失敬。”配合着称呼，汤贝还探过身，双手抓住了眼前人的手，庄重地握了握——你丫是超人吗，出现得那么快！

此时此刻近距离，她才仔细注意到男人白大褂上挂着的胸牌以及上面的简介。

UCLA Medical Center，Los Angeles

S.Shen M.D.

Surgery

0414—0206

……

可能，她真的是视力出现问题才摔断了腿吧。

汤贝在洛杉矶的医疗中心2312病房住了两天，大静那边已经结束了好莱坞和圣地亚哥的行程，准备出发往拉斯维加斯。临走前，她们回洛杉矶医院看了她，得知她哥已经安排了友人照顾她，对方还是这家医院的医生，更加放心地同她告别……

病床上，汤贝掩藏着失落同她们挥手告别："你们玩得开心点！"

"嗯，贝贝你也是。"

"……"

好了，她真的一个人留在了洛杉矶这家医院了。半个小时后，汤贝看了看病床旁的行李箱，趁着同房病友美国阿姨出去晒太阳时，擦了擦从眼眶不经意冒出来的眼泪。

她怎么就那么倒霉啊!

好不容易写了一个大剧出国潇洒一下，结果变成一条咸鱼沦落在异国医院任人宰割，也不知道这次要花多少钱，没准要烧掉好几个变焦镜头的钱了。

加起来可能都能买一台哈苏黑色纪念版了。

这样一想，吧嗒吧嗒，眼泪更加一颗颗地往下砸落。难过的时候哭一哭，是汤贝释放不良情绪的一种方式，感觉差不多可以了，她抹了抹鼻子，拿出手机玩游戏。

只是眼眶里还蓄着没有流完的泪水，配合着手机游戏里噼里啪啦的枪击声，中途，吸了吸红通通的鼻子……

这是……怎么了？

沈时结束两台手术从十楼下来，来到2312病房门口，看到的就是这样的一幕——汤贝贝又哭又笑地玩着手机，打了石膏的左腿放在病床护栏上，嚣张地跷着。

他想，他可能真的没有尽到朋友所托，除了第一天过来看了看，就没提供其他照顾。主要是他觉得没什么大问题，便只对病房护士交代了两句；此外，离开的时候留了电话号码，她有什么需要联系他。然后两天了，她没有联系他，他也忙得忘了下来看看。

“嘿，沈哥……你来了！”玩着游戏的汤贝发现门口站着的人，放下手机，抬头打了个热情的招呼，脸上已经没了哭过的样子。露出的笑容，也很是开心。

“在玩什么游戏？”沈时上前开口问。淡淡的发问，不是真的好奇病床上的人在玩什么游戏，只是刚好切入一个话题。

汤贝啊了声，回答说：“吃鸡。”

沈时：“……”

汤贝说出了大名：“荒野行动。”见这位沈医生还是没有明白，反应了一下，又说了这款游戏的英文名字，“Knives out.”

沈时：“嗯。”

汤贝又解释了一下：“……就是一款百人开局的射击游戏。”

沈时：“我知道。”

原来知道啊，她还以为他不知道呢。汤贝仰着面，笑问：“沈哥，你找我有事？”

沈时开口问：“刚刚你的主治医生跟我说，你想提前出院？”

“嗯。”汤贝点头。

“为什么？”

“因为……”汤贝说出缘由，“我觉得我压根不需要住院啊，每天待在这里也是浪费医疗资源，虽然这里是美国，但是我觉得浪费总归是不对的……”

沈时沉默。

编不下去了，汤贝直接说了：“你们医院急诊住院是不是挺贵的？”

“确实，不便宜。”沈时给出了肯定的回答。

所以，她要提早出院的答案应该很明白了吧？

“如果你是因为费用这个问题，你不用担心，你这次治疗费用你哥会替你承担。等你回国我会直接将费用账单发给他，由他来支付。”

“……呃。”不行的！

汤贝不知道怎么跟她哥这位美国朋友解释她和她哥的关系，季柏文是她亲哥没错，却是同母异父的亲哥。不管是什么事情，她都不能，也不太合适花季柏文的钱。

不过，她也不想外人认为她和自己哥生分。

“沈时哥，我跟你说个秘密。”汤贝忽然转了转乌浓的眼眸，看向眼前人，然后不管对方有没有兴趣听，她已经靠近了两分，压低声音开口说，“我其实……很有钱。”

“……”

一般情况，沈时都会尊重别人决定。所以不管是汤贝提出的出院要求，还是由她自己支付这次治疗的一切费用，他都没有反对什么，也没必要反对。

确实，她这样的情况没必要住院一周。

半个小时后，汤贝开始办理出院手续，同时拿到了这次治疗的费用账单。整整几十页啊。她假装淡定地翻了翻，反正除了最后写着多少钱，其他是基本看不懂的，回去好好翻译核对吧，只是突然她看到了off50%这个字眼……

“还打对折了吗？”汤贝坐在轮椅上，不可思议地指着英文账单上的off50%，问身后还在填写表格的人。

“嗯。”沈时回答她，手上还在填写着最后一张资料单，速度是行云流水般流畅，最后签名，笔尖一顿，再次签上了“汤贝贝”三个字。

他替她走完了流程，包括所有的签名。

“原来美国医院还可以打折啊。”汤贝感慨，难道是医院也觉得自己收费太坑了，所以给她一个对折价？这时，沈时又递过来两张复印好的资料单，她连忙接过，顺便扫了眼最下面的签名栏——好一个瘦劲清俊的“汤贝贝”！

收费账单打折问题汤贝纠结了一下就放下了，因为现在有更大的问题需要她好好琢磨——出了医院她要怎么办？当然，她也可以赖在轮椅上装傻，任由沈医生推着她往前走，他总不会将她推到大街上随便丢了吧……

“沈哥……”

“你先在这里等我。”两人同时开口，长腿一迈，将她轮椅停靠在大堂的护士台旁边，白大褂一边稍稍带过她的膝盖。

呃，不会真要丢下她吧。

汤贝转头看着沈时，眼眸安静，像是一条求收养的流浪狗。

沈时：“……我去把你的行李拿来。”

骨科医生说她的脚过一个星期就可以活动，汤贝就不急着回国了。她从拿到签证到计划去美国西部游足足花了半年时间，结果连好莱坞都没见到就带伤回国，真的会很……遗憾的。

只是，太麻烦别人汤贝也会觉得不太好意思。

等了一会儿，护士台的两位护士冲她笑笑，汤贝回以微笑，其中一个看起来像是印度人的男护士用流利的中文问她：“Hey，你和沈医生是什么关系？”

不管是哪国人，都很八卦啊。汤贝想了想，说：“……我管他叫哥哦。”

差不多五分钟之后，沈时回来了。汤贝远远见他从电梯里出来，旁边有人和他说话，他简短地交流了两句，继续朝她这个方向走来。

不过，她的行李箱呢……

“我让室友稍后帮忙带过来。”沈时对她说。

“哦……”

就在这时，护士台的另一位黑人护士对沈时说了一句话，汤贝侧着脑袋，假装没听懂地眨了眨眼睛。感谢她英文没有差到极点，听懂了刚刚护士对沈时说的夸赞，护士说：“你妹妹长得真漂亮。”

下意识地，汤贝望向沈时。

沈时用余光扫了她一下，朝护士道了一句“谢谢”。

“刚刚他们问我和你是什么关系，我就说你是我哥。”被推着出了中心医院，汤贝特意解释了句，单方面地拉近两人关系。

“嗯。”身后沈时不经意地应了她一声，汤贝听起来却有些温柔。恰在这时，她坐的轮椅出了医院的大门，看到了洛杉矶当天最后的一抹夕阳。薄薄的光束刚好划过她膝盖下方，她眯了眯眼，比起没有温度的余晖，穿过高楼的风正一涌一涌地拂向她。汤贝整个人如同解放了般。

风一时没有消散，身后人的大衣也被吹动得发出簌簌声，就在那么一会儿的时间里，汤贝又对沈时单方面亲近了不止两分。

“沈哥，我们要去哪儿呀？”汤贝扭头问沈时，脸颊微红，眸光却直接得很不要脸。老汤告诉她，出门在外嘴巴一定要甜。中国的老话也说了，在家靠父母，出门靠朋友。

反正，卸掉石膏之前，她是不会离开她的“沈时哥哥”的。

“先去我住的公寓。”沈时说，似乎做了一个目前情况最无奈也最稳妥的安排。

“是要去你家做客吗？”汤贝补充了一句。她已经完全不要脸了。

沈时：“……算是吧。”

沈时公寓就在UCLA中心医院的附近，汤贝以为怎么也要打个车，没想到沈时直接推着她来到了公寓楼。难怪刚刚在医院沈时找室友帮忙带回行李，一定是看到她的行李箱太大，觉得不太方便一边推行李，一边还要推个她。

唉，她也没想到，年纪轻轻的自己可以在异国他乡提早享受坐在轮椅上被人推着走的至尊服务。推她的人，还是一个气质卓然的大帅哥。公寓楼前，汤贝看到一家水果店，脱口而出："我想买点水果。"

大老远来到别人家做客，不买点礼物怎么好进门。水果店里，汤贝躬着身子一一挑选，付钱的时候，沈时从裤袋里掏出一个黑色皮夹。不过，她已经快他一步付了钱。

沈时收回了手，侧了下头，眼角往上斜地看她。男人气质好，一个细微的挑眉动作都十分赏心悦目。汤贝提了提老板包装好的水果，笑嘻嘻地说："登门礼。"

沈时收手放回自己钱包，没有拒绝她的登门礼，直接推着她进了公寓。"我十六岁的时候跟你哥去周庄玩，当时去你家做客也没带什么登门礼。"电梯往上升时，沈时站在轮椅后面出声道。

汤贝抬起头，终于明白为什么季柏文说她小时候见过沈时了。原来是以前沈时跟着她哥来过周庄啊。"……我都有些不记得了。"汤贝小声道。

"当时你还小，不记得很正常。"

汤贝点头，表示接受。

电梯门开了，沈时一边推着她出来，一边大致介绍了环境，年轻又透着磁性的声音不轻不重地响在她耳边："我和另一个中国医生同租一个公寓，他也是男性，不过人很好相处，等会儿他回来你就可以看到他。这些天你暂时睡我房间，如果我在公寓，你有什么需要，不用觉得麻烦，可以直接找我；如果是我上班时间，我会请小时工护士照顾你，直到你左腿康复。"

一番交代，沈时完全将她安排妥当，妥当得让汤贝意识到自己有多麻烦。"那个不用了……"汤贝轻轻开口。

"如果你觉得不方便住在这儿，我会给你安排酒店，不过——"沈时拿出钥匙，开门时说笑了一句，"你可以先看看环境，我觉得应该还算整洁。”

说完，门被打开了，汤贝瞅向里头，还算整洁，真不是自夸。

“不是。”汤贝仰头看沈时，说出刚刚要说的话，“不用请护工，我可以自己一个人。”

“嗯。”沈时点了下头，明白刚刚是他误会了。

咳。不经意间，汤贝有些闪到眼，如果刚刚她没有看花眼，沈医生似乎笑了下。

后面，沈时进房间整理，汤贝留在客厅原地打转并打量：公寓是两居室结构，空间很大，明亮而干净；家具是简洁的宜家风，环形沙发左边放着一列大书架，上面堆满了层层叠叠的书籍和学刊。右边，则是一些健身器材，一把电吉他，和一个HTC Vive的VR头显。

她猜测这些是这里另一位室友的所有物。

两个卧室一左一右，沈时是左边那间，汤贝歪着头提前偷窥了一眼，比起外面客厅，里面更是整齐得不像样。

“沈哥，我可以借用一下你们的洗手间吗？”汤贝在外面问，时刻注意着礼貌。

“直走靠左。”沈时正在铺床，突然想到什么直起身，看汤贝已经滚着轮椅出发去洗手间了。

……

“从照片判断，除去石膏的厚度，基本可以判断脚尺寸在三十九码左右或以下，由此可以判断汤三哥应该是一个身高不超过一米七的二级残废。”（五百一十三个点赞）

汤贝趁着上洗手间的工夫刷了刷微博，结果在微博里看到这条五百多人点赞的热评。

汤贝对着盥洗台前的镜子挤了一下眉眼，欣赏了两眼自己这张两天没洗的脸。

卧室里，沈时已经换了床单被套，又在落地窗前接了一个电话：“……Sorry，I haven't made the final decision yet.”单手握着手机，全程英文交谈，旁边的实木衣架挂着他的黑色外套，挡住了半片光。

沈时的英文发音让汤贝想到中学备考每天听英文电台广播的噩梦，默默地滚着轮椅回到客厅，就在这时，公寓门外传来开门声，汤贝转头看向玄关。

“这箱也太沉了，里头装金子了吗！”随着公寓门被推开，一句略带玩味的抱怨跟着落进汤贝耳里，紧接着一个长相清爽的胖哥，一手提着她的行李箱，一手提着一袋菜，用他厚实的身体蹭开了门。

他就是住这公寓的另一个中国医生吧！刚刚她看到那一堆健身器材，她猜测对方可能是一个健身型男，没想到是一位胖哥哥。

“你好。”汤贝首先打招呼，感谢对方替她带回了行李。

“你好你好……”张安硕也是一怔，然后乐呵呵地上前，放下行李箱，一脸高兴地说起来，“你就是我家时哥带回来的妹妹吧，我叫张安硕，等会给你做晚饭的人。”

呃，她又多了一个大恩人了？

张安硕笑得挤眉弄眼，伸手打算揉一把汤贝脑袋，看到沈时从卧室出来，又将手老实地放回了裤袋里。至于张安硕刚刚眼里的惊讶——完全是因为见到的人同沈时描述的不同。在医院的时候他问沈时，那位妹妹长得如何。沈医生是这样回答他的：“正常人。”

行吧，他家沈时根本不会欣赏女孩的美。

“我去做饭。”张安硕愉快地吹了一记口哨，转身进了厨房，再次出来时身上套上了一件黑皮的围裙，靠着门框用带方言的普通话问她：“汤妹，食不食辣？”

汤贝还在思考，沈时刚好出来替她回答：“不吃辣。”

汤贝点头，默默接受。

张安硕居然炖了一锅鲜美鲫鱼汤，用餐时给她盛了满满一碗说：“我开车到华人超市才买到这条鲫鱼，够意思吧！”

“谢谢硕哥。”汤贝双手接过了鲫鱼汤，尝了一口，更是美味到咋舌。真没想到，沈时这位室友还有这一手！

“对了，有时间吗？TiKi那边有个同乡聚会。”张安硕又问沈时，说话时眉头动了动。

“没时间。”沈时回绝。

张安硕：“真的不去？”

沈时没再回答。

张安硕笑了笑，看向她：“汤妹要去吗？介绍朋友给你认识。”

汤贝瞧了一眼张安硕，看了看自己的腿，开口说：“……我不太方便吧。”

“的确，不方便。”张安硕故意逗她般地挤眼。

汤贝：“……”

张安硕很快吃完晚饭，回卧室换了一身更加帅气的衣服；临走前对着夜幕映衬下的落地玻璃窗照了照，看了看时间说：“那我走了，等会儿还要去接我家阿温。”

阿温？女友吗？

夜里汤贝扶着铁架给自己擦一遍身，换上睡衣来到沈时卧室，沈时则睡到了客厅沙发上。对自己这种鸠占鹊巢的行为，汤贝深感歉意。

为了减少歉意，汤贝躺在床上尽快让自己入睡。只是一个人躺在大床上，面对着天花板和这间极简风格的男性卧室，汤贝还是感到有些不可思议。外面客厅只有沈时一人，应该还在做事，时不时传来键盘敲打的响声；偶尔起身走动，脚步不重……

直到洛杉矶的夜色越来越浓，夜晚越来越静。

汤贝迷迷糊糊睡着，再次醒来，不知自己是被外面突然的动静吵醒，还是被自己的尿憋醒。不用说，一定是晚饭时，她喝了太多鱼汤。她找手机看时间，美国时间凌晨一点半。

外面张安硕好像带回了他女友，女人高跟鞋踩地的声音响在夜晚听起来特别突兀；女友似乎还有些醉了，配合着张安硕忙前忙后的的脚步声。从头到尾，貌似没沈时什么事。

不过明显，今夜最被打扰的人是沈时。

汤贝有些不方便出去，打算憋到女人离开再说，结果做了一个错误决定。很快离开公寓的不是这位叫阿温的女人，是张安硕。因为“女友”手机落在车里，张安硕替她下楼找手机了。

不管了，先解决内急再说。汤贝拖着石膏腿摸索着来到卧室门旁，正要握门而出，又被外面突然开腔的女声堵在了门里——“沈时，我想跟你聊一聊。”

……这？

随后，传来沈时冷淡的声音：“我觉得你现在并不太适合聊天。”

“不，我很清醒。”

“……你要说什么？”

“我听查尔斯博士说你要离职回国。”

沈时没回话。

“沈时，我有时候真搞不明白你在想什么，你要什么，从你离开MA到这里成为一位普通的临床医生，你走的每一步都背道而驰，现在你又要回国……你不觉得自己实在……太任性了吗？”

沈时没回话。

汤贝已经憋到不行，痛苦万分，过了会儿，沈时才淡淡回应道：“温倩，我的事情应该不用你来评价什么。”

显然，这句话已经说得很客气了。

“对……是我多事了，但我为什么要那么多事，宁愿让你讨厌也要跟你说这些，我求什么。沈时，你明明知道的……我爱你。”

“所以，我就要接受你的观点？”男人凉凉反驳，一句话推回了女人满腔的情感。

……

她现在出去貌似更尴尬啊。

汤贝将脑袋抵在门口，想了想，拿出手机发了一条短信给沈时：“沈哥哥，我想出去上个洗手间，你们快聊好了吗？”外加一排露齿笑小表情。

这样知会一声，应该比较合适吧。

外面沈时的手机响起“嘀嗒”一声，汤贝靠在门里等回复，就在这时，咔——门直接开了。沈时径直上前，从外面替她打开了卧室的门。

客厅明亮的灯光顿时唰地扑来，她僵硬地撑着身子，动了动眼皮，不得不同外面这位同样惊愕的女人碰撞了一下视线。

心里深深感慨沈时这一手开门招术实在太高，简直是令人猝不及防的一招。

| Chapter2 |

黑色星期五

隔着两米半的距离。

女人穿着黑色针织连衣裙，长卷发，偏瘦的脸蛋化着精致的妆容，眼角泛着光，有些晕妆。不知道是不是客厅灯光太炽白，整张面容显得白兮兮的。

可以看得出，这位叫温倩的女人很意外卧室里睡着一个她。

汤贝转了转眸子，自顾望向沈时开口："沈哥哥，我刚刚做了一个噩梦，好怕。"

可怜兮兮的声音，带着一份女孩故作的娇态。

她想，如果沈时需要她替他解决纠缠，作为他收留她的回报，她一定会好好帮他。况且，她学的是什么，干的是什么，就算她没有认真学过一堂表演课，临场来一段即兴表演还是很简单的。只是——沈时并没给她的表演过多的发挥空间。"你先去上厕所。"他出声提醒她。

汤贝抬着黑白分明的大眼睛，歪了下头。

沈时看着她，叹了一口气，然后握了下她的手腕，一双黑沉沉的眸子定在她面庞上，开口问她："难道还需要帮忙吗？"

"不，不用了……"汤贝连忙摇头，跛着受伤的石膏腿蹦去了洗手间。

沈时是一个什么样的男人，汤贝今天接触下来，越发觉得他只是外表看着清淡温和，骨子里却透着强势和冷漠。不过，汤贝偏心地认为沈时是一个好人，一个冷淡的好人。

汤贝来到洗手间解决内急问题，外面客厅这样安静，也不知道美国公寓隔音如何，听着自己的嘘嘘响声，有些小小的尴尬。只好吹了两声口哨，掩盖其声。

终于明白那些男同胞上厕所为什么都爱吹口哨了。

……洗好手，汤贝若无其事地走出了洗手间。

客厅里，温倩坐在沙发上，样子瞧着有些难受，双手捧着脸，低头撑放在膝盖上方。一呼一吸间，似乎都在调整着不良情绪。

呃，难过了吧。

不过，汤贝并不关心这个。

她只是想，等会儿张安硕取手机回来会不会误会沈医生啊。而且温女士这样坐着，沈医生也不方便过去休息。汤贝知道自己现在应该赶紧滚回房间睡觉，一颗八卦之心又忍不住操心一番。

见她不动，不远处的俊眸陡地瞧了她一眼，似乎让她回去睡觉。

汤贝咳了一声，开口道："……沈哥哥，我也想跟你聊聊天。"话音落下，她抬起手指了指房间，扬起笑脸邀请沈时回他自己房间。

沈时："……"

夜里时钟的指针静悄悄地走着，沈时进来，汤贝迅速关了门。她两腿站着还有些吃力，回到卧室便坐在了床边。

明明面对自己的床，沈时却站在一边看着她。

汤贝抬着头，眨眼，她想沈时肯定能明白她的用意吧。

当然，沈时明白。只是这样面面相觑，沈时想起季柏文电话里留下的一句话："贝贝有些闹，可能要麻烦你几天了。"

沈时对季柏文这个同母异父的妹妹最初的印象还停留在小时候扎着俩小辫的样子，动起来像风一样穿梭在青石板的小巷里，安静的时候又一个人托腮坐在木头门栏前想着游戏规则。

印象最深刻的是，她能吹一口大大的泡泡糖，吹的泡泡比她的小脸还要大，然后小嘴一歪一歪，露出小孩那种得意又天真的神色。

记得当时，他还羡慕过季柏文有这样一个妹妹。

后来，他家养了一条小狗，感觉也差不多。现在，感觉……也是差不多。

汤贝肯定想象不到自己在这位高大上的沈医生眼里可能连个人都算不上……此时此刻，她坐在床边望着沈时，真的聊起了天：“沈哥哥，你来美国几年了？”

沈时回答：“十二年。”

汤贝接话：“那么久……那你英文一定很好吧。”完全瞎夸一番。

沈时：“……”

汤贝又问：“沈哥哥，你是一个人在美国吗？”

沈时“嗯”了一声。

汤贝：“……那你肯定很想家吧。”

沈时：“……”

尬聊，完全是尬聊。汤贝也聊不下去了，如果可以，她拉沈医生开黑一把就好了。

“沈哥哥……你坐。”汤贝拍了拍床，让沈时坐下来。不用客气，反正都是他自己的床。

她的几句扯聊，沈时似乎看到了她的局促，样子温和了两分，换成他主动问她了：“怎么会想来洛杉矶玩？”

这样就对了嘛，汤贝立马有话说了，吧啦吧啦地将来美国西部旅游的目的说了一番，顺便介绍了她的所学专业，以及来这里的拍片计划。

“其实……我就是随便拍个短片作为毕业作品。”汤贝摸了下头。说到这个问题，她觉得有些丢人，拍片就拍片，为了拍个流畅的后退镜头借了人家美国小朋友的滑轮，结果整个人滑飞了……然后，就现在这样了。

“拍得如何了？”沈时接着问她。

汤贝当然不会交代出那么丢脸的事，摇了摇头说：“还没有拍呢。”

就在这时，客厅外面传来开门声，下楼找手机的张安硕回来了，开门进来便是一句："……时哥呢？"顿了下，对温倩说，"手机果然落在我车上了，难得你也会这样大意。"

语气充满爱意。

温倩没有过多回应张安硕，似乎一分钟也不想多待下去："既然你回来了，那我先走了。"

"等下，我给你找你要的书……书呢……可能在我卧室，我再进去找找。"

"算了安硕，很晚了，你找到再给我吧。"

"好吧……那我送你回去。"

"……"

卧室里，汤贝默默地安静了下来，如果耳朵可以自己动，在张安硕再次进门时她耳朵便高高竖了起来。注意到沈时扫来的视线，她笑了一下。

兄弟的女朋友或女神心里深爱的人是自己，这种剧情好像还挺有看点的哦。

张安硕送温倩离开，沈时也回了客厅，汤贝骨碌滚进了柔软的被子里。深夜里再次入睡，汤贝的大脑终于浮现出了一丢丢沈时跟她哥来周庄玩的记忆。如果没有记混，好像当时老汤还将她的卧室整理出来给沈哥哥睡过两晚，因为她哥说沈时不喜欢和人共睡一张床……

第二天，汤贝醒来没见到沈时，倒是见到了张安硕热情的笑脸，他系着昨晚的牛皮围裙，将早饭端上了餐桌后偏过头对她说："汤妹，昨晚吵到你了吧。"

"没……没没。"她连忙摇头。

扯谎是不对的。事实是昨晚她该听和不该听的都听了，导致现在她都有些不太好意思面对张安硕，尤其面对他亲切无比的笑脸。

汤贝看向餐桌，上面已经摆放好了今天的早餐，中西混合组合，小米粥、烤面包、牛奶煎蛋，搭配得营养又丰富。

此外，还有一盆绿油油的白灼西蓝花。

美国的花椰菜好像比国内的更绿一些啊……汤贝心想。

“沈医生今早有个MDT会诊，所以已经出门了。”张安硕开口道，以为她在找沈时。

汤贝听不懂什么MDT会诊，不过大脑自动换成最简单的理解——沈时很忙，一大早就去医院上班啦。

张安硕又递过来一双筷子，对她说：“先吃早饭，等会儿我带你下去遛一遛……转一转。”

遛一遛……

“硕哥……那个你不去医院上班吗？”汤贝坐了下来，问。

张安硕靠向餐椅，伸着懒腰说：“上午不用，休息休息。”

同样是医生，好像沈医生比张医生要忙一些啊。她几乎没见沈时休息过，张医生倒是生活丰富，昨晚还聚会了。汤贝朝张安硕笑了笑，扯话道：“好像沈医生比较忙一点哦。”

“汤妹，你这话可有失偏颇啊！”张安硕反应那个大，放下筷子同她强调，“一切都是错觉，错觉知道吗？只因为今天你刚好撞上我休息了……事实是我比沈医生要忙很多啊！”

呃……她好像不小心戳中张医生内心的痛了。

“汤妹妹，你知道一个外科住院医生每周工作多少小时吗？一百小时以上，我所在的department更恐怖，每三天值一次夜班……你看我黑眼圈，看到没？看到没！”

汤贝点着头，大脑还在算一百小时是多久……算出来后，不由得真的感慨美国住院医生实在是辛苦。

只是，沈时不也是医生嘛，他不用每周工作一百小时以上吗？她看过他的工牌，Surgery不也是外科的意思吗？

“如果说美国主治医生修成正果是一条千辛万苦的取经之路，你的沈哥哥今年已经顺利修成正果，而我还在路上打怪呢。”张安硕幽怨地说了起来，向她普及了一下美国主治医生进修模式，他完成最辛苦的住院医生培训之后，还要两到三年的专科医生培训。

汤贝只能呵呵地笑了笑。这就尴尬了，张医生怎么会落后沈时那么多?

张安硕："因为……我比沈医生小啊！"顿了顿，"小好多个月呢。"

汤贝继续笑呵呵。

张安硕瞅了她一眼，又说了一个原因："我来美国也晚，在国内读完硕士再过来读博，所以也就晚了几年。"

汤贝一脸完全可以理解的样子，以维护张医生男人的自尊心。

"不过，你家沈哥哥进修也比一般人快很多，毕竟他是我们这圈子里的超级大神。"张安硕明确地说出某个事实，举了一下大拇指。

汤贝想说……沈时并不是她家的。

张安硕叹了一声气，又说："当然，当医生也看资质，比起沈医生，我确实资质比较平庸。"

不，汤贝望向张医生说："我觉得比起资质，努力更重要。"

张安硕抬起头："曾经的我，也是像你这样认为的。"

汤贝："……"

"不过做人呢，就是要慢慢学会接受自己的平庸，这样比较容易快乐。"张安硕补充一句，鸡汤味十足。

汤贝赞同，看着张安硕忧伤的胖脸，想了想问："硕哥，你在国内读的大学是?"

"哦……清华。"张安硕回答她。

汤贝一口气不顺，差点呛出了刚刚喝下的牛奶。

清华?

平庸???

Excuse me? 逗她吗……做人要不要这样谦虚啊！

汤贝在心里摇头，只能说每个人的自我认知是不一样的。比如她，十五岁之前她的QQ号一直叫作"天才贝贝"，如果用张安硕的评判标准，她是不是只能称为"智障贝贝"了?

张安硕说了一大堆，然后也奇怪了：怎么汤妹对沈时一无所知？沈时不是说汤妹是他亲戚家小孩吗？

就在这时，手机铃声响起，汤贝从桌边拿起手机——她哥季柏文来电。

洛杉矶时间早上九点一刻，国内S市已是凌晨一点多，她知道季柏文一向睡得晚，但也没想到这个时间给她打来电话。

“哥，你还没睡呀？”接通手机，汤贝弱弱地问。

“正要睡，不知道你在洛杉矶怎么样了，打个电话过来问问。”依旧是冷飕飕的语调。

“……”

汤贝已习惯季柏文用老总对下属的口吻对她说话，也知道季柏文对她这次美国行意见颇大，悻悻地开口说：“哥，你就放心吧，我已经和沈哥哥顺利会面，一切都好，特别好……”

看到张医生飘来的视线，她继续说：“虽然我这趟出行受了点伤，但真是吉人自有天相出门便碰贵人，一碰碰到俩，这两天不仅沈哥哥对我照顾有加，还有他的室友张医生。我刚刚还在吃张医生给我做的早饭呢，有粥有牛奶有煎蛋还有……”

“咳……”张安硕咳嗽了一声，笑了笑。

汤贝偷偷眯了下眼睛，自己也乐了起来。

大概知道她真的没什么问题，而且还在沈时这里暂时住了下来，她哥没有再问什么，反而提醒她不要过多给他们添麻烦。

汤贝干干脆脆地答应下来：“好！”

季柏文暂时没什么要问她了。

汤贝：“……那哥我先挂了，你早点休息。”

季柏文没吭声，说明准许她挂电话了，汤贝正要将手机挂上，季柏文那边没有防备地补充一句：“挂电话后，发个视频过来。”

“啊？”

“啊什么啊，如果不想我告诉咱妈，就发个视频过来。”

汤贝：……

她哥这是还不信她吗？所以要视频验证一下她刚刚所说之话的真实度？不用想，视频这招肯定是从他那位校花女友那里学来的。不过季柏文的威胁很有效，她不得不挂手机，重新发了一个视频过去。“瞧，瞧到没。”

视频里面季柏文穿着蓝色睡袍，正半靠着床头审视着她。汤贝切换了下镜头，又对着公寓扫了一圈，以及扫了下在场的张医生。

“看到没，看到没！”

“Thank you for taking care of my sister。”视频里季柏文冒了一句英文。

汤贝：“……”她自动将手机面向张安硕。

“Oh，you're welcome,I'm happy to be in help.”张安硕对着手机视频，朝季柏文露出亲和的笑意。说的是美式英语。

汤贝无言地摸了一下耳朵，这两人能用中文交流非要说英文，搞什么！

“Thanks a lot.”

“Don't mention it.”

……

终于，季柏文客套结束，接着对她交代了两句才挂上这通视频电话。汤贝放下手机，朝张安硕一笑，指了指手机，介绍了一下刚刚视频里的人：“……我哥。”

张安硕笑了下：“我知道，季柏文。”

汤贝惊讶了，这世界有那么小吗？张安硕还认识她哥？难道也是沈时介绍他们认识的？

同样，张安硕心里也惊讶着，惊讶汤妹怎么会是季柏文的妹妹。如果他没有记错，季柏文的妹妹不是叫季子珊吗？上个月还在微信上问他加州这边留学的事情。

当然，他之所以知道季柏文，也是因为在季子珊的微信朋友圈见过两人的兄妹合照，两人长得也很兄妹相，都是上斜眼高鼻子，气质高傲。

倒是汤妹妹不太像……

“季柏文真的是你哥啊？”张安硕忍不住多问了一句。

汤贝点着头：“是啊。”

张安硕心里哎了一声，算是明白了汤妹妹、季柏文和季子珊三人的关系。他应该早就想到的，为什么沈时对他说汤妹是他亲戚家小孩，却没有提及是季柏文妹妹，因为根本不想多提这三人的复杂关系。目的，就是防止他过多八卦。

汤贝看张安硕这个样子，知道他肯定是好奇为什么她和季柏文姓氏不同这事，她如实告知道：“我和我哥是同母异父，所以我们姓氏不一样，我姓汤，他姓季。”

大大方方的语气，没有任何遮掩。

“那季子珊呢？”张安硕下意识问，问完又暗骂自己八卦。

汤贝想不到张安硕还认识季子珊，不过想想也很正常，沈时是她哥S市的朋友，季子珊也是S市人，他们有着另一个生活圈子。

“因为季子珊咨询过我留学的事情，我们加了微信……所以我在她朋友圈见过季柏文……也就是你哥……所以我才知道的。”张安硕大致解释了下自己认识季子珊的来龙去脉。

原来是这样。

汤贝托了托下巴，说：“季子珊也是我哥的妹妹，她和我哥是同父异母，所以他们姓氏一样，都姓季。”

张安硕：“……”

呃，还不明白吗？难道她说得还不清楚？汤贝眨了下眼睛。

张安硕摇头。

汤贝其实不太爱介绍这事，因为越说别人越八卦，八卦也好，遇上好事的还要问她一句——那你哥是跟你关系比较好，还是跟季子珊？

一个同母异父，一个同父异母，她要怎么回答？而且这个问题可比小时候别人问她爸爸好还是妈妈好，难回答多了。

张安硕八卦归八卦，倒也没有问出那么无聊的问题，加上明白沈时的用意，微微一笑，收住了话题。

手机铃声又响了，汤贝提醒张安硕：“……你的。”

临时接到电话，张安硕也要出门了，出门之前又是洗脸又是换衣，最后还要翻箱找本书；他将找到的书塞进背包里，抱歉地对她说：“汤妹，我也没办法陪你了……总之有事给我打电话，或者沈医生。”

“没事，没事”，汤贝挥着手告别：“张医生你快出门吧，拜拜。”

其实——汤贝更喜欢一个人待在这座公寓，主人不在家她才更自在嘛!

张安硕离开五分钟后，汤贝打开了她的大号行李箱；掀开第二层，从里面拿出了一个高端三脚架；半跪在地板上将它安装完毕后，置上摄像机，调焦，对准镜头。

“嘿，看到我了吗？”汤贝咧着嘴朝摄像机说起了话，“终于……只有我一个人了，这里是沈医生和张医生的公寓，不错吧。”

大致介绍了两句，汤贝跛着脚来到沙发前，卧倒，然后撑着脑袋，舒服地半躺在沙发上，继续说话：“虽然变成了这样，不过我觉得这趟旅行还是挺有意义的，人生嘛，就是随时充满意外和惊喜的。做人嘛，最重要的是乐观，是不是……”

说完，她转了个身。

前方摄像机跟着转了一百八十度，再次对准她。

几分钟后，汤贝又拿出笔记本电脑，云连接，刚刚录下的视频已经出现在她电脑里；之后，打开软件，简单剪辑刚刚拍下的视频。

无聊那么久，她终于有一种活回来的感觉!

打开电脑音乐，汤贝又播放了一首最符合她现在心情的歌曲《削个椰子皮》，自在得微眯着眼睛，跟着哼唱起来：“Oh baby…where you are…sugar~Yes please~Won't you come and put it down on me…”

边听音乐边登录QQ，QQ里的消息像是美国这边泛滥的鲤鱼，一条接着一条弹跳出来。汤贝一一回复着网友的留言，最后剩下童老板的消息——“有新剧，接不接？”

“什么类型啊？”

汤贝拆开一包牛肉干，一边撕咬，一边用两根手指敲打键盘，敷衍地回复了该条消息。

同时退出QQ，她现在心情很好，不想谈及任何关于剧本的事情，她只需要Oh baby…削个~~椰子皮~~~~吧！

如果现在还有什么影响汤贝自在又惬意的心情，唯有一件事——她头发有些油了。

几天没洗头了？

汤贝头疼地抓了一下头发，好像她来到美国洛杉矶就没有洗过头……主要是来这里第二天她就折了腿，实在是不方便洗头。骨科医生和沈医生都嘱咐过她，石膏腿不能碰到水。所以这两天，她每天都只能用湿毛巾擦擦而已。

所幸，她没有什么洁癖。

汤贝拿出手机搜索附近有没有什么洗头店，最后无奈放下，别说她现在腿不方便，就算腿方便，就她的英文水平还是不出门为好。

……

今天MDT会诊结束，沈时接待了一位中国男性病人，七十岁，由留美的子女带过来问诊治疗，电子版PET—CT图像和其他资料他在上个星期已经看过，肺部肿瘤，表皮生长因子受体（EGFR）突变，不过老人心态很好，对他说："我不是来看病，主要是来美国玩一玩。"

中午，他有两个小时休息时间，老人的儿子请他吃饭，沈时拒绝了。他拨了汤贝贝手机号码，没人接听。

"嗡嗡嗡，嗡嗡嗡……"

客厅沙发上，手机在响着，洗手间水哗哗地流着，同时打开着的电脑还在播放着歌曲《Sugar》，这样的情况，汤贝自然听不到外面手机在响。

何况，她还在洗着头。至于不能碰水的石膏腿，已经机智地用冰箱的塑料膜严密地包好，一圈又一圈……

沈时回来了。

他打开公寓门，不知道是因为客厅播放着动感音乐，还是最中间摆放着三脚架，觉得自己离开不到半天，整个公寓都陌生了两分。

就在这时，三脚架上自动感应的摄像头旋转半个头，直直对着他拍摄。“……汤贝贝。”沈时叫了一声。

她的乖乖，沈医生回来了吗？

正要关掉花洒的汤贝听到了沈时的声音，莫名有些慌，一时忘记自己受伤的腿快速起身，导致石膏脚一滑，扑通一声，摔在了淋浴室。

“哎哟——”汤贝叫了一声，双手艰难地撑住地砖，避免自己摔得更惨烈。

“汤贝贝？”外面，沈时走到卫生间门外，敲了下门问，“你……还好吗？”

汤贝疼得龇牙咧嘴：“……沈哥哥。”她好想哭。

外面的沈时完全不知道里面情况如何：“方便进来吗？”

“方便……”

随即，卫生间门被打开。

沈时立在门口，看到的是这样一幕——汤贝贝双脚跪地，湿漉漉的头发贴着脑袋，双手半扶玻璃推门，然后憋着一张通红的脸，望着他。

比起湿漉漉的头发，一双乌黑的大眼睛更是水润得能冒水。

汤贝就以这副鬼样子面对着突然回来的沈时，顿了半秒，悲切地开口问：“沈哥……你怎么回来了？”

同时，客厅循环播放的《Sugar》一声接着一声飘来：“I'm hurting baby，I'm broken down…”

《Sugar》真是一首神歌，半个小时前唱出她荡漾的心情，没想到现在也能对衬她落汤狗一样的画面。

没错。她现在很受伤，她很崩溃……她要去削个椰子皮……

古人云：福祸相依。

汤贝人生中第一次“公主抱”就这样意外来了，不枉她在最新的剧本里按小说原著写过N种不同场合的“公主抱”，女主在小木屋被公主抱，女主在小树林被公主抱，女主在小山洞被公主抱……总之，她对公主抱这玩意很熟悉很了解，因为太了解公主抱姿势，当沈时半蹲下身，将手臂放在她后肩，她已经自觉地将双手放在他的双肩，方便他将她抱起。

沈时微微一僵，然后快速将她抱起。

呃，难道刚刚沈时跨步上前不是要抱她起来吗？汤贝反应了一下，顿时羞愧得眼皮抽筋，只能眨巴眨巴眼睛地转移尴尬。

没错，沈时原本只想将人扶起看看情况再说……抱着怀里的人来到沙发前，沈时又取了一条浴巾过来。汤贝连忙接过并道谢：“……谢谢沈哥哥。”

沈时立在她前面：“动一动左腿。”

汤贝动了一下左腿，还好。

“再动一动右腿。”

汤贝又动了一下右腿，也还好。

只是为什么还是那么疼……然后沈医生再次对她说：“你把右边裤腿卷上来看看。”

汤贝卷裤腿，原来是右腿膝盖破了一点点皮，真的只有一点点，如果不仔细看都看不到，汤贝笑了两声：“……轻伤，轻伤。”

沈时又亲自检查了一番她的两条腿。

不知道是不是他的职业是医生，汤贝觉得沈时检查她膝盖的样子有些温柔。当然这种温柔只是医生对受伤人士的人道关怀，最多带点大哥哥对友人妹妹的额外照顾。绝不是男人对女人的那种温柔。

确定真的没事之后，沈时站了起来，默了片刻，开口：“如果你要洗头……”

呃，如果要洗头……他给她洗吗？

“如果要洗头，记得找个我或张医生在家的时间。”口吻那个淡。

汤贝：“……好。”

不论如何，沈时语气里没有嫌弃之意，汤贝已经觉得很美好了。只是心里难免哀怨一番，她为什么要洗头，为什么要洗头……一个女孩大费周章也要洗个头，图什么，不就是为了提高一点自身形象和气质吗？

结果呢！

想到刚刚洗手间那一幕，汤贝垂下头，现在别提形象了，估计她连基本人样都没了。手里拿着毛巾，她随便擦了擦自己的短发。

沈时也没有多余的话，刚刚汤贝贝在浴室摔倒就是他临时回来才导致的。算起来，他还算是间接责任人；视线再次瞥了一眼某人用保鲜膜包裹着的石膏腿，他抿了下唇说："保护措施做得不错。"

沈时的有意说笑，汤贝立马笑了，回应说："必须的，遵医嘱嘛。"医生叮嘱她石膏不要碰水，她就肯定不会让它碰到水！

下午，汤贝便老实地回到轮椅上待着。

中午沈时回医院之前给她叫了一份中餐，还给了她碘酒和棉花球，让她擦拭右腿膝盖的破皮。"有事给我打电话。"沈时说着，又拿出纸笔在上面写了串科室电话，递给她，"找不到我，就拨打这个号码。"

汤贝觉得除非发生突发脑溢血或有歹徒进入这两种情况，不然她是不会打什么电话的。不过，她觉得沈时每次找她都打电话有些费事，便开口说："沈哥哥，我们加个微信吧，有事我在微信找你。"

然后，她拿出了手机。

沈时一时没回应她。

这是不方便吗？唉唉，她又要自己找台阶下了。

"我没有微信号。"沈时出声解释。

呃……汤贝笑了笑："没事没事，我们就电话联系。"

下午汤贝坐在轮椅上看一部电影，收到了沈时发来的一个短信："shenshi1229。"

汤贝反应了两秒，立马拿出手机输入shenshi1229，很快搜到一个刚注册的没有头像的微信号，发送了好友添加请求。

她会不会是沈医生第一个微信好友呢？汤贝想了想。

只是她发出去的好友添加请求，两个小时之后沈时才给通过。

因为，沈时进手术室了。

“沈医生，我想再和你聊聊我爸爸的情况。”在UCLA中心医院肿瘤研究中心，上午带父亲过来看病的留美程序员叫住了刚刚从手术室出来的沈时。

用消毒药水搓洗完毕，沈时用毛巾擦拭好说：“您在休息室先坐一会儿。”

……

汤贝下午除了收到沈时发来的微信账号，还收到一笔转账，转账人是她哥季柏文。金额下面留有一句话：“脚好了记得买点礼物回去。”

礼物她本来就要买，可是季柏文这个转账理由，真的让她很难拒绝。

“谢谢季总经理赏赐，皇恩在上，受小的一拜。”汤贝在微信给季柏文留下一句话，然后发了一个汤圆跪谢表情包。

季柏文难得很快回复过来：“好好养伤，别让我操心。”

汤贝感动了，只是感动的语言最难表达，她又丢了一个表情包，一个她自制的季柏文动态图像，上面写着一句：“季总最帅！”

季柏文：“撤回。”

汤贝笑嘻嘻，就是不撤回。

不得不说，美国医院的轮椅设计得很好，至少汤贝这两天的用户体验很不错。比如她要看电影，轮椅前面就有一个伸缩支架放她的电脑；要上厕所，轮椅还有支撑她站起的辅助功能，此外转圈也很灵活……除了，不是电动的有些遗憾。

汤贝不知道，这多功能轮椅是沈时特意从UCLA医院康复疗养中心给她借过来的，并不是医院的普通款。

更让汤贝感到惊喜的是，她通过刷朋友圈知道明天居然是感恩节，感恩节是美国节日，她人在美国都不知道，她朋友圈已经开始各种感恩了。

话说，美国的感恩节的当天，沈时、张安硕他们会放假吗？汤贝比较关心这一点。

张医生说得没错，住院医生比主治医生要辛苦很多，感恩节沈时有两天假期，他却要继续值班。晚上回来张安硕不停地诉苦，对比沈时一脸无动于衷，汤贝给予了不少安慰，咱们是中国人，感恩节过不过意义并不大。

“可是汤妹，我春节也不能休假。”张安硕说。

汤贝：……

“不过呢——”张安硕突然哈哈地笑起来，变脸快得像是逗她玩，开心无比地在沙发上坐下来，以宣布的语气对她和沈时说，“虽然明天感恩节我要上班，但是后天我不上班哦！”

“你们猜为什么？”

汤贝摇头。

“因为Aaron打赌输给了我，他不得不跟我换了班。我傍晚回来，Aaron都要哭了……”

沈时依然反应淡淡，汤贝却跟着张安硕开心了一下，虽然她也不明白后天休息为什么能让张安硕如此荡漾。

“因为后天是黑色星期五啊！”

黑色星期五？

每年的感恩节第二天，当地人称之为“Black Friday sale”，意思是这一天每个商家都会推出优厚的大减价，很多商品优惠到令人难以置信的地步。

不用说，张安硕等黑色星期五已经等很久了。

这不就是类似国内的双十一吗？汤贝听着张安硕的话，两手握了又握，可是她又不得不考虑自身实际情况，只能替张安硕高兴一把。当然，如果他愿意帮她，她就写个单子给他。

“汤妹，你要去吗？”张安硕终于看到了她眼里的期盼。

汤贝含蓄地摸了摸今天刚洗过的头，说：“我好像……不太方便去。”当然还有一个可行办法——他推她去。不过这个要求，汤贝不好意思说出来。

“这有啥，我推你去啊。”张安硕说，一副完全没问题的语气。

汤贝：“！！！”

“去不去？”

“……去！”当然去！汤贝立马点头答应。

旁边沈时：“……”

“沈医生，你去不去？”张安硕又笑眯眯地问沈时。

沈时看向这激动不已的两人，不得不提醒说：“后天商场人会很多。”意思就是，张医生你要去自己去，不要带着某个折腿的人一块去。

汤贝贝：“……”

“没事没事。”张安硕看向汤贝，想到一个相当不要脸的主意说，“商场对physically challenged有特殊服务。”像是知道她听不明白physically challenged的意思，张安硕委婉解释了下，“就是……残障人士。”

感觉又给她开了一扇后门，汤贝露出灿烂笑容，指了指自己说：“对哦，我现在就是残障人士啊……太好了！！”

沈时：“……”

“咳！”张安硕一时也接不了话，笑着点了点头。不得不说，汤妹的笑容非常具有感染力。

“沈哥哥，我想买几样礼物带回国，所以我后天就跟张医生去商场逛一逛……买好就回来。”就算从头到尾沈时都坐在旁边，汤贝还是同沈时汇报了一下。因为她很明白，这个公寓里沈时才是负责她的人。

沈时抬起头，轻轻地“嗯”了一声，算是同意了。

在期盼中迎来了“黑色星期五”，大清早汤贝和张安硕便早早整装完毕。汤贝带了一个雾蓝色的相机包出门，里面除了放着她的5D4、一部手机、一包牛肉干，还有两张VISA信用卡。为什么带两张信用卡，一张刷爆，还有另一张是不是？

回过头，望了望后面的张安硕，微微挑了下眉——出发吧！

正要出门，一直没说要一块购物的沈时从沙发上站起，看向他们说："我也要买条裤子，一起去吧。"

轮椅上汤贝："……"

轮椅后的张安硕："……"

UCLA中心医院附近就有一个购物中心，开车不过十几分钟；五座的福特轿车，汤贝坐后座，前面是开车的张安硕和坐副驾驶的沈时。

她的代步工具轮椅，已经折叠好放在后备厢。

汤贝学的是导演和摄影专业，自认为美学品位还不错，坐在后面问沈时："沈哥哥，等会儿你要买什么裤子？"

沈时一时没回她。

汤贝已经接了自己的话："我眼光还不错，到时候我和张医生一块儿帮你选选。"

"……嗯。"沈时应了一声。

汤贝笑眯眯，张安硕却打岔："汤贝，恐怕到时候你根本不需要替你沈哥哥挑选。"

"呃，为什么啊？"汤贝问。

张安硕笑，故意不告诉她："到时候你就知道了。"然后，像是想到一个重要事情，张安硕赶紧趁着前方红灯停下来拨了一个电话，"差点闯红灯，不然一个星期的值班费就没了。"张安硕吐槽一句美国闯红灯的代价多高，手机接通，换了另一种语气说话，"阿温，你那边好了吗？"

汤贝：……

不用想，手机那端是她见过的温女士。

难道温倩也要一起去吗？汤贝下意识看向前方沈时，想了想，开口说："沈哥哥，吃牛肉干吗？"

她突然出声，声音不轻不重，刚好可以通过张安硕手机让那边的温女士听到。配合自己说出的话，她朝沈时递了一条牛肉干过去，沈时眼里有片刻的夷犹，但还是接过了她的牛肉干，并说："谢谢。"

"硕哥……你呢，要吗？"一视同仁，汤贝也问了问张安硕。

"要！"张安硕一边打电话，一边回她话。

汤贝又"心机"地递上另一条牛肉干。

"汤妹，帮我撕一下。"张安硕要求还挺多。

汤贝撕开包装再次递给张安硕。

很快，张安硕挂上了手机，咬着牛肉干说："温倩已经约了其他人了。"

……果然温倩也不想跟她一块儿同行。

"汤妹，还有吗？再给我来一条。"张安硕又向她讨要牛肉干了。似乎也没有太多的遗憾，约不到温女士这事还没吃不到牛肉干要紧。

汤贝默默递上牛肉干，然后一视同仁地问沈时："沈哥哥，你还要吗？"

沈时："不用了，谢谢。"

"硕哥，温倩是谁啊？"忍不住，汤贝问了问，问完觉得自己很八卦。

"哦……温倩啊，一个女性朋友。"

汤贝："……"

张安硕是故意回答得模棱两可，用余光看了看旁边人，才介绍起温倩说："我们认识阿温很多年了，不过沈医生更早一点。他和温倩以前是同学，还是同一个实验室出来的。"

原来是这样，所以温倩不是张医生的女朋友？汤贝撇头，骂自己主观臆想太武断。

"所以阿温也是医生吗？"她问。

"不是，阿温不是医生……阿温在这边的一家制药公司工作，比我们好多了。"张安硕笑道。

汤贝点头。

“有机会，我介绍你们认识啊。”张安硕加了一句。

汤贝说不出话来，不知道要如何拒绝。

“不用。”副驾驶的沈时直接拒绝了张安硕的提议。

汤贝不得不感激沈时。

张安硕摸了下鼻子：“为什么不用？”

沈时回：“没共同语言。”

汤贝：……

什么，没共同语言个鬼，这不是赤裸裸的智商歧视吗！汤贝笑了笑，自己找了一句能表达同样意思却意味不同的话：“的确，我不太喜欢认识比我更优秀的女性。”

“哈哈哈！”张安硕大笑出声。

副驾驶的沈时望向了车窗。

商场到了，一路上，汤贝已经感受到节日的气氛，从车里下来，汤贝坐上了她的专属小车车。然后，讲究地在自己膝盖上放一条围巾，遮住了自己的石膏腿。推车的张安硕不太明白她这个行为，她解释了句：“我觉得这样更像瘫痪一些。”

主要是怕她这种临时残疾没办法享受残障人士的待遇。

张安硕突然有些后悔自己出了一个馊主意。

沈时：“走吧，进去了。”

走，进场！

沈时提醒得没错，今天商场里人果然很多，不过汤贝来自哪儿，从小又是长在旅游景区的人，什么规模的人山人海没有见识过。对比起来，这个在当地人眼里商场最热闹的场面，在她眼里就是一个国内商场普通周末的样子。

……沈医生可能也是太久没回国了吧。

“我先陪你们买吧。”汤贝贝回过头对后面两人说。毕竟重头戏一向都在后面。

张安硕没意见，他已经控制不住内心的骚动。

一眼扫去，商场里家店都挂着显眼的“SALE”字样，折扣额度有大有小。

来到商场之后，汤贝一直笑吟吟的，张安硕也不停地笑呵呵，只有沈时淡淡地扫视着商场。因为沈时的存在，汤贝觉得自己都变得显眼了。不过大概因为她“残障人士”的身份，商场里的人们对她没有过多打量，甚至会礼貌且有意地给她让道。

难道这就是张医生说的残障人士的无障碍通道？！汤贝想，如果她不是心理素质好外加脸皮厚，都有可能承受不起这份特殊待遇。

男人购物和女人真的不一样，连张安硕这种对“黑色星期五”期待已久的男人都是直奔目的地扫货。不过张医生战斗能力也是蛮强的，过冬的保暖内衣，他一口气买了五套。

“因为五套是数量折扣和金额折扣最优惠组合的最优买法。”张安硕说。

汤贝觉得美国一些商场的优惠活动比双十一津贴算法都复杂。“沈哥哥，你要买吗？”既然如此划算，汤贝也问了沈时。

沈时没什么兴趣。

唉！好像沈医生真的只是过来陪他们。

就在这时，张安硕看到对面李维斯写着“BOGO”字样，立马推着她往对面冲过去：“买一送一啊，汤妹。”

BOGO是买一送一的意思？Buy one get one?

刚刚汤贝用冲形容张安硕推轮椅的速度……的确是夸张了一些，但也差不多。来到这家最为热闹的李维斯专卖店，她已经看不到沈医生了。

张安硕把两袋战利品放在她怀里：“汤妹，你在这里等下我。”

汤贝：“……好。”

只是她也想逛一逛啊。

汤贝动了一下轮椅，动不了，回过头，只见沈时把住了她的轮椅。

“不要跟着挤。”沈时对她发话，顿了下，“想买什么，跟我说。”

男人声音清朗，模样沉稳，汤贝听话地点了下头。

“沈哥哥，你不是要买裤子吗？”汤贝主动问，“要进去看看吗？”

没办法，沈时推着汤贝进了这家最拥挤的店。每个人性格不同，有人喜欢往人多的地方钻，比如汤贝和张安硕；有人却排斥拥挤，比如沈时。

张医生已经选了两条牛仔裤，试了试都很满意，也刚好凑上买一送一的优惠。

“时哥，你不来两条吗？”张安硕高兴地问沈时。

的确……他要买一条裤子。沈时指向一款休闲样式，直接对销售小姐报了码数。然后，包装，付款。

“等下……”汤贝开口，“我也来一条。”

终于，她明白了张安硕过来时说的话，为什么沈时根本不需要她帮忙挑选。他这个速度效率，太符合他的风格了。

接下来，就是汤贝的战场了。

大牌云集的商场，汤贝按照写好的购物清单一一购买，刷卡签字，整个过程流畅又迅速。同样购物小能手张安硕已经变成了拎包员，开玩笑说：“汤妹，以后你老公压力颇大啊。”

汤贝有些羞涩，只好说：“没事，我可以自己养自己。”

“还需要买什么吗？”沈时问她。

呃，她还要买几套护肤品……汤贝不好意思说出最后的诉求。

护肤品专区在商场的三楼，一个不仅沈时没有来过，连张安硕都没有来过的区域，不同的是原先男女都有的购物店，护肤品大都是女性客户在挑选。

如果说，原先汤贝已经享受了至尊的购买服务，在她由沈时稳稳地推着她进入护肤品楼层，旁边还有张医生替她提着各类战利品的某个瞬间里，汤贝似乎深深地体会到自己在某一种意义上冲上了巅峰……

她还想到了一个词——秒杀全场。

当然，她这种情况还有另一个词来形容，那就是——身残志坚。

下午一点，汤贝满载而归地回到了公寓。

休息片刻，她和张安硕相互盘点各自的战利品，默契地相视一笑，幸福的感觉已经高到爆表。不过，今天只买了一条裤子的沈医生可能就没有他们两人的幸福感了。

“开心啊。”难得医院没有临时电话打来，张安硕握着遥控器，打开了客厅电视说，“今天难得休息，我要看一集《××传》继续放松放松。”

“啥？！《XX传》？”汤贝倏然抬起头。

“《××传》啊。”张安硕同她推荐起来说，“很有意思的一个电视剧，我已经看到第三十六集了……这个电视剧在国内应该很红啊，汤妹你没看过吗？”

……她可以摇头吗？

张安硕对她说完，又朝洗手间洗手的沈时说：“沈医生，我要看《××传》了，一起追吗？”

汤贝：……哈哈哈！

内心又忍不住笑起来，《××传》这种豆瓣评分极差的无良IP剧，沈医生怎么会追？

就在这时，沈时已经洗好手从卫生间出来说：“等一下。”

什么……等一下？沈时说等一下？！

“汤妹，你怎么站起来了？”张安硕眨眼，不明所以地看向站起的汤贝。

汤贝回视张安硕，她就是有些紧张……有些紧张……

| Chapter3 |

镜头里的沈医生

《××传》是个什么情况，《××传》是一部由她以“汤三哥”名义独立改编的女性网络小说IP剧。原本《××传》这样的项目也轮不到她做独立编剧，因为童老板工作室那边毙了好几位编剧，加上制片方那边邀约了两位流量演员急着开机，她才临危受命。一方面她速度快，一方面她思路广。

终于，她以日码万字的速度，用两个月时间，将《××传》四十集剧本全部赶了出来。都说慢工出细活，没想到制片人对她闭着眼赶出来的剧本颇为满意。

闭着眼睛赶出来的剧质量能有多好，汤贝心里也很清楚。所以说，《××传》完全是她的黑历史，她作为编剧身份的黑历史，她为了编剧费不尊重作品的黑历史……

汤贝重新在沙发上坐了下来，默默地看着张安硕打开了网络电视；不远处沈时走来，也在沙发上坐了下来，和她刚好隔着一个位子的距离。他手里握着一杯水，轻轻抿了一口，不管是姿态还是神色，都不像是来追剧，而像是看一份专业诊断报告。

这个世界到底是怎么了……汤贝完全不解地转了转头，这两位美国医生为什么看起了中国玄幻剧啊！其中一位，还是一副铁杆剧粉的模样。

熟悉的开头曲再次响起，汤贝盯着电视屏幕，假装她同此剧完全不熟的样子，张安硕已经盘坐在沙发上面，又介绍了一番：“这个剧是我国内表妹介绍我看的，她非常喜欢这剧的男演员。”

难怪。汤贝不得不问一句：“张医生……你表妹几岁？”

“哦，十二岁了。”张安硕回答她。

汤贝：……她就知道！

可是，她还是无法理解张安硕为什么也喜欢看这个剧。

的确，这个屋里真爱这个剧的人只有张安硕，沈时今天也是意外坐下来一块儿看起来。

“我以为你们医生都爱看一些严谨专业的剧，比如一些医疗剧什么的。”汤贝笑了笑，干干地聊了起来。

“我们从不看医疗剧。”张医生这样说。

沈时没说话，但也没反驳张安硕的话。

汤贝：“……”

“推理剧呢？”

“推理剧更没意思，漏洞逻辑和专业错误比医疗剧还多。”

“！！！”不会吧！汤贝突然惊喜了，难道她改编的《××传》没有什么漏洞错误吗？没等她问出来，张安硕说出了他欣赏这部剧的原因：“你看《××传》就有意思多了，剧情放飞无逻辑，主演演技尴尬却好玩，全程只需哈哈哈……嗯，这就是我追这剧最大的原因。”

汤贝：……

默默地她看向沈时，他的看法呢。张安硕刚刚的精妙总结，没想到却让不爱言笑的沈时勾了下唇。虽然，只是不经意地一勾。

勾什么勾！笑什么笑！你们已经伤害了我知不知道！

“话说汤妹……这剧的编剧也姓汤呢。”张安硕指向片头曲出现的编剧名，汤三哥这个名字刚好一闪而过，“不过是个男的。”

“是吗？”汤贝呵呵了两声，不再多说一句话。

……

一个星期后，她脚上的石膏可以拆除了。拆除前两天，她基本可以站起来活动，除了左腿吃重不太方便外没有其他不适了。

医院骨科治疗室，沈时用英文同骨科医生交流，然后她的骨科主治医生递给她一份病历报告。汤贝默默接过，拿在了怀里。

“我等会儿还要接待一位预约病人，你可以自己先回公寓，或……你跟我一起上去，在我办公室待会儿。”从治疗室出来，沈时给了她两个选择。

汤贝选择了……后者。她还没有看过美国医院医生办公室呢！

如果说美国医院和国内医院有什么不同的话，两者的办公环境风格差别还是很大。沈时办公室在B幢二十二楼朝南一角，大片落地窗，简洁明亮的室内环境令人心旷神怡。她看了眼外面，迎着亮晃晃的冬日暖阳，几乎可以一览整个洛杉矶。

汤贝突然想到那晚她不小心听到的对话，温女士问沈医生回国的事情，其中有一句是，“国内那些医生都想着考USMLE来美国，你却要放弃这里的一切……”

任性，温女士用任性来形容沈医生决定回国这事。可是，美国真的比中国好吗？

算了，这种问题轮不上她这种涉世未深的美少女多想。沈时将她留在办公室就去面诊预约的病人，汤贝在他椅子上坐了坐，翻看骨科医生给她的全英文病历报告。

沈时回来，汤贝还在看手上的报告，旁边放着一部手机。

“研究得如何？”沈时忽然问她。

沈时居然用“研究”这个词，真的看得起她啊。汤贝抬头回答：“还好，马马虎虎。”同时收起了桌上的手机，结果指尖不小心触碰到屏幕，原先停在中英翻译页面的手机自动将她刚刚输入的英文单词朗读出来：“Characteristic，特征的……”

发音那个公式化。

“……”

“……”

半秒的停顿——

“哈哈。”汤贝尬笑两声，再次仰面看向英明神武的沈大医生说，“你们美国的病历报告也太……复杂了。”

“的确。”沈时神色自然地接下她的话，像是有意化解她的尴尬，声音清透而温和，“好多都是专业术语，一些单词看不懂很正常。”

这样的沈哥哥真的太好了！汤贝摸了摸自己的头，实话实说：“事实是我的英语不行。”

“哪里看不懂，我给你翻译一遍。”沈时开口问。这份病历报告他在骨科那边大致看过，就是一份常规治疗报告，也就没留意翻译这事。

“嘿嘿。”汤贝轻笑了两声，既然这样，她就不客气了，立马指了指后面的好几句，“这里，这里，还有这里。”

沈时瞧了两眼，点了点头，正要开口翻译——

“除了这几句，其他我都——没看懂。”汤贝说。

沈时默了片刻，从头开始翻译。

既然腿伤好了，汤贝也不太好意思在沈时这边继续住下去，回公寓的路上，汤贝道谢，万分感激他这段时间的照顾，然后同沈时提出了她明天搬出公寓的决定。沈时问她：“直接回国吗？”

汤贝眨了下眼睛。

“既然住上了，多住几天也没事，你不是还要拍短片吗？”

不得不说，沈医生真能猜透她的心啊。汤贝的确没想直接回国，至少她想把洛杉矶玩一圈，拍好短片再回国。汤贝跟着沈时，客客气气道：“我就是怕太打扰你和张医生呢。”

所以后面她打算独自住几天酒店。

“都已经打扰了，也不差后面这几天。”沈时说。

哈？汤贝撇了下头，继续跟上沈时。

沈时停了下来，再次看向脚步欢快无比的某人，不得不出声提醒：“你的腿虽然已经康复，但也最好不要这样一跳一跳的，避免二次创伤。”

汤贝："……"她哪有一跳一跳，她就是突然少了石膏的束缚，脚步轻快了一些……而已。

汤贝决定速战速决拍好短片回国。可是她要拍什么呢？和她一起过来的伙伴们都不在了，总不能拍个洛杉矶风景片交差吧。

半小时后，汤贝有了一个概念——她可以拍一个中国留美医学生日常纪录片啊！

如果张医生愿意，还可以成为她纪录片里的第一主角。呃，为什么她没想过邀请跟她关系更近一些的沈时做主角，这还用说嘛，沈时显然不会答应她的拍摄请求啊。

她何必让他为难，再无情地拒绝自己呢。

接着又用了半小时，汤贝写好了留美学生纪录片策划案，并将策划案发给了还在医院的张医生。张安硕很快回复她："没问题，我给你当主角，另外我再帮你找几位学弟学妹，完成你的访谈。"

Yeah！

沈时目前微信里只有两个人，一个汤贝贝，一个张安硕。半个小时前，两人各自一前一后地发了一条朋友圈。

汤贝贝："小宇宙已经燃烧起来了！镜头已经准备好！"

张安硕："很高兴能成为汤妹纪录片里的男主角，希望汤妹可以将我拍得帅一点。"

同时，张安硕朋友圈下方，季子珊给张安硕点了赞，留言问："汤妹是谁呀？"

"汤妹是谁呀？"

"一个未来的纪录片女导演。"张安硕这样回复。

话说，汤贝和季子珊应该不是共同好友吧。

当然不是，虽然汤贝和季子珊拥有着同一个哥哥，但是她们不存在任何关系，所以也就没有添加微信的必要。

至于张安硕为什么和季子珊是好友，张安硕现在还记得沈时的推诿：“虽然我在UCLA中心医院工作，但是我没有就读过UCLA大学，也不了解这边申请入学的具体要求……不过我室友在UCLA读医学博士，刚好可以让他给你一些意见。”

事后他问沈时：“沈医生，你虽然没有在加州大学读过书，可是你带过好几个加州大学实习生，好意思说你不了解加州大学留学申请？”

沈时仍是面无愧色：“我确实不太了解。”

就这样，张安硕认命地给季子珊当起了留学顾问，心里多少也能猜到沈时为什么将季子珊委托给他，每次微信咨询，季子珊都会找理由问他一些沈时的事情。

“我说，季子珊到底跟你是什么关系？”

“朋友的妹妹。”

一个是朋友的妹妹，一个是亲戚家小孩，这是沈医生对季子珊和汤妹两人的各自介绍。但是季子珊话里话外透露出来，沈时可不只是哥哥的朋友。

“我们两家住得很近，从小就认识。”这可是季子珊的原话。

不得不说，世界很小。下次回国，张安硕打算去一趟S市，然后去周庄玩一趟，顺便吃一顿汤妹极力跟他推荐的美膳楼。

晚饭时分，汤贝因为脚伤好了，主动给沈时、张安硕和自己盛好了饭，然后坐下继续同张医生讨论纪录片的几个要点。比起她，张医生更是积极地帮她出主意，恨不得写好剧本给她。

从头到尾，沈时吃着自己的饭，没有加入他们的话题。

汤贝笑了笑，看了看桌上的番茄炒蛋说：“今天的番茄炒蛋真不错，是沈医生炒的。”

沈时抬了下眼，对上某人特意投来的视线，回了一句：“那就多吃点。”

汤贝点头，为了表示自己一点都不客气，又夹了一记番茄炒蛋到自己碗里。

“有吗？我觉得我自己炒得更好吃。”张安硕有些不服气，同时问沈时，“时哥，汤妹的纪录片，你要不要也出个镜什么的？”

果不其然，沈时拒绝了：“不了，我不太适合。”

刚刚张安硕问沈时，汤贝心里还是抱起了一丝希望，结果还是破灭了。她就知道，沈医生对她这种没有深度的纪录片是没有任何兴趣的。

既然邀请不到沈医生，汤贝和张安硕只好点点头，继续讨论他们的。

沈时继续忍受两人兴致勃勃的讨论，晚饭结束，洗了碗，去了UCLA大学的图书馆。

第二天早上六点半，汤贝准时起床，端着摄像机出现在了张安硕床前，特写安硕床头响起的闹钟，接着将镜头拉长，拍下张安硕起床的整个画面。

镜头前张安硕先是伸了下懒腰，然后穿上米色拖鞋，拉开了遮光窗帘。镜头切换，汤贝又从俯视角度拍下窗外洛杉矶的清晨样貌。

七点：洛杉矶还很安静，但是她镜头里的主人翁留美博士张先生已经起床了。

七点十分：张安硕举着哑铃，做一些简单的早起运动。

七点二十：张先生开始洗漱。

突然，洗手间刷牙的张安硕回过头问：“等会儿我上厕所，这个应该不用拍吧？”

汤贝连忙摇头：“不用不用。”她只是拍纪录片……又不是拍限制片！

身后有人走来，汤贝看向同样起床的沈时，道了一声早安，然后指了指客厅原本作为道具的牛奶土司说：“我买了牛奶土司，你先吃点。”

脸上，扬起一个讨好的笑。

沈时折回茶水吧台给自己倒了一杯水。

7点30分，张安硕准备出发去UCLA医院了。她自然也要跟上……

以上就是留美张博士每天早上的真实记录，唯一不一样的是，以前张安硕起床包括运动以及出发去医院上班的模样，哪有镜头里那么精神啊。

中午，汤贝坐在医院花坛观看上午的拍摄结果，默默叹了一口气，不是很满意拍摄效果。一时之间，她也不明白问题出在哪儿，明明张医生非常配合，镜头感也很好，简直就像是被学医耽误的实力派演员。反复看了两遍，她终于明白了问题所在：张安硕哪像是纪录片里的主人翁，根本就是偶像剧里的男主角……

第二天，汤贝暂时搁浅对张医生的拍摄，采访张医生给她联系的一位刚来加州大学的交换生，中文名字唐诚，英文名字Dunn，一位每天学习还要打工的九五后男生。

唐诚性格十分开朗，也很配合她，回答问题逻辑清楚有条有理，完全的学霸风格。除了偶尔脸红导致的结巴，其他都非常顺利。

拍摄完毕，汤贝多拍了几组照片，打算修好照片后发给唐诚，作为他出镜的回报。

“美国打工我最喜欢洗盘子，因为酬劳比较高，一个小时有十刀。我觉得我洗的不是盘子，而是钱……”傍晚汤贝回到公寓，盘坐在茶几前看笔记本电脑里播放出来的拍摄视频，看到好笑的地方也跟着笑了起来，然后抬头问回来的沈时：“沈哥哥，在美国洗盘子真的很赚钱吗？”

沈时一时没回答，看着地上笑逐颜开的人，觉得如果他点头回答说是，她明天可能就心动去洗盘子了。

“不过，我以后应该不会留在美国工作，而是选择回国。”视频里，唐诚回答她的提问，“我选择来美国不是为了追寻所谓的美国梦，用一句烂大街的话来说就是世界那么大，我想出来看一看，一个人只有感受过多元化的文化，才能打破自我认知，不再偏居一隅而自认真理在握……”

显然，今天唐诚的拍摄效果比张安硕的好很多。

下午她还在微信里拉了一个三人的群，只为了在群里说晚上她要请客吃饭的事情，既然沈哥哥和张医生都回来了，也就可以出发了。

她已经订好了餐厅和位子。

还未出发，门外公寓有人敲门，沈时上前开门，只见外面站着一位四十来岁的中国男人，一脸着急神色："沈医生，我妻子有些肚子痛，不知道情况要不要紧，您能否帮忙上去看看？"

"等我一下。"沈时说，然后回过头看她。

汤贝探着脑袋，反应了一下，才知道沈时这话是对她说，连忙点头。

张安硕换了衣服出来，知道沈时被叫走了，基本知道了事由，告诉她说："楼上的李先生来这里读博很多年了，太太陪读。因为太太身体不太好，两人生活一直挺拮据的。加上他太太没有医疗保险，在医院每次看病挂号就要几百美元，所以有什么问题，就找沈时上去帮忙看看再说……当然还有我。"

原来是这样，汤贝叹了一口气。

十几分钟，沈时回来，在卫生间洗了手后，对她说："我到房间换下衣服。"

汤贝再次点头。她把沈时的卧室霸占了，不得已，他回自己房间换衣服还要征求一下她的意见。

吃晚餐回来，已经是晚上九点，张安硕去厨房将带回来的水果切好，沈时拆了一封国内寄来的EMS文件，汤贝从公寓露台三脚架上取下摄像机，回到了卧室。

笔记本放在床边，她坐地板连接摄像头，打算看看拍摄下来的洛杉矶夕阳效果。

为了寻找最美的夕阳时间点，她在露台放了三脚架，调整摄影方向，将摄像头对准天空自动拍摄。然后，她只要对视频进行剪辑就可以了。

电脑里一幅一幅夕阳画面跳过，汤贝快速拉进条幅，突然她的手停在了触摸板上，动不了了；眼睛，一动不动地盯着突然出现在她视频里的沈时。

视频里……沈时在换衣服。

汤贝想起，她把摄像头放在三脚架的时候忘记关掉找人模式。所以沈时进屋换衣的时候，她的摄像头便自动地……

理性告诉她，她现在应该立马关掉电脑，删除这段沈时换衣视频。

可是，她完全控制不住自己，控制不住自己的眼睛，控制不住自己的手，更控制不住自己越来越快的心跳。

视频里沈医生背对着她，肩宽长腿，背部线条流畅紧绷，隐隐约约可见臀部轮廓……每一幅画面都紧紧地抓住她的眼球。

“你电脑里是什么！”一道凌厉的声音突然从她耳后传来，汤贝猛地回头，只见沈时站在卧室门口，冷冷地看着她。

刚刚她看视频的时候，根本没有将门关上……

第一次，汤贝大脑浮现了强烈的危机感，即使已经快速合上电脑，可是沈时并不打算放过她，进来直接朝她伸手：“把电脑给我。”

她摇头。

“给我。”

她再次摇头，不给……她一定不能把电脑给沈医生，给了就完蛋了，她被他赶出公寓还好，可还会连累她哥和沈时的关系。

可是，她真不是故意偷拍他换衣服的。

“我……”汤贝无力地为自己解释，“……我就是看一个视频。”

“什么视频？”沈时淡淡发问。

沈时会这样问她，明显是看到了一些她刚刚视频的画面，汤贝涨红着脸，大脑完全停顿运转了。外面张安硕也过来了，手里拿着一盘切好的水果，不明白地看了看沈时，看了看她。

“我……我刚刚看的是——AV！”汤贝开口了，危机让她大脑恢复一些思考，抬起头说出了答案，“是少儿不宜的限制片。”

对，就是限制片！所以，她不能把电脑给他看。

一时之间，沈时没了声音，也没了态度。

张安硕也没了声音……他的天啊！

汤贝眼睛眨啊眨，紧张又忐忑，随即，感觉自己鼻子有液体流下来，胡乱摸了一把，低头一看，红色的。

她的天……她居然紧张得流鼻血了。呜呜！这下沈时总会相信她了吧。汤贝淌着鼻血，也不知道自己情绪怎么了，哇的一声，委屈地哭出了声。

偷拍男人换衣服和偷看小黄片哪个性质更严重？汤贝觉得是前者，如果说前者是一个道德人品问题，后者只是一种自我需求，最多展现了一点个人兴趣而已。

当然两者的共同点，她都是一个女流氓。

反正都要变成女流氓，后者解释一下可能还有机会变成艺术鉴赏，前者越挣扎说不准女流氓直接向女变态靠近了。

汤贝就是抱着这样的想法，硬生生地将偷看沈医生换衣视频变成了她刚刚只是在观看小黄片，一口咬定她电脑视频里的男人不是沈时他本人，而是艺术片里的男主角。

就算……看着很像。那也只是纯属巧合而已。

沈时又能说什么。

两分钟后，汤贝脑袋后仰地半靠在沙发上方，用一张纸巾挡住自己的眼睛。大脑回想她哭出声时沈时看她的眼神，好像对她说：怎么还有理了？

汤贝吸了吸鼻子，谁让她鼻血来得那么及时呢。

张安硕从厨房取来了冰袋给她冰敷，汤贝装作意外地说："一定是这里气候太干了。"

"对……洛杉矶常年干燥少雨，空气的确比较干。"

汤贝知道张安硕笑什么，不再解释。

张安硕并不放过她，以前辈的口吻说："汤妹，咱们以后少看点那种片哦……伤身。"

汤贝偏了下头："……我还年轻，跟你不一样。"

张安硕又是一声笑。

汤贝拿下挡眼睛的纸巾，对着笑个不停的张安硕说："难道张医生没看过人体艺术片吗？"

“看过，当然看过。”张安硕说，想了想，“我连福尔马林里的人体都看过，别说活体了。”

汤贝：“……”

忍不住，她偷偷找了找沈医生身影，想知道他是不是信了自己。说实话，她自己都快信自己了呢。

沈时已经离开了客厅，来到露台，将今晚换下的衣服放进洗衣烘干一体机，随后上前，关掉了三脚架上的摄像头，顿了下，又拿起摄像机……

他没觉得汤贝贝是故意偷拍，是自己没注意才入了镜。只是……沈时回想了一下刚刚无意看到的视频画面，和汤贝贝演技般的鼻血，不由得一阵头疼。季柏文说自己妹妹有些闹，还真不是客气话。

不管沈时信不信自己，汤贝还是有些心虚，尤其不敢直面沈时，只要视线不小心碰到，就立马撇开。张安硕自然察觉到公寓气氛的变化，看来沈时真的吓到汤妹了。不过也奇怪啊，以沈时的性格看到汤妹在看不可描述的东西，应该不会出声制止，反而还会替汤妹把门关上才对啊……

夜里，汤贝检查摄像机，发现沈时替她关掉了摄像机的自动找人模式。但是，他并没有直接关掉拍摄。

汤贝自己关掉了摄像机。

如果之前她靠演技战胜了羞愧，此时此刻面对沈时留在摄像机里的提醒，她真的脸红了。

要命啊。汤贝躺在床上翻来覆去，难以入眠，随后重新打开了电脑视频，快进到了沈时脱衣这段——删除。

后半夜，汤贝在自我反省中入睡，迷迷糊糊中有人对她说：“既然你喜欢看，我就给你看个够……”一阵冒汗，汤贝霍然睁开眼，原来是做梦；看了看时间，不到凌晨四点。她擦了擦额头的冷汗，瞧梦里的沈医生将她吓的。

为了戴罪立功，汤贝早上煮了粥，做了西式和中式两种早餐，然后整齐地摆放在餐桌上，等待沈医生和张医生用餐。

“汤妹，你不用这样吧……”张安硕惊讶道。

汤贝从来不是逃避的性格，做错了事情就乞求原谅呗，说一句对不起不够，就再说一遍，道歉也不行，还有赔礼卖乖等等各种方式。

做人嘛，最重要的是灵活。

“你们先吃，我再去厨房煎两个鸡蛋。”今天下厨，汤贝系着张安硕的皮质围裙，大号的牛皮围裙，几乎将她整个腰身都裹住。

“那个，昨晚我看的视频……我已经删了。”汤贝坐在两人对面，将正事说了出来，她这样解释一下，沈时应该能明白的。

果不其然，沈时低下头，看着像是接受了她变着法子的道歉。

张安硕则是闭上了眼睛，抬手捂住了自己笑成缝的眼睛，笑得脸都颤抖了。原来他的汤妹，还是一个这样实诚的孩子。

完全不了解情况的人，笑什么笑。汤贝继续小心翼翼地同沈时进行视线交流——她真的是不小心才看到的，原谅她吧。

沈时对上如此真诚无比的眼睛，还能说什么。“吃饭吧，今天不是还要出去拍摄吗？”

哦耶！汤贝点头，赶紧低头吃饭。顿了下，最后辩解一句：“其实……我也没看多少。”

“……赶紧吃。”

今天汤贝又采访了两位留美学生，然后拍摄了加州大学图书馆、体育馆、食堂、餐厅、公寓宿舍等等展现留美学生学习和日常生活的地方。

其实，她还想拍个地方，那就是医学实验室。如果还可以拍一拍美国的手术室……就更美妙了。前面的拍摄请求，汤贝还能同张医生提一提，后者她自己都觉得没戏。

上午拍摄结束，汤贝去了一趟好莱坞，见识了传说中的星光大道；走在这两千五百枚五尖水磨石及黄铜的“星星”上面，想起入学上第一堂课老师给他们分享的一位电影评论家说的话：“人们将他们的历史、信仰、态度、欲望和梦想都铭记在他们创造的影像里。”

无疑，这是拍摄的最高追求。

只是她的影像里，还能体现她的信仰和态度，梦想或努力吗？

汤贝在巨大的好莱坞标志前留影，照片里的她伸出了一只手，像是握住了好莱坞的巨大标志。这是她来洛杉矶那么久，唯一一张旅游照。

手机振了一下，她收到了沈时发给她的第一条微信——“忙完来医院找我。”

呃，沈哥哥不会要对她秋后算账吧？这是汤贝第一个反应。

“带你去医学实验室。”沈时又发来一条。

小人！汤贝暗骂自己一句，她真是以小人之心度君子之腹！只是为什么是沈时找她，不是张安硕？想了想，又骂自己笨，张医生不是早说了吗，他比沈医生忙。

“好的！”汤贝很快回复，送上一个么么哒动图，然后快速撤回。这样的动态表情图，不太适合发给严肃又严谨的沈医生。

汤贝来医院找沈时，没有立马见到他，就在UCLA中心医院后面的花园咖啡厅坐了一会儿。边玩单反边等着。

不远处，一个可爱的蓝眼睛美国小男孩冲她笑起来。她也用英文同小男孩交流起来。

不得不说，她的英文和这个美国小男孩交流得就非常顺利，因为她和小男孩说的都是最简单的句子，或者直接用单词交流。搭配手势表情，完全是无障碍交谈。

沈时过来时，她正给小男孩拍照，小男孩大大的蓝眼睛忽闪忽闪，可爱得令人犯罪。

外国小朋友没长开之前，真的很像小天使啊。

“蓝眼睛宝宝真的太可爱了。”去医学实验室时，汤贝对沈时感慨说，然后有一搭没一搭地聊起来，“如果可以，我想生一个混血宝宝。”嘿嘿嘿。

沈时没附和她。

汤贝选择自己和自己聊："可惜要生混血儿，必须找个老外男朋友。"她比较受不了他们的体味，当然交流也是一个问题。

沈时突然停下脚步。

汤贝也跟着停下来……

沈时转头看向她："遗传上，深颜色眼球相对浅颜色眼球是显性遗传，也就是说，就算你羡慕蓝眼球，选择一个蓝眼睛外籍男人生育，所生的孩子也不会是蓝眼睛。"

猝不及防的一番科普，汤贝默默地点点头；随后，反应过来，沈时哪是对她科普遗传知识，根本就是换着意思告诉她——死心吧，就算你找个蓝眼球人做了爱人，你也是生不出蓝眼睛宝宝的。

……哼！

汤贝以为前面就是实验室，结果没有看到任何写着lab的实验室字样，反而看到写着人事科的英文。沈时这是还要带她报到登记一下吗？

的确需要登记，所有短期访问人员进入实验室都需要填写信息登记表。事实上，沈时不太明白，汤贝贝为什么对医学实验室感兴趣。

因为她想让自己的短片带点专业性啊……被挽起衣袖要求抽血时，汤贝简直欲哭无泪，登记就登记呗，他们还要抽走她的血。

"每个实验室都有有毒物质和危险的化学物品，访问人员进入实验室之前都会做个血液检查，确定风疹、结核等传染病检查合格后，才可以领取身份证明。""这样做，也是为了保证你的人身安全。"沈时加了一句解释。

汤贝：……她突然有些后悔提出参观拍摄实验室的请求了。

进入实验室，又是一番卫生检查。自从成为一位临床医生之后，沈时来实验室也少了，不比以前，几乎天天泡在实验室。有时候人的适应能力就是这样强，曾经他以为自己会一辈子待在实验室，现在已习惯每天接待患者。查尔斯教授问过他，当临床医生与做研究员最大的不同是什么。他当时的回答是：温度。

做一位肿瘤临床医生比开发癌症新药研究要有温度。

做住院医生最累的那年，也有人问他后悔做出转行的选择吗。大概真的是太累，他都没有时间思考后不后悔这个问题。

汤贝换上了实验服，临时上了一课实验室安全知识，上课老师——沈时。从进来到参观，汤贝整个人都拘谨了不少，似乎同里面的小白鼠没什么区别。

她端起摄像机，开始拍摄。她没有医学实验室的拍摄经验，问题很多，又不知道从哪儿问，默默举着摄像机拍摄起了一些基础的医疗设备。镜头不经意扫到沈时的蓝色实验服，明明很丑的实验服，沈时穿起来却很好看。

如果可以，她真想给沈时拍一个现场MV，汤贝边拍边想，忍不住笑了笑；前面指导的沈时突然转过头看她，眉心微蹙，瞧着她和她的摄像头。

汤贝本想收回镜头，顿了顿，开口说："大家转头笑一个，我给你们拍张照。"

两位学生立马转过头，同沉默的沈时一起面对着她的镜头。其中一位还比了一个"V"的手势。"咔嚓！"汤贝拍下了这张难得的照片。

汤贝没有占用沈时太多时间，实验室拍摄只是她纪录片的一部分，更多的是留美医学生的采访。那晚温倩对沈时的问话给了她一个灵感，每次采访结束她都会问他们一个问题，以后是留美工作，还是选择回国。每个人想法不同，答案自然不同，包括选择留美或回国的理由也不相同。她拍的是纪录片，影像之美是其次，重点是真实。

没有刻意渲染，也没观念附加，更没有形式主义，只需要真实的记录和真实的剪辑。

完全拍摄结束，汤贝和他们每一位合照留影，回到公寓整理所有拍摄视频和访谈，内心充满了骄傲和兴奋。比写完《××传》剧本更骄傲，也比拿到《××传》剧本费更兴奋。

原来她是一个高情远致又淡泊名利的汤贝贝啊！

汤贝躺倒在沈时的大床上，呵呵地笑了起来，大脑中幻想出一个场景：N年后再次来到洛杉矶，她已经变成了一个成熟优雅的女人，她坐在星光璀璨的杜比剧院，等待着奥斯卡最佳纪录片女导演的获奖提名，然后她最爱的电影男明星作为颁奖嘉宾念出了她的名字："Beibei——tang！"

她面带微笑站起，从容不迫地接受全场赞美。从此贝贝·汤这个名字也变成了一颗闪亮的星星，永远地刻在了星光大道上……汤贝闭眼捂脸，不敢继续往下想了，怕继续想下去，以"汤贝贝"命名的卫星都要被发射到太空去了。

手机微信里张安硕给她发来一条消息，问她晚上要不要参加一个留学生聚会。汤贝下意识地问张安硕："沈医生去吗？"

张安硕："应该是……不会去的。"

汤贝陷入了选择，微信里张安硕朝她提议："你除了拍摄我们的学习日常生活，也要加点娱乐画面吧？"

对哦。

聚会的事，汤贝也在微信里跟沈时提了下。五分钟后，沈时回复了她："别喝酒，别吃陌生人给你的东西。"

……沈时是跟她哥一样，当她七八岁小孩吗？

这次聚会不是汤贝所想的酒吧活动，而是张安硕驱车带她到唐人街的中餐馆吃了一顿饭。过来的留学生有十几个，有男有女，年纪最小的十九岁，最大的已经是四十五岁的老大哥。

不得不再次感慨，同样是留美医生，张安硕日子过得比沈时要丰富。

难道沈时是无法融入美国生活，才想回国吗？

因为晚上张安硕还要回医院住院部值班，汤贝自己在公寓楼下车，独自回到了公寓。打开公寓门，公寓客厅灯亮着，没有看到沈时。

她提着带回来的半只烤鸭，直到在露台看到了靠着围栏的沈时。一个人，独自看着外面的洛杉矶夜色。背影清俊而孤独。

"回来了？"沈时回过头问她。

汤贝一时有些怔，点了点头。“对了，沈医生，我给你带了烤鸭。”

“谢谢。”沈时道谢，声音半分清冷，半分温和。

“那你现在要吃吗？还热呢。”她又问。

沈时说：“我也刚吃过，先放着吧。”

汤贝“嗯”了声，把从唐人街带回来的烤鸭放在了餐桌上。餐桌干干净净，完全看不出沈时晚饭吃了什么。刚刚她看到的画面，都要怀疑沈时是一只以吸收日月精华为生的男妖精呢……不，是男神仙。

然后，她来到了露台，跟沈时说她要回国的事情。

“短片都拍好了？”沈时问她。

“嗯，等回去再剪辑。”汤贝回，露着笑容，“等剪辑好，我发给你和张医生看看。”

“嗯。”沈时应了一声，“很期待。”

呵，明明听着一点都不期待。汤贝撇了下头。

沈时到底是一个什么样的人，汤贝在沈时公寓住了十来天，感觉对沈时的了解还不到十分之一。他不喜欢聚会，也不喜欢麻烦，少言寡语，做事却严谨靠谱。

呃，还有一位很优秀的女性喜欢他多年。

回来的路上，她问张安硕：“张医生，你知道沈医生为什么不谈女朋友吗？”

张安硕反问她：“你怎么不问我为什么不谈女朋友？”随后，说出他的理解，“有些人可能比较喜欢享受孤独吧。”

享受孤独？她觉得张安硕这“享受”两字，用得十分精妙。当然，也很装×……

“汤妹，你可别喜欢上沈时啊。”张安硕突然叮嘱她说，“温倩就是一个悲剧例子，活生生从小龙女变成了李莫愁。”

这个形容简直了，她不以为然地回张安硕：“那完了，我已经喜欢上了。”

"……"

"别吃醋啊张医生，我也喜欢你呢。"

"这就对了，不枉硕哥疼你。"

"沈医生，你为什么想回国呀？"汤贝问出声。公寓前面是一条街道，位于校区的街道夜里并不喧哗，昏黄的街灯被藏在老树里，夜色显得浓郁而幽凉。

"其实，我还没决定好。"沈时回答她。

汤贝换了话问："那你为什么考虑回国？"

沈时嘴角溢出一声呵笑，淡而清晰。他想汤贝贝这样的女孩，大概和谁在一起都能聊起天来吧。他考虑回国的原因很多，理性的表达通常枯燥而无趣，所以他选了一个较感性的方式说给汤贝贝听。前几天他接待了一位肺癌病人，七十岁的老人，他的儿子英文名叫乔治，已经在美国待了二十年，一个英文讲得比中文要流利的中国男人。妻子也是一位留美女人，两人的孩子今年十二岁，由于工作忙夫妻两人都很少回国。那天乔治找他谈话，一脸悲伤的神情："我父亲一直不喜欢跟我们来美国生活，今年他联系我们，主动提出来美国玩，我很高兴父亲终于想开了，结果才知道他确诊为肺癌晚期……那一刻，我真的觉得自己很不孝。"

汤贝默默听完沈时的讲述，大概明白了沈时的想法，开口说："沈哥哥你别担心，叔叔一定会身体健康的。"

沈时撇过头，凉凉的月色里，男人侧脸看起来英俊而温柔。刚刚的讲述，他的声音冷静得几乎毫无情绪。汤贝抬了下头，今晚的星星可真多。

"汤贝贝。"沈时叫了声她的名字，开口问她，"如果你是我，你是选择留下，还是回国？"

汤贝"啊"了声，然后确定地问："……我吗？"

"嗯。"沈时目光肯定。

……

汤贝回国了。

两天后，国内北京时间下午四点半，汤贝推着两个大号行李箱接到了舒姐姐打来的电话，刚接通，转头就看到了站在出口等她的舒姐姐，挂上手机，奔向前方。

舒瑶同样笑着迎了上去，撞面第一句便是："腿怎么样了？"

汤贝抬了抬右脚，展示她的左脚已经完全康复，甚至可以单脚站立。

舒瑶摇摇头，对她说："幸好不太严重，不然季总都要飞洛杉矶找你了。"

汤贝笑了笑。

舒瑶开她哥的车来接她，悍马实在太大，一路舒姐姐开得十分小心，一边开着车，一边还要跟她说："晚上季总要跟你吃饭，等会儿我先送你回学校，再带你去吃饭的地方。"

十几个小时飞机，汤贝早困成了狗，打了一个哈欠说："舒姐姐，你现在一口一个季总，我都不太习惯了。"

"这真没办法，谁让我是你哥的下属。"舒瑶笑道。

"你们以前不是同学吗？"汤贝坐在副驾驶，看了眼季柏文这辆新车，然后在后座看到一件粉色的羊绒外套。

"但也只是同学而已啊。"舒瑶说。

汤贝点头，只是以前她还觉得舒姐姐和她哥是一对儿。以前她哥在周庄上学的时候，舒姐姐可以算是她哥关系最好的一位女同学了。

没错，她妈妈和季叔叔离婚后，她哥先跟着她妈妈回周庄生活，后来她哥回到了S市，就从周庄镇级高中转到S市最好的学校……享受着季家孩子应有的教育资源。

手机忽然振动，汤贝从包里拿出手机，接通，故意拉长语调道："季——总——好！"

| Chapter4 |

人间浮华

舒瑶将车开到戏剧学院后面的公寓楼，临时找了一个停车的地，正要下车拎行李箱，汤贝已经自己搬下了两只大号行李箱。然后，拿出手机在洛杉矶的三人群里报个平安，顺便发了一个红包。

群里，回应她的只有张医生，抢红包的人也只有张医生。张安硕抢了一块钱，留下的红包大头……没人要。汤贝叹了一口气，剩下的199如果可以退回她的账号也是极好的。

上楼放好行李，汤贝拿出两份伴手礼，一份是给舒姐姐的迪奥香水，另一份自然是给她哥的；拍了拍手，准备出发去吃饭，舒姐姐温柔地提醒她说："还有时间，换身衣服。"

汤贝看了看身上穿着的黑色羽绒服说："……我昨天登机才换上的。"

舒瑶不再勉强她。

再次上车，汤贝明白舒姐姐为什么让她换身衣服；停车之时，季柏文也刚到餐厅，正衣冠楚楚地从司机开的车里下来，一起下车的还有他的女朋友。

汤贝仰了下头，突然有些不想吃了。驾驶座舒姐姐拍了下她的头说："下车了，贝贝。"汤贝推开了厚重的车门，利落地跳下车，看向前面手挽手的两人，露出招牌酒窝笑："哥，好久不见……"

"程姐。"待两人走近，她又补了一声招呼。她哥旁边这位女人身材纤细高挑，头发乌黑笔直，大名程莹莹，和她哥已经交往多年。

虽然都是ABB名字，她和程莹莹并不熟；同样，程莹莹也更愿意跟季子珊打交道。

“季总。”舒姐姐一起上前。

“进去吧。”季柏文看了眼舒姐姐说。

舒瑶只是递上悍马的车钥匙，开口说：“既然贝贝已经送到了，那我先回去了。”

汤贝转头看向舒瑶：“舒姐姐不一起吃吗？”问完，汤贝也觉得自己问得不妥。今晚这顿饭她都不想吃，居然还拉舒姐姐下水。

“不了，我等会儿还有事。”舒瑶望向她说。

“谢谢你替我接送贝贝。”季柏文客气地道谢，但车钥匙没有接，“我这边有司机，车你先开走，明天开到公司就行。”

舒瑶一时为难。

汤贝明白舒姐姐为难的地方，舒姐姐住的居民楼哪有停车的地方，何况她哥这辆车又这样招摇。“这样吧，钥匙我拿走，借我开两天。”汤贝出声说，拿过了悍马车钥匙，放进了自己口袋里。

季柏文对她这种强盗行为没话说。汤贝折回车里，拎了一个袋子下来。

等舒姐姐拦下出租车，汤贝拎着李维斯袋子进了这家S市有名的米其林餐厅，刚坐下，程莹莹先说起来：“刚刚在车里我还跟你哥建议，选个中餐厅，你刚从美国回来，肯定不想吃西餐。”

“可不是嘛。”汤贝扬起笑脸说，“不过这些天我在洛杉矶有口福，吃的基本是中餐，反而没吃几顿牛排大餐。”

“……是吗？”

季柏文问她：“腿好了吗？”

汤贝点头，一边看菜单一边回答：“上个星期就好了。”

“那怎么不早些回来？”语气，有些怪责。

汤贝抬起头，悠悠道：“我又不是你这种空中飞人，不多待几天怎么好回本呢。”

然后，她拿起带来的礼物，递了过去：“给，礼物。”

季柏文接过这个李维斯的袋子，看了眼里面的男款牛仔裤，一点也不意外。还好，至少还有礼物，没有完全忘了他这个哥。

“贝贝……你怎么给你哥买李维斯呀？”比起她哥，程莹莹哭笑不得地说。

“啊，我哥不穿李维斯吗？”汤贝拧了拧眉头说，“这是我跟着两位留美男医生一块买的最新款，他们都穿得很好看。”

季柏文无话可说。

程莹莹抿抿唇，不再说话。

对于程莹莹，汤贝不是讨厌，但就是不喜欢。当然感情是相互的，程莹莹对她也是这样。比如说程莹莹不喜欢她哥将时间花在她身上，她也不喜欢程莹莹的虚伪相待。虚伪就虚伪，演技还不够好，交流起来就生分了。

没错，程莹莹不喜欢汤贝贝，只是心里不喜欢，也不好得罪这位姓汤的小祖宗。今晚一起吃饭，也是她主动加入进来。不知道是不是汤贝贝话多戏多，每次三人见面，她这位女朋友更像一个局外人。程莹莹无聊地刷朋友圈，看到季子珊刚发了一条在实验室干活的朋友圈，留了个言：“明天就是周六，出来换换心情吧。”

汤贝也玩起了手机，看到洛杉矶群里的红包已经被沈时领了，好笑地摸了摸鼻子。

季柏文瞧了她一眼，问她：“沈时还好吗？”

说到沈医生，汤贝也问她哥一件事：“哥，你和沈医生交情怎么样呀？”

季柏文：“还行吧，不过我们也多年没见了。”

什么……多年没见了？？？

“那你还把麻烦丢给人家！”汤贝睁大眼睛，想了想，“我不管，沈医生那边的人情是你的，不是我的。”

季柏文：……

晚饭回去，汤贝躺倒在学院公寓的小床上，跷了跷腿，莫名有些想念沈时那张冷淡风格的大床。她拿出手机上淘宝，找到了一款相同样式的床单被套，下单购买……

后面两天，她都在剪辑洛杉矶留美学生视频。

童老板再次找她，十万火急地催她去一趟他的工作室。下午，汤贝出现在童老板面前。

童老板原本是戏剧学院一位话剧老师，因为这几年IP剧热，干起了剧本行业，身上结合着艺术主义和金钱至上两种气质。原先她也恭敬地称他童老师，后来发现童老师越来越像商人，便直接称呼童老板了。此时此刻，童老板朝她比画了一个数字，说："一集这个数，接不接？"

汤贝"哇"了一声，没想到她去了美国一趟身价就翻了好几倍。

"因为你现在是大名鼎鼎的汤三哥啊！"童老板笑眯眯坐下来说，"十万一集还低了呢！等下个剧本，我再帮你谈到这个数。"

疯了吧，抢钱呢！汤贝提醒童老板说："《××传》口碑不是不太好吗？"

"的确，我们的《××传》口碑一般……但是收视好啊！双台破2呢！"童老板越说越激动，"昨天我和一位制片人聊天，她说以后剧本都指定你写，说你是收视旺体。"

……真是一个令人无法理解的世界。

"有时候我们这圈子也是挺迷信的。"童老板解释说。

只是新剧本汤贝并不想接，因为又是一部大玄幻剧。她在童老板工作室晒了会儿太阳，再次想到前晚和沈时聊的天。

沈时问她会如何选择，她这样回答："如果我是你，我应该选择回国吧……大神在哪里都是大神，而且像沈医生你这样的人才留在美国真的太便宜老美了。"

她只是说出自己的简单想法，听起来却像是道德绑架。

“……我不是什么人才。”沈时笑了下，语气带着一丝自嘲。

清华毕业的说自己是庸才，被清华生崇拜的大神也说自己不是什么人才。既然大家都这样谦虚，她也没办法自夸了：“那我这个写烂剧的人，都不配在这个世界活了。”

“《××传》吗？”沈时冷不丁说出烂剧名字。

她那个尴尬，原来沈时知道《××传》是她改编的啊！后面，她和沈时聊了很久，聊到她都有些忘形。和一位高端精英聊天是一种什么感觉，感觉自我认知和人生追求都有了新的定位。虽然那晚……基本都是她在述说被网友们批判的忧伤。

汤贝拒绝了这个十万一集的玄幻剧本，理由是：“我想写一些有深度的东西。”

童老板：“……贝贝，你可别想不开啊。”

什么意思嘛，她有了高尚的追求反而变成想不开了？

不过，童老板还是比较照顾她，既然她想写有深度的东西，于是就拿出了三个正剧剧本给她挑选，一个历史剧，一个抗日剧，还有一个医疗小说的改编剧，小说名称——《人间浮华》，作者：大丁。

汤贝选择了最后一部。

第二天，童老板便联系了《人间浮华》制片人，制片人又联系了大丁老师，四人约在漫咖啡见面。

《人间浮华》是一部以叙事医学手法描述医患故事的纪实小说。汤贝花了整晚时间读完，整理了一篇读后感和一份改编思路。

熬了一夜，下午见面前，汤贝将脸泡进冷水盆清醒一下，擦干后敲开对面一位师姐的门，眯着微微泛红的双眼说：“呜呜呜，帮我化个妆！”

两点半，汤贝面带得体的妆容坐在童老师旁边——制片人的对面。至于大丁老师，还要晚十几分钟过来。制片人跟她介绍了一下大丁老师，这位大丁老师不仅是一位小说作者，还是毕业于知名高校的临床医生；由于工作较忙，每次见面都是百忙之中抽出时间，见面地点也都是安排在他所在医院附近的咖啡馆。

“我们理解点。”制片人朝她歉意一笑。

“的确，医生都很忙。”汤贝完全理解，前阵子她也接触了两位医生。

“等会儿你就称呼丁老师，或是大丁老师，但是不能多加一个丁哦。”童老板突然交代她说，猝不及防开起了车。

秒懂童老板话里的意思，汤贝那个无语——当她傻啊。

制片人尴尬地扯嘴，告诉她说：“主要是上次见面的一位编剧就不小心犯了口误。”

汤贝：……她突然有个问题，《人间浮华》已经换了几轮编剧了？

“已经换了六个了。”制片人一脸痛苦。

汤贝望了望天花板，转头对童老板说：“等会儿先不要对丁老师介绍我是谁。”

“为什么？”童老板不明白，随即了然一笑，“难道我们的汤哥是想要压轴？”

压轴个大头鬼……她怕直接交代了她是谁，连谈的机会都没有了！她心里隐隐觉得，大丁老师应该很难搞。

汤贝想得没错，大丁就是一位非常严肃非常严肃的……年轻男医生。

“抱歉，让你们久等了。”不苟言笑，丁医生在她面前坐了下来，抬起手表说，“我等会儿还有一个诊断会议，大家可以聊半个小时。”

“是这样的，丁医生，上次的编剧您不是不满意吗？我们这边又给您换了一位更知名更优秀的……”制片人急着说了起来。

汤贝正襟危坐，一时紧张无比，耳后微微泛红。大丁老师瞥了她一眼，回应制片人说：“我对你们圈子的知名和优秀已经有了完全不同的理解。”

“这个……”制片人语塞。

没想到这位丁医生如此直接，童老师打起了圆场：“有时候我们也是要适应市场，毕竟剧本面向的是大众。”

“适应市场，呵，市场就是被你们玩坏的。”丁医生更加直言不讳。

“丁医生……”汤贝打算自己开口。

不知道是不是最近的剧真的太烂了，丁医生非常有批评的欲望，与她说了起来：“你们身处这个行业，就要有行业精神，不要什么赚钱就拍什么。前阵子那部《××传》就是一个例子，编剧貌似叫什么汤三哥的，不知道你们知道他不？”

汤贝：“……”

童老板：“……”

制片人已经站起来：“我去上个洗手间。”

“对了，姑娘你叫什么名字？”丁医生问她，露出跟她有些面缘的样子。

汤贝：“我……”

如果原先她只是紧张，现在她完全是心灰意冷肝肠寸断心如刀绞意气消沉……几乎耷拉着嘴角，她望着丁医生，幽幽地说：“我就是你刚刚说的《××传》的那位编剧——汤三哥……”

半晌的沉默——

“对不起。”丁医生道歉，声音很快。

汤贝摇摇头，没关系，反正她也不是第一次遭遇这种伤害了。

丁医生真的有些尴尬，解释说：“光看汤三哥名字，我还以为是一个男的……”

汤贝扯了扯嘴，恢复了笑意吟吟说：“同老师相反，我看到大丁就知道您是男性。”

“为什么？”丁医生问。

“咳。”童老板猛地拉了下她的衣角，可能是觉得她要回击一番。

汤贝抿着笑：“因为你的笔名一看就非常地大气，和……坚硬啊。”然后，她递上了自己打印出来的改编思路，虽然知道没戏了，还是恭敬道：“丁医生，这是我整理出来的改编思路，即使你不喜欢《××传》，我还是希望你能看看我写的改编思路。”

“好……”

拿走她的改编思路，丁医生告别了，临走前不忘继续朝她补刀：“汤……三哥小朋友，虽然我很欣赏你的做事态度，但是我还是没办法认同你的专业能力。我做事一向比较谨慎，所以要选择一位更专业的编剧操刀完成《人间浮华》，希望你能理解。”

理解理解……但拜托不要再说了！汤贝仰着脑袋：“丁医生，再见。”

“好，有缘再见。”丁医生朝她颔首。

汤贝：……还是希望没缘吧。

“对不起，贝贝……”丁医生离去后，制片人终于从洗手间出来，歉意地与她道歉。

“……没关系。”

“丁医生就是这样的人。”制片人也是很头疼，像是要弥补她，对她说，“好脾气的作者就比较好沟通，我这里还有一位大牌作者，虽然大牌，但是性情温和，同样也是知名高校毕业，你要认识一下吗？她叫黑土。”

汤贝：“也是男作者？”

制片人：“不，女作者。”

汤贝：“写什么的？”

制片人：“推理悬疑。”

汤贝拒绝了制片的好意：“不了，我暂时不想同高智商人士接触了。”

童老板：……他可怜的汤三哥!

本想追求深度，结果却被深度抛弃。汤贝回了一趟周庄，带上了大包小包的礼物；不需要到客运中心买票，直接报了学校旅行社的周庄一日游。回到周庄，汤贝也没有回家，而是直接来到美膳楼，大大咧咧进门，随手将礼物放在大堂方桌上，坐下来喝起了茶水。

“美女，吃点啥？”不远处倚靠柜台的赵哥拿着一个iPad玩着，抬头一瞧，惊喜出声，“贝贝……你回来了？”

汤贝灌了一杯茶，对赵哥说：“赵哥，你让王叔给我炒个蛋炒饭好吗？”

五分钟之后，汤贝一边吃着蛋炒饭，一边回答老汤的问题。老汤以前是周庄第一哥，如今是周庄第一叔。作为一个曾经响当当的男人，现在的一家之主，长得又威严又高大，但汤贝并不怕他，从小就不怕。因为她才是家里的那个小霸王。

“对，没错……我是去了一趟洛杉矶，但是我是去采风啊。”汤贝回答老汤说，没有多提，直接把买回来的礼物展现给老汤看，“爸，你猜我给你买什么了？爱马仕的皮带！”

老汤朝她摆脸：“你知道你独自去美国，你妈有多担心你吗？”

就知道他们会瞎担心，她才没汇报啊。汤贝继续喝蛋花汤，露出一个卖乖笑脸：“……善善呢？”善善就是她的妈妈，曾经的周庄第一美人，用老汤的话来说，他和善善青梅竹马小学同桌天生一对……

中间……省略她妈和季叔叔的那一段。

和老汤不一样，她妈对她更严格一些，但是善善长相太秀丽，生气也没什么严厉模样，所以她就在一个无比温馨的家庭氛围里甜蜜地长大了。

“买了那么多东西，是不是又花你哥哥的钱了？”善善来了，面对她买回来的两套高级护肤品，第一句就是问她有没有拿她哥的钱。

汤贝连忙摇头：“没有啊，每次哥要给我钱……我都没要。”后面一句，有些心虚。

善善摇头。

汤贝偷偷叹了一口气，夹在她妈和她哥之间，有时候她也很为难啊。

除了给老汤和善善带回了礼物，汤贝还给店里的每位伙伴都带来了一份小礼物，礼物不贵，重在心意。还有两包美国花旗参，是给王叔的。

在丁医生那里遭遇了创伤，汤贝回周庄自我放松了好几天，每天穿着睡衣玩游戏看电影，和点自家店里的外卖吃，其间唯一干的正事就是剪辑美国留学生视频。大概是没见过她这样长时间宅在家，老汤都看不下去了，商量着对她说："闺女，要不你还是出门采采风吧。"

她不为所动，躺在床上闭着眼说："不要，我要继续待在家里享受爸妈的温暖。"

"那就给我起来遛一圈！"

……

汤贝再次回到S市，已经快十二月底了。

她接到了童老板的电话，手机里童老板对她说："三哥，不管别人怎么看你，我老童真的十分看好你，赶紧回来吧……需要你啊。"

汤贝拒绝："谢谢……不过我不想写剧本了。"

"那你要做什么？"

汤贝提醒童老板说："你忘了我所学的专业吗？"

她学的可是导演专业，当年也是在千军万马里考入了S市戏剧学院导演系，她也是怀抱过热忱梦想的。她堂堂一个未来大导演，写什么狗血剧本！她要重新定位自己，她要重新包装……她要去当导演……

童老板挂上了电话。

半个小时后，童老板再次打来电话，开门见山地说："一个热门行业剧要在S市开拍，正缺个副导，要不要去？"

"……什么行业？"

"还能是什么行业，当然是你汤三哥现在最感兴趣的医疗行业。"

当天，汤贝带着摄像机和笔记本电脑，回到了S市，由于时间紧迫，她都没去美膳楼同老汤和善善说一声，只在微信里留下简短家书一封："你们的女儿又要出门奋斗了。"

老汤觉得自己养个闺女就像养只蛙。

医疗行业剧那边，汤贝顺利面试成功，第一时间在洛杉矶的群里分享她的好消息。同时自我鼓励一番："虽然目前我做编剧比当副导赚钱，但是我觉得人的一生如此漫长，我不应该只为了追求钱。我应该去学习，去充电！一个人要能经受住金钱的诱惑，才能真正有所成就是不是？"

半晌，张安硕没回复她。

“张医生，你怎么不说话了？”

张安硕：“因为我刚刚正为了一点小钱和同事换班。”

汤贝转移话题：“沈医生呢？”

“噢，他回国了。”张安硕说。

啊，那么快？沈时选择回国工作了。

张安硕：“有个交流活动，沈医生作为UCLA医学代表回国交流一个星期。”

汤贝：“哦。”

……才一星期啊。

面试结束的第二天，汤贝就进组医疗剧《爱都》，开始第一天的拍摄工作。

剧组拍摄地点位于S大附属医院的东部院区，一个去年刚建成的新区医院，建筑和设施设备都非常现代化，这也是《爱都》来这里取景的原因。

而她的最新身份——《爱都》剧组第三副导演。

一个剧组除了坐在监视器前喊“过”和“不过”的正导演，还会有很多副导，分别按照岗位顺序位列第一副导演、第二副导演和第三副导演等。每位副导演的职能也不同，她的工作就是负责管理整个剧组的群众演员，以及辅助其他两位副导演做好现场拍摄工作。

嗯，汤贝觉得自己很重要。

作为一部医疗行业剧，《爱都》的群演很多，他们基本都是扮演来医院看病的患者，其中有可能被烧伤、被撞伤、被黑心老板的机器压伤……

《爱都》第一场戏就是S市中南高速入口发生了汽车连环相撞事故，为了最快速度抢救车祸伤员，剧里的江城第一医院开通急救绿色通道。

此时此刻，机位到位。

等会儿就要上场的车祸群演A，汤贝这边也协调完毕。“开始！”导演下达开始拍摄指令。

立马，化了装身上洒了大量假血浆的群演A被抬上担架，开始奄奄一息地表演。

好家伙，刚刚还对她说自己刚入行会紧张，没想到立马表演得有模有样。同时，身穿白大褂的主演们上场抢救，询问意识、感触温度，然后是测量血压、脉搏……

对比主演们身上穿着的白大褂，不得不说，沈时仍是她见过的穿白大褂最好看的男人。

第一场戏拍摄结束，汤贝回到群众演员那边，按照剧本内容对群众演员进行解说，告诉他们等会儿怎么上场，怎么演绎一位车祸伤员更逼真。

她和一群“车祸”伤员接触，身上不免也沾上了不少假血。这些假血都是道具组按照需求制作出来的，颜色和质感都非常逼真。汤贝见过他们的操作，食红加蜂蜜以及温水按照比例兑制而成，视觉效果和真血一模一样。

汤贝看着自己衣服上的血迹，有些瘆人；对着手机拍了一张照片，发给了季柏文。没想到一向回复信息特别慢的季柏文立马打来了电话——

“贝贝……怎么了！”

季柏文声音里的紧张让汤贝觉得自己像是放羊的小孩，她走到花坛笑嘻嘻道：“哥……”

她的语气让季柏文松懈下来，然后咬牙切齿骂她：“汤贝贝！你她妈是不是脑子进水了！”

她妈……不就是他妈吗?

汤贝不管季柏文，自顾自说了起来：“哈哈……哥，你猜我现在做什么，我在剧组呢……我当副导演了。”

季柏文：……

“这是一个专业医疗剧，就在S市这边的医院拍摄，所以我就从周庄回来了。”汤贝蹲下身，跟季柏文分享她现在做的事情，语气带着一份不经意的自得，“我跟你说，我这个剧组超强，不管是制作团队还是演员都是一线。”

所以，她也是一线哦。这是汤贝没有说出来的言外之意。

“导演编剧都超有名，非常有经验。”所以可以学到很多东西。

“还有……”

汤贝停了下来，因为季柏文那边挂上了手机。特别冷漠的挂断，都不跟她吱一声。

哼。汤贝对着手机摸了摸鼻子，就他威风。

一直以来，汤贝都知道季柏文对她的学校和专业颇为不满。当年她要参加艺考，季柏文就特别不愿意她考什么导演系，强势建议她学人力资源这种偏向女性化的专业。难道女孩子就不能当导演吗？汤贝不服气。

中午盒饭时间，汤贝又将假血的照片发到了洛杉矶的群里，果然见过世面的医生就是不一样，张安硕不仅识破了这是食红兑的血浆，还秀了一把化学知识：“如果想要再逼真一些，再加点硫化乳胶。”

行家啊。

“沈医生到了吗？”张安硕在微信里问，并艾特了沈时。

汤贝默默地看着聊天框，算了算时间，沈时应该已经抵达S市了，可能是还没来得及开机。收起手机之前，她也在微信群里留言：“沈大神，给小弟一个面子，让我请你吃顿饭吧。”同时，也艾特了沈时。

微信里，沈时一直没回复，汤贝也很忙，忙着看《爱都》剧本，忙着在群演里当她的小头目，手机再次响起，她正抱着一堆道具换场地。

“我是沈时。”沈时在手机里自报名字。

汤贝走在东部院区新建的疗养中心长廊，特别开心地接到了沈时的电话。因为沈时主动打来电话，自然提到请他吃饭的事，可是她还要好一会儿才能完工。“沈医生，你现在在哪里，等会儿我来找你吧。”

“不用。”沈时说，很快加了一句，“我应该就在你拍摄的医院，你们剧组的名字是不是叫《爱都》？”

“！！！”

汤贝激动得难以置信，心跳莫名地加快着，怦怦怦。“对，我们剧组就叫《爱都》……”她咧着嘴回答。

东部院区主楼的二十二楼院长办公室，沈时正同东部院区的田院长见面，大致地聊了聊双方想法。聊得差不多，沈时侧过头看向落地窗外，从他这个角度，刚好可以看到对面楼层停着的剧组车辆，底下的工作人员来来回回地进出。

田院长解释说："我们这里是新建的院区，各方面设备设施都很先进，所以很多医疗剧要来我们医院取景拍摄。其实……我个人并不喜欢医院变成拍摄场地，但是没办法，这些剧组太厉害，直接跟卫生局那边打招呼，没办法啊。"

沈时回过头说："这是贵医院建筑漂亮的缘故。"

"沈医生谬赞了。"话虽这样说，田院长却一点儿也不客气，指向对面两幢楼说，"这两幢楼我们请的是国内最有名的建筑团队设计的，去年获得了鲁班奖。用他们演艺圈的话来讲，鲁班奖就是中国建筑业的奥斯卡。"田院长说得很详细，主要怕沈时在国外太久，不了解国内情况。

沈时笑了下。

"当然，我们现在拥有这样的基础设备，也是这些年国家越来越注重文卫的原因。"顿了下，田院长又说，"沈医生，我作为东部院区的院长，再次诚恳邀请你回国加入我们的医疗团队。今年我们也展开了CAR-T免疫疗法的研究，后面的临床实验真的非常需要你这样的人才。"

"人才"，这两字沈时前不久在另一个人那里听到过。只是这些年过去，他对人才两字没有了任何感觉。

"年后，我会同贵医院的人事科联系。"

沈时很少上手机微信，因为有人在群里异常活络，他也总能知道她的近况，一下子要改编新剧本，一下子又进组当起了副导演。必须承认，汤贝贝是他见过的精力最旺盛的女孩。

他下楼来到对面剧组的拍摄场地。外面围着红线，他没有进去。

远远地，摄影机前的汤贝已经看到了沈时，挥起了手。不知道是不是她戴着帽子，沈时没注意到她，她跑向他，漾着笑脸。

“沈时……哥。”汤贝站在沈时面前，不小心叫出了他的名字，在后面加了一个后缀。

沈时不在意称呼，瞧了瞧面前的人这一身穿着问：“在忙？”

汤贝摇头：“再收拾一下就好了。”就在这时，第二副导演朝她使唤道：“新来的，过来搭把手！”

汤贝：……官大一级压死人啊。

汤贝回头瞧了眼第二副导，第二副导也对她很无语，不好好做事居然跑出去撩帅哥。

“现在还早，我也要在这医院继续看看，等会儿再来找你。”沈时对她说。

汤贝露出更灿烂的笑容：“今晚我一定请你吃一顿特好吃的。”

“嗯。”沈时扯了下唇。

事实是，沈时最不喜欢的事情就是别人请他吃饭。

临近冬至，夜幕降临得特别早。等汤贝结束工作，整个天色都已经暗淡下来。她看了看时间，刚刚五点一刻，脱掉了沾血的外套去找沈时。幸好今天她穿得多，外套里面还有一件马甲背心，多口袋的款式。

对，就是导演们最爱的那种小马甲。

他们走在东部医院外面的人行道上，沈时临时接了一个电话，她等在旁边，隐隐听到了一声跟她同款的——“沈哥哥”。

……呃？季子珊？

隔着深冬入夜前微微刺骨的冷风，汤贝听出了沈时手机里的女音是谁。是的，她见过季子珊，自然能听出季子珊的声音。

电话里，季子珊也要请沈时吃饭，沈时拒绝了：“不用了，子珊。我已经有约了。”

有约了……汤贝回味了沈时的话，内心骄傲地抬起了头，转了转眼珠子。嘿嘿，请客吃饭这种事情呢，有时候并不看谁的面子大，也不看谁和谁更熟，完全只是看——谁先下手为强。

只是说到请客，汤贝也不知道请沈时吃什么，她知道S市一些贵的餐厅，因为季柏文带她体验过；也知道S市哪里有最好吃的平价馆子，平时她和同学都会三三两两地外出觅食。

所以到底选贵的，还是好吃的，汤贝一时纠结，然后问沈时："时哥，你可以吃日料吗？"

沈时并不挑食，点了下头："可以。"

因为听到那声同款沈哥哥，汤贝对沈时的称呼换成了时哥。沈时虽不在意称呼问题，但是有人这样换来换去地称呼他，还不如直接叫他名字。

"如果别扭，就直接叫我名字。"沈时说。

"不行啊——"汤贝摇头，看向面前的人，"你大我那么多，叫你名字多不礼貌。"

沈时没再说话，也不再要求什么了。

戏剧学院附近的日料店叫作秋子居酒屋，一家典型的日系居酒屋。店里地方虽小，但是装修得别具一格：原木的吧台，陶质的碗碟，深色的实木地板延伸到悬挂着暖帘的二楼，墙面上挂着各类秀美的仕女图。店里进来的门是小门，门口挂着精美的红色小灯笼，古朴清雅带着一份影影绰绰的美感。室内的灯光也偏黄光，照得整个空间彩色饱满又温馨自然。

因为环境小资而有趣味，这家店算是她戏剧学院附近的小网红店。今年她还在这家居酒屋给表演系的女孩拍过片，老板以前也是戏剧学院的师哥。

重点是，她带朋友来这里吃东西，可以打折。

沈时坐下来，汤贝笑吟吟地递上菜单。

"这里你熟，你来点吧。"沈时说。

"好。"

日料分量少，汤贝一口气点了好多，沈时提醒说："我午饭吃得晚，不用多点。"

汤贝抬起头："我午饭吃得早……"而且，她在剧组干了一天的体力活，今晚不吃多点，明早可没有力气继续扛道具了。

沈时由她了。

汤贝点了一桌子的日料，和一个寿喜小火锅。面对两盘三文鱼和金枪鱼腩，她对沈时说："虽然这家居酒屋小，但是食材一点都不输顶级日料餐厅。"

沈时看向盘子里肉色漂亮的金枪鱼腩，的确新鲜。然后，拿起了筷子。

汤贝也开始吃最爱的招牌卷，手机振了两下，张安硕在微信里邀请她一块吃鸡。没有犹豫，汤贝拒绝了张医生的邀请，理由是："张医生，我在忙……"

"唉，好无聊啊。沈时你现在在做什么？我找汤妹打游戏她居然说在忙。"半分钟后，张医生又在群里艾特了沈时。

沈时拿起手机，查看洛杉矶的群消息。

汤贝默默低下头。

"我也在忙。"沈时回复张安硕。

汤贝抬起头："吃东西的时候不方便打游戏。"

沈时"嗯"了声，放下手机。

群里，耐不住寂寞的张安硕同时艾特她和沈时两人说："沈医生，昨天汤妹说要请你吃饭，你看到消息了吗？"

她和沈时默契地都没有理会张安硕……不知道为什么，汤贝有些小刺激，以及，小小的荡漾。感觉就像她和沈时关系更近了一些。

汤贝想起傍晚季子珊的那通电话，仗着自认为和沈时关系近了那么一点点，直接问了出来："沈医生，你也认识季子珊吗？"

"嗯，认识。"沈时回答说。

刚刚等车的时候，他叫出季子珊的名字，也就是觉得没有瞒着的必要。他不仅认识季子珊，沈家和季家还颇有渊源。

就是不知道，汤贝贝对季家是一个什么想法。

汤贝对季家能有什么想法，事实是在她哥离开周庄之前，她对季家根本没任何概念。季家对她来说，就只是她哥亲生父亲的家庭；倒是对季子珊，她有点想法。

她和季子珊同岁，第一次接触季子珊是她小学五年级来S市参加全国讲故事比赛，比赛结束成绩未公布之前，一个不同组的女孩跑过来对她说："我一定会赢了你的。"

小时候她也是一个不服输的小霸王，回应说："你怎么赢我？你讲得又没我好。"

当年跟她一起比赛的女孩就叫季子珊，那天她妈带着她过来，也正好看见了善善和老汤陪着她来S市参加比赛。

再次见到季子珊，她哥已经回到了S市，她中考结束来S市玩，她哥来车站接她，后面还跟着一个绑着马尾的女孩。当年她哥离开了周庄离开了她，她内心深处都觉得季柏文应该是她一个人的哥哥，但是那趟游玩后，她明白了她哥不是她一个人的哥了。

同样中考毕业的季子珊，已经变成了一个话少冷感的倨傲少女。

……

总的来说，她和季子珊不熟，由于两人拥有同一个哥，又多多少少有些接触，加上双方身份比较特殊，每次接触起来也都比较生硬。

"沈医生，你和季子珊熟吗？"汤贝问，乌浓的眼瞳带着一丝凝思的神韵。

沈时没有直接回答熟不熟的问题，换着方式实话实说："以前我们两家住得比较近。"

沈时这样说，汤贝基本明白了，小声说："……青梅竹马啊。"

沈时差点被芥末呛了一口。抬起头，视线几乎望进面前这双乌浓的眼睛里，沉默了会儿，提出不同理解："青梅竹马不应该是一起长大吗？我都大你那么多……自然大季子珊很多。"

嗯，对噢。汤贝一双笑眼瞬间凝成小酒窝，停留在年龄问题想了想说："那你差不多是看着季子珊长大吧。"

……这个发现，还不如两人是青梅竹马呢！

"我在美国待了十二年，怎么看着季子珊长大？"沈时问她。

……这是一个数学问题。

汤贝觉得今晚自己脑子有点笨，不仅反应慢，还频频出错。刚刚她在想，如果沈时真的和季子珊很熟，以后她就尽量少联系沈时。

她和季子珊同一个哥哥已经很别扭了，还要结交同一个朋友，多没意思。

第二天，《爱都》拍摄室内戏，一群主演医生在会议室进行了激烈的争辩，对某位病人的病情提出了不同的医治方案。

这是一场张力十足的重点戏，导演连续叫停了好几次都不满意。

有时候演员演技不够可以用拍摄技巧弥补，中间休息的时候，汤贝拿着一个苹果递给导演，开口说："王导，吃苹果。"

王导接过她的苹果，放在了监视器旁。

汤贝半蹲在旁边："王导，我有个想法……"

"说。"

她开始进谏："等会儿我们拍摄这个场景的时候，是不是可以先用水平以上的视觉拍摄，接着降低摄影机高度，用水平视线拍摄中间的部分，最后用水平视线之下拍摄医生对峙的画面，这样会议室的墙面就会显得狭窄，形成一种封闭感——"如果镜头里的空间逼仄了，人物之间的冲突会不会就紧张了呢。

这样，主角们的张力也就……有了。

汤贝越说越轻，最后触及到王导看她的眼神，停了下来。

"继续说，继续说。"王导要求她。

汤贝摇摇头，不敢了。

"来！"王导又指了指自己的位子，"我把我的位子让给你，你来坐在这里好好看。"

汤贝继续摇摇头，不敢，真的不敢。

"哈哈！"王导演大笑起来，拉着她坐下来，对第二副导说，"调整机子，就用小汤刚刚说的方式再拍一遍。"

汤贝：……

后面几天，汤贝一直在东部医院学习拍摄，前天晚上那顿接近五百块的日料，她就当感谢沈时在洛杉矶对她照顾了。剩下的人情，就让季柏文还吧！至于张医生对她的照顾，她就不用客气了，毕竟最近她有空就带张医生吃鸡。两人完全已经是生死之交了。

因为张安硕和汤贝每天抽空都会玩一会儿《荒野行动》，张安硕又喜欢直接在群里找汤贝，所以最近洛杉矶的群气质发生了很大改变，而且内容单一，几乎每天都是——

汤妹，吃鸡吗？

汤妹，吃鸡吗？

汤妹，吃鸡吗？

沈时：……

Chapter5

灯火辉煌，男人卓然

沈时回了一趟家。回家之前，他打了一个电话到家里，家里的座机号码多年未变，比起用手机，父亲更爱用座机联络。骨子里，他和父亲性情如此相似。用他母亲曾经的话说，父子两人简直一模一样。

现在沈家除了父亲，还有一个做事的阿姨，姓岳，五十多岁，体形偏瘦小，说话带川话口音，见他回来笑得很热情，双手擦着围裙说："你就是沈教授的儿子吧，你们父子俩长得真像，我听沈教授说你在美国当医生，好厉害！"

"岳阿姨你好。"

"好呀好呀。"岳阿姨咧着嘴，想到什么，语气期盼地说，"那个沈医生……等会儿你可不可以帮我看一份病历报告，我老家那位……哎哎，如果你没空，也没关系的！"

"没问题，等会儿拿来就好。"

岳阿姨连忙道谢："谢谢谢谢……我真是找了一个好人家做事。"

沈时上楼见父亲——沈章平教授。父子两人好久未见，没什么话说，便说起了一些家中琐事。中间，沈时看了眼挂在墙上的母亲的照片。

沙发茶几上放着两杯茶，沈教授解释说："下午老季过来坐了会儿。"

沈时点头。他父亲书房的窗户朝着的方向就是季家，两家都是红白色老式的三层小楼，前后两个花园。一年半未见，父亲真的爱说琐事了，指着外面重新粉刷过的房子反复说："今年物业重新粉刷了外墙，我们这二十多年的房子，看起来都像新小楼了。

"不过这房子当时建得一般，防水什么做得都不太好，今年春天你房间墙面有些渗水。我已经找工人重新做了防水，但是你以前一些书资料课本什么的，我一时没注意导致它们受了潮……不过你阿姨全搬到三楼平台晒了一遍，按照原样放回了你的房间。

"就是不知道有没有毁坏，资料书籍太多，等会儿你要自己看一看。"

絮絮叨叨，语调缓慢，沈时听着父亲说着话，内心十分平静。隐隐约约，又觉得自己空荡的胸口像是刮进了风。沈家父子两人，从来都是理性思考感情寡淡的人。

晚饭时分，沈时陪父亲喝了两口酒，酒是季家送过来的，老年份的茅台。瓶身的"茅台"两字已脱落得只剩下一个口字。旁边的岳阿姨热情地给他介绍菜色，不停地问他合不合胃口。

沈时有些抗拒这样的热情。

饭后，岳阿姨拿出了一份病历和一袋影像资料，紧张地递给他说："沈医生，要不你现在就帮我看看吧，老家医生建议我们做手术，手术费要三万多……我们什么都不懂。"

沈时看起了病历，但这六张影像时间显示是三个月前做出来的。

……

"沈哥哥。"

沈时走出家里的大门，一道清亮的女音叫住了他，他抬头看向人，回应道："子珊。"

"好久不见了，沈哥哥。"季子珊扎着马尾迎面走来，身上是一套白色运动衫，脚上穿着同品牌的白色运动鞋。

"出门跑步？"沈时问。

"对。"季子珊点了下头，人站在花园石阶柱子旁，"沈哥哥，你什么时候回来的？"

“有几天了。”

季子珊抿了下唇：“沈哥哥，我爸妈已经同意我去加州留学交换了。”

“恭喜。”

没想到只得到一声恭喜，季子珊低下头，眼神闪躲了片刻，再次抬起头，嘴边的笑意也有些变化：“但是，我决定不去了。”

沈时没回话。

季子珊若无其事地说：“我听沈伯伯说，你要回来工作了对吗？”这句话完全表明了她又突然决定不去加州大学交换的原因。

沈时一时缄默。

季子珊很紧张，转了下头，然后听到沈时对她说：“你应该自己想清楚，不要意气用事。”

这就是沈哥哥给她的建议，简单的一句话。明明他明白她心里的想法，清楚她为什么要去加州大学交换，也清楚她为什么放弃加州大学交换名额。季子珊心里有些失落，想起了另一件事，大方地问出来：“沈哥哥，你是不是也认识……汤贝贝？”

“嗯。”沈时没有隐瞒，“我们在洛杉矶认识的。”

“我知道。”季子珊眼底漫上笑意，主动说，“我哥说她腿受伤了，刚好住进你们医院。”

沈时没有往下接。

季子珊也不知道自己怎么想的，很想知道沈时对汤贝贝的看法，想听听沈时是如何评价汤贝这个人，抿了抿唇，语气活泼地问：“汤贝贝长得漂亮，沈哥哥是不是也很喜欢她？”

沈时没有作答。

季子珊问完也觉得自己刚刚问得毫无逻辑，还不如直接问沈哥哥对汤贝贝的看法。

“你对汤贝贝这个人，怎么看啊？”季子珊直接问出来。

人和人不一样，前两天汤贝贝问他和季子珊熟不熟，问得试探却心思明确，他完全能领会汤贝贝心里的想法。现在季子珊也问他对汤贝贝看法，即使问得直接，话里还是藏着话。

不过，沈时也不知道怎么回答季子珊这个问题。汤贝贝是一个什么样的人，似乎不用多琢磨，在洛杉矶的十多天相处里，她已经生动又有趣地向他展现了她这个人，她的性格、爱好、喜怒、心里的想法。

“汤贝贝就像你哥说的，有些闹……”沈时对季子珊说，顿了下，加了一句，“不过挺懂事，也很有想法。”

……

如果，如果汤贝贝知道沈时对她的评价，一定会对沈时说一句：“沈医生，我比你说的更优秀哦。”然后，心里美滋滋地反复感受一百遍。

毕竟沈时对她的评价，像是她的智商得到UCLA Medical Center的官方认证……很权威。

《爱都》剧组要赶着拍完医院戏份，每天都是加班加点，只是拍摄过程难免因为意外拖延拍摄进度，汤贝看了看拍摄计划表，觉得今年春节她可能都要在剧组过了。唉，夜里《爱都》拍摄夜戏，汤贝靠在躺椅上方看星星。天上的星星不说话，地上的蛙蛙想妈妈……

周庄的老汤和善善也想他们的蛙闺女啊，还有美膳楼所有的伙计和厨师。蛙闺女已经一个多月没有回来了，留给老汤的只有偶尔拍几张照片放到微信群，告诉他们，她最近在干什么事，交了什么朋友，去了什么地方……更让老汤无奈的是，今年过年汤贝贝才回来吃了一顿年夜饭，第二天又收拾东西离开了家。临走前，还捎走了家里大袋小袋的零食，连年夜饭剩下的那半只酱鸭都不放过。

年后汤贝回到S市，周庄却来了一位不速之客。

游客张安硕找了个人打听了一会儿，终于找到了汤妹推荐给他的美膳楼。年初三，周庄正是游客旺盛的时候，张安硕排队才等到了自己的桌位号，点了三菜一汤，味道符合汤妹所说的——周庄第一美味酒楼。

对了，汤妹说来美膳楼报她名字还可以打折。

张安硕招了一下手，没想到直接招了老汤过来，张安硕面带笑容，礼貌询问："你好老板，我想问一问，你们的店是不是报汤贝贝名字，就可以打个折？"

老汤拿着账单，不答反问："这要看你和汤贝贝是什么关系。"

他和汤妹是什么关系？张安硕想起他和汤妹在游戏里默契杀敌如同生死兄妹般，咳了一声，微微一笑说："我是……汤贝贝失散多年的哥哥。"

"……"

"……"

一时之间，老汤绷住了脸。

什么情况？？？

一起安静下来的还有旁边听到对话的两位伙计，其中一位反应过来，使了一个眼色说：赶紧去告诉老板娘去，老板失散多年的儿子找上门了！

无奈之下，老汤不得不自证清白，请求说："好兄弟，不要胡闹。你就好好告诉我……你到底是谁？和我们家的贝贝到底是什么关系？"

同样年初三，沈时再次从洛杉矶飞回S市。医院没有春节假期，因为多发流感，今年春节期间医院门诊更是人满为患。这是沈时在美国看不到的看病情形，美国看病从预约到就诊，整个过程更流程化，但效率也较为底下。

"过去我们医院的重心过分放在指标和速度上，从而忽视了质量指标，结果就是欲速则不达，付出了大量精力，医疗效果却不尽如人意，尤其是肿瘤科室。所以推行肿瘤MDT诊治模式已是大势所趋，也是日后精准医疗的一个重要方向……"东部院区，田院长在会议上发表了关于建立肿瘤MDT团队的重要讲话。

这也是沈时回国加入东部院区参加的第一个会议。会议结束，田院长对他说："沈医生，我介绍一个人给你认识。"

说曹操曹操到。

院长办公室，田院长对着进来的人说："沈医生，这就是总院那边过来的丁医生，肿瘤内科专家，你们认识认识。”

“丁医生，这位就是……”

“不用介绍，田院长。”丁医生已经走到沈时前面，伸出了手，自我介绍道，“你好，Doctor Shen，我叫丁昇，很高兴以后能跟你一起共事。”

午后的阳光透过百叶窗在办公室的地板上留下斑驳的阴影，外面薄薄的早春日头还带着冬日的寒意，沈时身姿挺拔地站在日光里，顿了会儿，也朝丁医生伸出自己的手：“你好，丁医生。”

张安硕在群里晒出了一张合照，合照地点是悬挂着美膳楼红色牌匾的大门前。照片里他和老汤一个高大胖，一个高大壮，差点挡住了美膳楼三个字。

发了照片后，张安硕又发来一句话：“失散多年的儿子终于找到爸爸了。”

汤贝：……

失散多年的儿子找到爸爸这个梗，源于她打游戏时说张医生是她失散多年的哥哥，万万没想到张医生如此迅速地“借她上位”。

她在群里问张安硕：“美膳楼味道如何？老板有没有给你打折呀？”

张安硕回复：“味道自然对得起汤妹所说的周庄第一酒楼，不过打折嘛，差点被打折了腿，最后老板终于知道我是他失散多年的儿子，不仅给我免了单，还要留我继承家业，因为我志在学医，只能忍痛放弃了美膳楼少东家的身份。”

扯，扯，继续扯！

随后，张安硕在群里艾特了沈时：“沈医生，什么时候也过来吃一顿，报汤妹的名字真的可以免单哦。”

咳……

张安硕突然艾特了沈医生，汤贝猛地意识到一件事，她好像很久没有在这个群里看到沈时出现了。像是她和张医生两人搞起了小团体，汤贝莫名愧疚起来。然后，她也艾特了沈时，留下一句："沈医生有空也去周庄玩，不用报我名字，直接刷脸免单。"

"汤妹……你这心歪的。"张安硕说。

汤贝丢了一个笑嘻嘻表情。

就在这时，她的表情下方出现了一条只有三个字的消息，消息来自许久没有在群里出现的沈时，他问她——"怎么刷？"

……没想到，沈时玩起了冷幽默。她转移话题问："沈医生，你在国内，还是国外？"

沈时直接发来一个定位，他和她距离不到一百米。毫无疑问，此时此刻沈医生就在S大附属医院东部院区。

"汤妹，难道你不知道沈医生来S大附属医院任职吗？"张安硕艾特她说。

嗯，最近她真的太忙了，可是沈时有在群里说过他来S大附属医院的东部院区工作吗？汤贝用手机上了S大附属医院网站，然后在医院网站的科研学术这一栏看到东部院区要建立肿瘤MDT专家团队的报道，报道下方是专家名字和简介。

人员名单分别是沈时、丁昇、顾之逸、黄炎等等。

每个人的简历都很牛。

汤贝关了网页，心想自己还是不能疏离沈时，以后有个啥问题还可以走个后门来着。昨天王导演都抱怨现在的专家号太难挂……顿了下，她看向沈时主攻方向，摇了摇头。

还是希望她这辈子都没有这个需求吧！

今天《爱都》有一场跳楼戏，一位得了乳腺癌的年轻女孩遭到男友抛弃选择轻生，然后被一位医护人员劝说了下来。

"为什么老天如此不公平，为什么那么多人里偏偏选中了我！既然老天都抛弃了我，我为什么还要活在这个世界上！不是我不想活，是这个世界抛弃了我！"

天台上方，穿着病号服面容消瘦的女孩痛心疾首地念着台词，女孩演技很好，汤贝的情绪都有些被带动，仰头注视着女孩，目光含泪。女孩旁边穿着白大褂的男医生对女孩喊：“就算这个世界放弃你，我也不会放弃你！”

女孩回过头，男医生继续说：“因为，从你住院的那一刻，我就担负了医治你的责任。不管什么情况，我都不会放弃你。”

男演员的台词同样念得很动情，旁边导演喊了一声：“过！”

绑着安全绳的女演员被搀扶下来。

汤贝收回了自己廉价的泪水。

季柏文回来了，刚从泰国飞回来，给她带了新年礼物，下午打电话来让她过去拿。年底季柏文飞泰国进行商业谈判，今年的年夜饭既不在季家吃，也没有回周庄。

这样一比对，汤贝觉得自己还不算特别忙。

傍晚，汤贝去了季柏文的私人公寓。她有公寓钥匙，但还是选择按门铃。有次她直接开门进来，撞上了在里面洗澡的程莹莹。结果她这样礼貌，季柏文却不乐意给她开门，按了好久门铃，他终于黑着脸，穿着睡袍给她开了门。

汤贝扬着笑脸：“哥，我来了。”

季柏文昨夜坐飞机回来补觉到现在，整个人依旧有些头疼，看着眼前人卖乖讨巧的样子，嗤笑一声：“过来得倒是很快。”

汤贝漾着笑：“想你了嘛。”

季柏文又是一声哼，然后抬了抬下巴，指向前方餐桌，示意礼物在那边，让她自己去拿。

汤贝望向餐桌，入眼是一个大椰子，不可思议地眨了眨眼睛：不会吧，季柏文就给她带了一个椰子，亏她接到电话就快马加鞭打车过来了。

结果就一个椰子？

她过来打车费都要一百二了！

汤贝回过头，委屈地开口：“季总，你当我没吃过椰子吗？”

有病！季柏文整个人从沙发上站起来，指着椰子后面的首饰盒子说：“汤贝贝你眼瞎吗，看不到后面的首饰盒？”

……瞧见了。

“不好意思……”汤贝上前拿起深蓝色的首饰盒，打开来看，里面是一个镶着彩色宝石的小狗挂件，附带链子。

咬咬牙，真是毫无惊喜，又是一条狗链。

因为她属狗的关系，从小到大她收到的家人礼物都和狗有关系，狗镯子、狗坠子、狗牌子……就不能有点新意吗？

“喜欢吗？”沙发上的季柏文问她。

汤贝拿着小狗项链，点了下头说：“喜欢……”

季柏文身子往后靠，舒适地跷起了双腿：“喜欢就好。”

泰国这次出差季柏文带舒瑶一块去，他给贝贝选购礼物的时候，舒瑶给他建议说：“贝贝已经长大了，会不会已经不喜欢这些卡通动物了？”

汤贝贝长大了吗？他怎么一点儿都没看出来。

那是有人眼瞎。回去之前，汤贝在季柏文这里煮了一碗泡面。一碗泡面放了两个鸡蛋，蛋没有打碎，煮到蛋黄刚好停止流动，关掉小火。她从小就爱吃糖心蛋，吃之前戳个洞，然后用嘴慢慢地将蛋黄吸吮出来，搭配着牛肉方便面浓郁鲜美的汤汁，别提多美味。

季柏文原本坐在沙发上收发邮件，看到某人吃成这副模样，开口说：“给我也来一碗。”

汤贝转过头：“已经没鸡蛋了。”

季柏文：“那就给我煮一碗没鸡蛋的！”

汤贝认命地去煮泡面，不知道是不是因为小时候她和季柏文常常一起吃泡面，现在她和季柏文都很爱吃泡面。所以千万别看某总裁表面光鲜靓丽，回到公寓还不是吃着泡面，最多里面放两个鸡蛋。

“哥，舒姐姐回周庄了吗？”

“回了。”

汤贝将泡面端到季柏文面前，替舒姐姐说起了话："你大过年都不给舒姐姐放假，舒姐姐家里人该有意见了，今年你可要给舒姐姐多发点奖金才对。"

听着她的话，季柏文抬起头："我过年也没放假，你怎么不心疼心疼我啊。"

汤贝低下头，看着碗里的泡面说："……我不是给你煮泡面了吗？"

季柏文：……

汤贝回去了，换鞋的时候在鞋柜里看到一双性感的黑色高跟鞋，回过头说："哥，过年吃饭妈问我你今年要不要带女朋友回去。"

季柏文没再搭理她。

不管了，反正话她已经带到。

晚婚晚育，已经成为一个社会问题了。夜里汤贝看完一部电影，磨蹭到十二点到卫生间洗漱；不知道是不是因为今天拍的戏份，洗澡的时候她留意地摸了摸自己的胸。

摸完左边摸右边。

半个小时后，汤贝盘坐在床上紧张地百度刚刚不经意摸到的小疙瘩，然后觉得自己可能要爬起来写遗书了。

百度说，她这种情况有可能引发乳腺癌……

天哪，她要成为《爱都》剧本里那个不幸少女了吗！

天妒英才啊！

她不服……

一整夜，汤贝都没有睡着，第二天她来到剧组报到一下，便直接去对面门诊挂号看病了。健康面前，什么梦想，什么事业，全都变成了空谈。

现在门诊大厅都是机器挂号，她虽然前段时间接触了两位大医生，现在还成为一部医疗剧的副导演，可不影响她依旧是一位医盲。

她先是挂了一个胸外科，然后被胸外科的医生礼貌地赶到了乳腺科。

等拿到彩超报告单已是中午，医院科室外的椅子上，汤贝默默坐着，用手机上网浏览纤维瘤信息，心情很低落。

不经意间，头顶一道熟悉的声音掠过她耳侧，她抬起头，怔怔地望向眼前人：“……沈……哥哥。”

一不小心，她还是叫了沈哥哥。

“怎么了？”沈时看向她，视线扫过她手里的检查报告，声音偏沉地问她。

汤贝仰着头，突然很难过，开口说：“……我病了。”

沈时：“……”

随后，直接拿过了她手中的报告，顿了下，神色缓和下来。

汤贝看着沈时一脸认真地看着她的双乳彩超单子，原本难过的情绪变成了羞涩，眨了眨眼，脸红了。

她的胸部形态和组织结构都被沈时看光光了……

当汤贝拘泥于小女孩心态时，努力想着医生眼里无性别这句话，她的胸部在沈时眼里可能就是一块鸡胸肉。况且，她有什么资格脸红！沈医生的换衣视频她可是整整看了不下十遍……当时也没见她多羞涩啊。

汤贝摸了摸自己的耳朵，面颊已经没那么红了。沈时将彩超检查单递还给她：“别担心，不是大问题。”

汤贝知道不是大问题，只是身体突然长了一颗小肿瘤，心里不免还是有点担心。

“做过触诊了吗？”沈时问她。

触诊？什么触诊？汤贝反应了下，从触诊的字面意思明白了：“触了，触过了……”

早上一位女医生先对她触诊一番，然后她才去做彩超检查。只是等她拿到检查单，给她看病的女医生已经去吃饭了。

汤贝现在完全像个小学生，沈时问什么她答什么，心里充满着忧伤。

“纤维瘤是最常见的乳腺良性肿瘤，定期来做检查就好。不要有什么心理负担。”沈时安慰她说。

汤贝摇摇头，再次望向沈时：“那会癌变吗？”

……会癌变吗?

这是每位发现肿瘤的病人几乎都会问的一句话。沈时对上汤贝黑亮的眼眸说：“你的心理负担对身体影响都比这个小瘤子大。”

沈时这样一说，汤贝心里就明确了，但是她馒头里的花生米一定是良性吗?

“如果还是不放心，可以做个组织活检。”沈时建议说。

汤贝问：“……怎么做？”

沈时：“基本是核针穿刺活检。”

汤贝：“……”

沈时：“局部麻醉，然后用针刺穿取出样本。”

汤贝瞬间扬起了笑脸，开口说：“我开玩笑的，肯定不可能是恶性的……不用检查了。”

沈时抿了下唇：“还是要注意饮食问题，少吃烧烤油炸食品。”

汤贝点头。

“沈医生，像我这种情况真的很常见吗？”

“常见，尤其多发于你这个年龄的女孩。”

“为什么？”

“……”

算了，换个问题：“那我饮食要怎么注意？”

“偏清淡一些就好。”

“从明天开始我改吃素。”

“这倒不用。”

……

汤贝陪沈时走过一条长廊，一路的问话，心情缓缓放松下来，然后她转头问沈时：“沈医生，你这是要去哪儿？”

沈时：“食堂。”

呃，她也要到楼下剧组吃盒饭了呢！“东院食堂好吃吗？”她随口一问。

沈时看了她一眼：“你可以去尝尝看。”

……她刚刚的问话，不就摆明想跟着他蹭吃嘛！

汤贝跟着沈时来到了东院食堂，打菜时沈时问她要吃什么，她扫视了一圈说：“除了油炸花生米，其他都可以。”

沈时：“……”

“沈医生你好。”一位男医生上前跟沈时打招呼，“我是消化内科的王跃。”

“你好。”沈时回以笑容。

“沈医生你好。”又有一位医生上前打招呼。

“沈哥哥，我发现你在这里很受关注啊。”待沈时坐下来，汤贝环顾四周说。

“怎么说？”沈时问。

汤贝抿唇，吹捧的话就不用说得那么明白了吧。就在这时，前方传来阵阵笑声，原来是一位男医生讲起了笑话，汤贝耳朵灵，听到内容之后跟着笑了笑。随后另一位男医生接了话：“这有什么好笑的，今天一位姑娘来我胸外科看乳腺，逗死我了！”

然后，前面一桌子人全笑了，直到有人接话——“那你给人家看了没？”

默默地，汤贝低下了头。她的花生米就是长在胸上，如果要做手术切除，不就是胸外吗？

“沈哥哥，你是什么科室？”汤贝抬起眸问。虽然沈时的个人简介她在医院官网都看过了。他是一位肿瘤外科医生，是东院新成立的肿瘤MDT团队里的肿瘤外科专家。

沈时也耐心回答她：“肿瘤外科。”

汤贝点头。

沈时又说：“不过从系统划分，我也可以归属于……胸外科。”

……她暂时不想听到“胸外科”三个字。

然而，比起胸外科三个字，汤贝又看到了这辈子最不想见到的人，更没想到他会出现在东院食堂，然后还朝着她的方向走过来了——

“汤……三哥？”丁昇将自己的餐盘放在沈时旁边，目光却看向她。不仅认出了她，还叫出了她的江湖代号。

“嘿……丁医生。”

从食堂出来，汤贝跟沈时说了她和丁医生的见面过程，包括她被丁医生如何颜面扫地拒绝。真没想到，她在官网看到的丁昇就是大丁老师。

丁昇丁昇，如果是她肯定管自己叫大昇，而不是大丁。或许也可能是……她不懂男人。

“我记得丁医生在市区的总院工作啊。”她说，上次见面的时候她和童老板就是在市区医院对面的咖啡厅等他的。

“他刚从总院调到这边。”沈时说。

“为了加入你们的……那个什么MT团队吗？”

“MDT，multi disciplinary team。”沈时说。

汤贝：……啥?

沈时具体地讲解了MDT概念：“MDT就是多学科诊疗模式，优势就是将多学科强强联合，以达到临床治疗最好效果……简单地来说，就是定制个体化综合治疗方案，让病人获得最适合的治疗措施。”

“噢，我明白了。”汤贝想了想，说出她的理解，“就像游戏作战，都要搞团队协作。”

沈时：“对，也可以这样理解。”

……什么叫也可以这样理解啊，好像她的理解很浅薄一样。汤贝对沈时挥手，告别说：“谢谢沈医生请我吃饭，下次有机会我请你。”

沈时没回她的客气话。

下次有机会我请你，自然是汤贝的一句客气话，只是没想到“下次”

来得那么快。张安硕将周庄和周围都玩了一遍后，返回了S市，再从S市飞北京，回老家补个年。

既然张医生到了S市，自然要同她和沈时见个面、吃个饭什么的；吃饭地点就由她来决定。傍晚，她、沈时、张安硕聚在了小南国。

“汤妹，你是不是瘦了？”一见面，张安硕就问她是不是瘦了，她瘦了两斤连自己家人都没有发现，没想到张安硕看出来了。

“硕哥，你真是慧眼如炬。没错，我最近真瘦了不少，因为我……”

沈时忽然看向她。

呃，他以为她会说自己长了小黄豆这事吗？汤贝咧嘴一笑：“你是不知道，在剧组当副导演真的太辛苦了。”

张安硕坐下来，口吻很温暖：“辛苦就转行吧，女孩子搞得那么辛苦做什么。”

汤贝摇头，叹了口气说：“没办法，人不奋斗枉少年。”

张安硕笑了，对沈时说：“本以为我们医生就够辛苦的了，没想到汤妹在文艺圈更辛苦。”

沈时倒了三杯茶，将一杯放在了她面前。

汤贝笑嘻嘻：“主要是我比较有追求。”

张安硕摇头，想到一件事，问沈时：“我看了你们医院成立的肿瘤MDT团队名单，怎么丁昇也在里面？”

大丁老师？汤贝敏感地抬起头。

沈时回答说：“对这方面他比较有兴趣，就主动要求调过来。”

张安硕说：“丁昇这人恃才傲物，很难相处。”

……怎么，张安硕还认识丁医生？

张安硕说：“我和丁昇本科是同学。”

这个狭小的世界！还是说，聚集着领域学霸的世界比较小？张医生听完她说丁昇就是《人间浮华》的作者大丁，同样露出了不可思议的神色：“我就说嘛，这种沽名钓誉的事情丁昇最感兴趣了。”

似乎……张医生和丁医生气场不合噢。

说完丁医生，张安硕又提到了一个人：“你这次回国那么快，温倩挺难受的。”

对于温倩，沈时真的没有话说，甚至有些头疼。

“上个星期她来公寓，一个人在你的房间里坐了好久。”这句话，张安硕说着说着就动容了。作为一个医生，张安硕比较感性。

作为一个文艺工作者，汤贝也比较感性。但是她听着感觉好像，沈时不是回国工作而是……挂掉了。毕竟，女人在男人已经离去的房间坐了很久的画面真的很虐心。

可是，感情这东西不能强求啊。

“对啊。”张安硕叹了口气说，“所以我直接告诉温倩了，沈时就是一个不婚主义者，让她彻底死了这条心。”

沈时：“……”

汤贝：“……咳！”差点被茶水呛到。

不过张医生说的是真的吗？沈医生真是不婚主义者吗？汤贝愣了一会儿，好奇地看向沈时，眼神多了一份明白，难怪他那么优秀却没有女朋友。

好可惜。汤贝的眼神又多了一份遗憾。

“我不是。”沈时出声解释，对于张安硕刚刚说的话。

汤贝心里不只是一点遗憾，然后看向张医生，同样没有女朋友的张安硕不会也是……

“我不是！”张安硕像是明白她心里的猜想，立马表明自己是一个有感情需求的男人，开口说，“我对婚姻和爱情还是很向往的。”

同样的一句我不是，汤贝就比较相信张医生。

“虽然现实比较残酷，但是我对婚姻和爱情也还是向往的。”她附和说。

“因为我们都年轻啊。”张安硕总结道，一句话将沈时拨开，举起茶杯对她说，“祝我们早日获得美满爱情，幸福的婚姻。”

好！为了以后的幸福和“性福”干一杯！汤贝也拿起茶杯，同张医生碰了一下。

沈时默默地看向这一来一往的两人，站起来说：“我去个洗手间。”

三人晚饭结束，汤贝发现沈时在上洗手间的时候买好了单。明明说好这顿由她请客……

还是她之前买单速度太快，将沈时逼得要用上洗手间的借口去抢单了吗？汤贝走出小南国餐厅在心里想着。

初春的夜里依旧寒意逼人。

沈时和张安硕都是高个子男人，一个清俊挺拔，一个温和壮实。S市最漂亮的南淮路，她走在他们中间，拢了拢自己的红色围巾。

总感觉有穿堂风从她脑袋吹过。

送张安硕到机场，汤贝想到过两天就是周庄的灯会，告诉张安硕说：“硕哥，你应该晚两天去周庄，没看上我们周庄的灯会好可惜。”

张安硕：“……”

“没事没事，到时候我在群里发照片。”她拍了拍张安硕的胳膊。

张安硕收回哀怨的眼神，看向沈时话别：“时哥，洛杉矶三年，多谢照顾。”

“彼此彼此。”

张安硕走了，汤贝挥手告别，然后笑吟吟地看着沈时说：“沈医生，我们也回去吧。”

随即手指前方，“我去打车喽。”

咳咳！汤贝原本对沈时有点小心思，前阵子她为了避免自己的小心思变成小火苗烧起来，特意疏离了沈时，尤其得知沈时跟季家很熟后。

但是——现在她感觉又自在了！

原来沈医生是一个不婚主义者，那她还有什么小心思。从她的主观理解，不婚主义者对她来说跟沈时不喜欢女人没什么区别。

“沈哥哥，后天有没有时间一起去周庄看灯会？”从机场回去的路上，她接到了季柏文的电话，得知她和沈时刚送完朋友在一起，就让她问问沈时要不要去周庄玩一天。

放下手机，她看着沈时问。

车里光线晦暗，车外的浮光掠影划过沈时英俊而内敛的面容，一会儿后，他回视她说："有时间。"

沈时送她回到了学院后面的公寓，黑色的士停靠在路灯下方，行人道旁重重叠叠的树梢抖落街灯的黄光，挡住了大半的光线。

夜色朦胧。

汤贝下车站在车旁，同车里的沈时告别："明天医院见。"

沈时一顿，对她说："我明天不上班……今天我只是报个到，正式入职是正月初十。"

难怪说他有空……既然明天没办法在医院见到，汤贝笑着改口："那就后天周庄见。"

沈时"嗯"了声："好。"

"那我上去了。"汤贝挥挥手，随后将手放进口袋里。冷呀！

刚刚坐车回来时，她打算先送沈时回去再自己回来，没想到她的马屁行为伤到了沈医生的自尊心，他看着她说："汤贝贝，我不仅是男性，我还比你大那么多。大晚上还需要你一个女孩送我回去吗？"

她就是觉得他是医生，说不准明天还要上早班。算了……她不能因为胸上长了一颗小瘤子就对医生变得这样阿谀奉承。

沈家和戏剧学院是两个方向，的士司机将沈时送到紫金花园已经晚上十点多，沈时拿出钱包付钱，司机笑道："车费那位姑娘已经结了。"

就在这时，司机握着的手机嘀了一声：支付宝到账二百零六元八角。

沈时：……

学院公寓，汤贝吹干头发敷着面膜看了看手机发回的账单，沈时刚从美国回来肯定想不到——现在国内的移动支付已经如此强大了吧！

晚上十一点，汤贝看着电脑视频，犹豫几秒后，将右手探进睡衣，跟着电脑里的按摩视频按了按；原本已经够可怜了，视频里的讲解声还不放过她——“有爱人的女性也可以让另一半帮你这样按摩疏通，这套手法不仅有消除郁结作用，还有丰胸效果。”

过分，太过分！

汤贝不按了，拉了拉自己的睡衣，然后躺到床上叹气。胸膛一上一下地起伏着。

她是不是要找个男朋友了？闭眼入睡之前，汤贝想了想这个问题。只是，她待在S市她哥就要管着她……

第二天下午，她提着相机包和一袋草莓上了季柏文的车。沈时坐在副驾，身穿清爽的衬衫。“沈医生好。”她打招呼。

沈时朝她一笑。

心里莫名有些苏。忙不迭，她将从剧组拿来的草莓递过去：“这草莓是今天拍戏用的道具，但是很新鲜，导演让我带走……沈医生你要吃吗？”

悍马在前面马路停下来，有人已经不悦了：“汤贝贝，你是乞丐吗？什么东西给你都要。”

汤贝没想到吃个草莓也会遭到季柏文训斥，无所谓地回击：“哥，怎么不带程姐一起到周庄看灯会呀？”顿了下，叹了口气，“等你回去老汤准又要催你了。”

季柏文没声音了。

汤贝递了一个草莓给沈时，顺便解释说：“沈医生，草莓是干净的。”

沈时道谢一声：“谢谢。”

汤贝的视线在沈时的手上多停留了一眼。不知道为什么，自从张安硕说沈时是不婚主义者，她就觉得沈时这个人好看归好看，但是好禁欲呢。

后面，基本都是季柏文和沈时在聊天，聊医药行业，聊美国最新的靶向药。

……

因为晚上有灯会，周庄入口挤得水泄不通，季柏文绕了小路。小路经过舒姐姐家，汤贝拿着手机说：“我打电话问舒姐姐要不要一起看灯会。”季柏文没有理她，绕了两条街，将车停在汤家后门。

汤贝跳下车，替沈时打开了车门：“沈医生，欢迎你来周庄做客。”

沈时微微笑着，打量起眼前的房子。汤家是江南水乡典型的院子房，黑瓦白墙中间围着一个种满花草的院子，门庭进来是院子，院子对着大堂，大堂后面是厨房和餐厅。老房子重新装修过，外墙古朴，内饰现代。

他不是第一次来汤家，上次过来汤贝贝还是一个小女孩，身边围绕着一大群伙伴。现在呢，沈时和季柏文坐在大堂说话，没一会儿来了一个男孩子，开口便问：“贝贝哥，贝贝在吗？”

“不在。”季柏文蹙眉回答。

男孩看到季柏文，走了。

过了一会儿，又来一个——“贝贝在吗？”

“不在。”

就在这时，又来一个：“贝贝哥，贝贝回来了吗？”

季柏文依旧是一样的回答：“不在！”

男孩没走，季柏文不得不再说一遍：“我说了贝贝不在。”

男孩指了指从楼梯上下来的汤贝贝，轻声说：“……我已经看到了。”

……

这就是为什么越长大越孤单……没一会儿，汤家又来了一个人。季柏文正要出声，却突然抿住了唇。“贝贝呢？”舒瑶笑着问，手里提着篮子。

季柏文：“里屋。”

舒瑶其实不是来找汤贝，而是来找汤叔叔的。这几年舒爸爸身体不好，只能做些简单的活，刚好汤家酒楼需要一些野货，舒爸爸就到山上弄点野货卖给汤家。

“舒姐姐，晚上去看灯会吗？”汤贝问舒瑶。

舒瑶笑了笑：“不了，晚上我还要给我爸买点药。”

汤贝遗憾地嗯了嗯。

“哥，你再给舒姐姐加点儿工资呗。”吃饭的时候，汤贝忍不住建议说，“舒姐姐现在家里困难，你又不是不知道。”

“贝贝……”善善瞧了她一眼。

汤贝不再说话，扒了两口饭，离开了餐桌：“我吃饱了，先走了。”

“唉，我说你等会儿不跟你哥……沈哥哥看灯会了？”老汤站起来问她。

汤贝已经走到院子里，双手捧着摄像机：“我跟我的朋友一起。”顿了下，她看向沈时说，“沈哥哥，晚上见。”

沈时看向迫不及待离去的人，点了点头。

原本汤贝也想带沈医生逛一逛周庄灯会，由于心里对季柏文有气，不小心就影响了她对沈时的热情……然而周庄真的太小，她戴着从灯会买来的面具在大街上绕了两圈，没一会儿工夫就看到了从前方灯火里遥遥走来的季柏文和沈时。

两个高大挺拔的男人各自走着，一个倨傲，一个淡漠，画面意外很和谐。汤贝本能地拿起相机，按了快门键，对着其中一位抓拍了好几张照片。

灯火阑珊处，沈时站在五颜六色的面具摊前，手里拿着一个跟她同款的大面具瞧着；身后是一片青的红的黄的暗的亮的小灯笼，密密麻麻地连在一起。

灯火辉煌，男人卓然。

汤贝戴着面具走上前，连季柏文都没有发现她，结果路过沈时的时候她的手腕突然被抓住——男人的手心干燥清爽，牢牢地贴着她的手腕皮肤。她不得不转过头，摘下面具，漾着笑脸朝着沈时打了一个招呼：“嘿……”

“嘿。”沈时轻轻地回她。

| Chapter6 |

懒得找和懒得换

此时此刻。

络绎不绝的观灯人，大放异彩的百花灯，各种温暖的色调交错地晃进彼此瞳仁里，直映着两双眸子熠熠生辉。

汤贝一时呆愣。

很快，沈时松开了她的手腕。刚刚好像只是为了逮住她这个人。

待季柏文转过头时，汤贝已经乖乖地站在了沈时跟前，一只手护着单反，一只手拿着摘下的獠牙面具。因为只瞧到她一个人，季柏文挤对地问她："你的朋友呢？"

就在这时，汤贝身后那些被点名的"朋友"一起朝季柏文打招呼："贝贝哥哥好——"

季柏文："……"

连沈时也："……"

只见汤贝身后站着五六个小年轻，脸上都戴着不同款式的面具，有男也有女。这群小青年，不正是汤贝那些狐朋狗友吗？

汤贝转过头，朝他们介绍起沈时："这位是沈哥哥，我哥的朋友。"

"沈哥哥好！"又是一道异口同声的集体问候。

"……"沈时有一种自己被至高礼待的错觉。

自然，汤贝被季柏文带走了。

说起来，季柏文以前也不是这样处处管着汤贝贝，只是小白菜越长越青葱，心里多少有些担心家里的小白菜会不会被坏人挖走。在季柏文眼里，这世上的男的大多居心不良。

那是很多年前的一个午后，季柏文坐在汤家的院子里看书，顺便做好看护妹妹的工作。不远处贝贝和她那一圈小伙伴愉快玩耍，只是一会儿没注意，一个小萝卜头就要凑上来吻贝贝！原来是小萝卜头对贝贝说："接下来王子要吻公主了，贝贝你把眼睛闭上好不好？"看到这一幕的时候，季柏文几乎一跃而起，差点将手中的书砸过去……

那时候贝贝几岁了？有六岁了吧！已经不小了！

……这种往事汤贝自然不记得了，但是季柏文一直没有忘记。就在刚刚他和沈时走来之时，还玩笑地提了起来。沈时默不作声地听完，没有可发表的意见。

"你没有妹妹，不会懂的。"

"以后汤贝贝结婚了，你也要这样防着吗？"

"贝贝不是还小吗？"

……

汤贝跟着季柏文和沈时走在来来往往的人群中，路过一个贩卖花灯的摊位跟前，季柏文停下来对她说："选一个吧。"

汤贝：……不用了吧，她又不是小孩子了。

季柏文已经替她选了起来，看了看前面挂着的生肖彩灯，指着挂在中间的狗头灯说："要不就那只小狗？"

不要！汤贝立马摇头拒绝。

季柏文又将目光转到另一边的美羊羊懒羊羊沸羊羊上……不得不说季柏文就是典型的直男眼光——十分可怕。

"沈哥哥，你觉得哪个好看？"汤贝出声问沈时意见，眼里带着一份小期待。

沈时大致扫了扫这家摊位的花灯，各有各的造型，且色彩齐全样式繁多。很快，他指向左边的一盏水彩画风格小花灯："那盏怎么样？"

这是一盏橘红色小宫灯，隔着古典秀美的圆形灯罩，透着温暖的橘光。

沈时的选择，完全符合她的审美。

只是对比季柏文的直男审美……沈时的审美都显得不那么直了。咳，审美和性取向没任何关系，沈医生只是性子冷淡外加不婚主义……她不能给他想弯了。

接过老板递给她的小宫灯，她瞅向季柏文：“掏钱。”

买好了灯，就可以回家了。汤贝早看透了季柏文的老套路。可是，难得回周庄看一次灯会，真不想那么早回家……挑着橘色宫灯跟在季柏文和沈时后面，从热闹的大街来到了老巷路口，汤贝突然快步走上前，拐弯来到另一边小巷前，侧过头说：“哥，我去看看舒姐姐……”

说完，提着小宫灯掉了方向。

季柏文顺着那个方向看了眼，对好友说：“我们走吧。”

比起外面那些来回穿梭在人群里的小年轻，他们已经是老男人了。不过，老男人也有老男人的相处之道。

“沈时，比起你回国当医生，我真的非常希望你能来森善药业……”

“我已经转过一次行，不想再转回来。”沈时回道。

“当医生有那么大的吸引力吗？”季柏文又问。

“不是吸引力，只要是工作……都是无聊、重复，以及无趣。”沈时说。

“那就是成就感？”季柏文瞎猜了一番。

沈时扯了下唇，说笑：“肿瘤医生应该是成就感最差的医生了。”

季柏文跟着扯扯唇。

……

汤家小院，两把藤椅前方放着一个生着炭火的炉子，夜风习习，炉火幽幽。季柏文、沈时各坐一边，继续有一句没一句地聊着天。过了一会儿，老汤也搬了一把椅子过来，加入男人的聊天。善善从厨房出来，笑着问他们说：“需要给你们弄点小菜吗？”

半个小时后，有人提着一盏橘色小灯回来了，推开门先“咳”了一声：“你们开座谈会呀！”

途中溜走的汤贝回来了，自觉地拿了一张小板凳过来，跟着加入了聊天，还起了一个头问：“刚刚你们聊什么？”

“秘——密！”

汤贝对着老汤嘿嘿笑，心里想着事，一边烤着火一边说：“刚刚舒伯伯看起来好吓人，咳嗽的时候都快喘不上气了。”

舒伯伯就是舒瑶的父亲，听到她这样说，老汤并不意外，叹气说：“老舒那人太倔，就是不肯上医院，这样下去，肯定越拖越严重。”

难怪舒姐姐那样着急……汤贝看向沈时，提出一个小请求：“沈哥哥，你能不能去看看舒伯伯啊？”

旁边的季柏文面色不明地提醒她道：“沈时是外科医生。”跳动的火光映着他的臭脸，更显得他神色晦暗不清；但是口吻，也没有拦着她。

汤贝点头，一副不太懂的样子：“外科医生看不了咳嗽吗？”

没错，汤贝是特意回来找沈时的，刚刚她看舒姐姐都急得掉眼泪了，心想如果她能将沈医生带过去看一看，说不准舒姐姐就不那么着急了。沈时怎么说都是美国回来的专家医生，水平肯定是有的，况且东部医院这边也很重视他。

沈时已经看向她问：“那位舒伯伯大概是怎么咳的？”

这个她可以向他展示，汤贝立马背对着沈时模仿起了舒伯伯的咳嗽声，演得几乎一模一样：“咳咳咳……咳咳咳！咳咳咳！”

“大概就是这样。”她停下来说。

“走吧。”沈时站起来，“你带我去看看。”

一起去舒家的除了沈时，还有季柏文，汤贝提着灯走在前面带路。年初七家家户户还挂着红灯笼，小橘灯根本增加不了太大的照明作用。

汤贝也不知道自己提来提去做什么……

来到了舒家，舒姐姐惊讶她带来了沈时和季柏文，汤贝解释了一句，舒姐姐连忙招呼沈时进屋。舒家房子比较小，舒伯伯和舒婶婶都在里面房间看电视，这会儿舒伯伯也不咳嗽了。舒瑶打开房间大灯，跟舒伯伯介绍了一下沈时。床上的舒伯伯正要开口，却又咳嗽起来。

沈时进来之后，视线一直停在舒伯伯脸上，和舒伯伯床头的药瓶上。

舒伯伯下床，来到卧室的小沙发坐下来，沈时询问起舒伯伯好几个问题，是否持续性胸痛、手脚乏力、视力下降等等问题，然后触碰舒伯伯胸口位置，来回压了压……

良久，沈时问舒伯伯："有没有做过血常规胸片这些检查？"

舒伯伯回沈时："我就是感冒咳嗽，做那些检查干什么。"

舒伯伯的性格就像她爸说的那样——倔得像头驴，谁的话都不听。

沈时背对着他们站起来，汤贝一时看不到沈时的神色，安静地站在旁边没有说话，直到沈时来到外面，舒姐姐跟着出来，问沈时："沈医生，我爸怎么样？"

汤贝也轻轻地问了一句："沈哥哥，舒伯伯没事吧？"

季柏文也跟着出来，沉默地站在一旁，路灯将他的影子拉得老长。

沈时站在舒瑶面前，开口说："不管如何，尽快带你父亲到医院做个具体检查……最好是大一些的医院。"

沈时的话吓到了舒瑶，也吓到了汤贝。

"沈医生，我爸很严重吗？"舒瑶问。

如果他的判断没有错，情况的确挺严重。不管是作为一位医生，还是今天来周庄做客的客人，沈时都不方便将他的判断直接说出来，他的建议只能是："尽快检查。"

舒瑶一时说不出话来了。

汤贝看了看舒姐姐，忍不住打了一个圆场，说："舒姐姐你先别太担心……沈哥哥只是外科医生，他可能是没看出来……"

沈时站在汤贝旁边，选择不说话。

"所以你要带舒伯伯尽快检查才好。"汤贝加了一句。

舒瑶抬起头道谢："谢谢你，沈医生。"

"不用。"沈时客气回应。

……

第二天，汤贝和沈时坐季柏文的车回S市。昨晚舒姐姐跟她哥请了一个星期假，大概当着沈时的面，季柏文不好表现出无情剥削的资本主义面孔，对舒姐姐说："你就安心带伯父做检查，工作上的事情不用着急。"

早饭的时候，老汤一顿催婚，回到车里，汤贝同样不理解地说起来："哥，爱一个女人不应该早点娶她回家吗？"

季柏文凉凉地回她："你懂什么叫爱。"

"我怎么不懂了？"汤贝眨了眨眼，懒得抬杠，说起了内心的想法，"你和程姐姐在一起这么多年，如果你们之间没有爱，难道是502吗？"虽然，她不是很喜欢程莹莹这个人，但也不会否认程莹莹和她哥之间的感情。

"贝贝……我只能说你真的太不懂男人了。"季柏文突然来了一句。

汤贝：……

"如果沈时是懒得找，我最多就是懒得换。"季柏文再次开口，不仅解释了他和程莹莹的感情，也顺带拉了沈时下水。

副驾驶上，沈时无言地抚额。

汤贝更是：……

原来她以为的"情有独钟"只是懒得换？"不婚主义"也只是懒得找？

汤贝很难接受季柏文这话，拉长脸，眼角向上斜，翻了翻，吐出两个字："渣男。"

一时，沈时和季柏文都没了声音。

沈时没声音是不知道汤贝贝这声渣男有没有自己的份，季柏文则是有点不屑一顾，随后问自己后座的人："或是你觉得我每月换一次女朋友就不渣了？"

汤贝贝被季柏文反驳得说不出话，可是她还是生气。她生气的原因不只是季柏文的话，还有他的态度。他刚刚的口吻不仅不尊重程莹莹，也不尊重爱情和婚姻。

车窗外是快闪而过的绿化带，天很蓝，白云悠悠。入年之后，南方的天气几乎每天都很好。汤贝不作声地扒着窗户，心想自己身体上的那颗小结节没准就是被季柏文气出来的。

“哥……如果以后我的男朋友在你面前说……他选择跟我结婚只是懒得再找一个……你会怎么想？”半会儿静默后，一道轻轻的声音从后头飘入季柏文耳里，也进了沈时的耳里。

季柏文知道贝贝是一个较真的孩子，也有些后悔刚刚说出的话。两人是亲兄妹，贝贝的性情道德观和心态都与他不同。“贝贝……不会有那种情况出现。”季柏文开口，声音有些低。

因为他不会允许那种男人成为她的爱人。

汤贝也只是随口一问，心里也是明白季柏文是在意她这个妹妹的。“好了，我就是随便说说。”汤贝坐直了身子，生气了一会儿就恢复好心情说，“男女有别，想法不同，聊下去也没意思……毕竟大家思想境界也不一样。”

哈，沈时抬了下头，嘴角抿成了一条漂亮的线条。

至于季柏文还能说什么，有人能自己开心起来就好。

不能自己开心起来，她难道要把自己气死？

汤贝没有忘记对张安硕的承诺，回到公寓，就在洛杉矶群里发灯会的照片。灯会照片很多，每一张照片都需要上传很久，她点了自动上传，就去洗头了。

等吹干头发，拿起手机看上传到群里的照片——蒙了。她把偷拍沈时的那四张照片一块传了上去。想撤回，已经过了撤回时间。

群里张安硕正一张张地欣赏着周庄灯会照片，尤其看到沈时站立在辉煌灯火里的侧身照，遗憾地表示：“可惜我不在，不然也让汤妹给我拍两张这种感觉的照片，太有格调了！”

……这照片是她偷拍的啊！

张安硕又发来一句诗：“长衫我亦何为者，也在游人笑语中。”

清华学霸就是不一样，在美国留学多年还能念诗。

但，汤贝就是没冒泡。

张安硕直接艾特她：“汤妹，你不在了吗？”随后又艾特了沈时：“沈医生，快来收照片。”

汤贝没办法，回了一个愉快的表情，希望沈时已经屏蔽了他们这个群了。过了五六分钟，沈时出现在群里，也艾特了她：“照片拿走了，谢谢。”

汤贝握着手机，心情那个复杂，硬着头皮回复沈时：“……我就是随便拍拍。”

“我家汤妹就是厉害，随便拍拍都能拍那么好。”张安硕习惯性夸她。

汤贝谦虚表示：“……还好吧。”

然后，张安硕说起了另一件事：“对了，那个纪录片呢，剪辑好了吗？汤妹快发到群里看看呀，我已经迫不及待了。”作为纪录片里第一男主角，张安硕十分期待看到成片。但是他每次提到留学生纪录片，汤妹都推三阻四。

因为……她不好意思啊。

洛杉矶的留学生纪录片汤贝已经剪辑完成，连字幕和结尾的特别鸣谢都已经弄好，之所以她没发群里，是因为——第一男主张医生的戏份被她剪得只剩下一个镜头了！

然而，还不知道内情的张安硕：“好了，不催不催，期待汤妹将后期做得更好。”

汤贝仰头，哀叹了一声。

沈时将群里的几张照片保存到了手机里。季柏文将车开回紫金花园，沈、季两家对面，沈时解开安全带时，季柏文说：“我到你家坐坐。”

然后，将周庄带回来的两袋特产全带到了沈家。

没想到，季父也在沈家，季柏文和自己父亲直接打了一个照面。季父和沈父正在下棋，见到沈时扬着笑脸说：“阿时，过来帮帮季叔叔……我想也只有你能赢得了你爸了。”

回国有些天了，沈时还是第一次碰到季林森。他上前接过季林森手中的棋子，观察了两眼棋局，落下黑子。季林森回过头问自己儿子：“去周庄了？”

季柏文：“对，回去了一趟。”

回去……季林森对这个词充耳不闻，直接说事：“前两天市场部的经理来找我，不知道我这位董事长还有没有资格跟你这位总经理聊聊事。”

“爸，你说笑了。”季柏文站着说。

晚饭，季柏文自然留在季家餐桌，季家女主人王晓春亲自下厨，作为一位上市制药公司的董事长夫人，季柏文不得不承认，这个女人有着令他钦佩的毅力和坚忍。

餐桌上王晓春对他说：“今晚这只鸡是我妈从乡下特意买来的，里面的人参是昨天你爸从长白山带回来的，全是滋补的好东西。柏文你工作累，多喝一些鸡汤补补身子。”

旁边的季子珊故作不开心：“每次哥回来你就偏心，都不心疼你女儿，不知道我每天待在实验室也很累吗？”

王晓春拍了下季子珊的手，笑骂说：“那是你自作自受，非要学医，学个管理什么的不就轻松了吗？”

“管理更头疼好不好？”季子珊转头面向自己父亲说，“家里公司就让我哥操心，我是爸爸的女儿，继承我爸爸的衣钵不是更好？妈，你难道不知道爸爸以前也是学的医药专业，我们可是同类专业！对不对，爸？”

季林森叮嘱一句说：“学习很重要，但是你也不能让自己太累。”

“遵命。”季子珊满口答应下来。

……

比起今晚季家，沈家就比较冷清了，只有父子两个人，做饭的岳阿姨因为丈夫病情加重也请假回了老家。晚饭是沈时下厨，做了美式晚餐。

沈教授弯着腰在酒柜里找起了酒。“好像家里没红酒了……不知道这瓶白兰地能不能配你今晚的晚餐。”

沈时抚平衬衫袖子问：“怎么会有白兰地？”

“噢，子珊上次送来的。”

沈时：“白兰地糖分太高，少喝为好。”

沈教授：“……”

夜里沈时和季柏文在紫金花园的篮球场打球。紫金花园建得特别早，不知道为什么当时会建个篮球场作为活动场地，现在住在紫金花园里的都是老一辈的人，没几个人会在这里打篮球。球场上两个男人相互过手，季柏文说：“没想到你在美国那么多年，还有这个身手。”

“作为外科医生，没点体力怎么行。”沈时回，一个高跳，进了一个球。

季柏文想起他和沈时的第一次见面，那时他刚从周庄回季家，路过球场看到沈时一个人在这里打篮球，他停下来观望，沈时将篮球扔向他：“要切磋一下吗？”

“季柏文，今天车里的那些话，你不要随便对汤贝贝说。”坐在长椅休憩，沈时开口说。

季柏文惊讶，随后说：“贝贝太天真，让她知道一些事情也好，免得被外面男人给骗了。”

沈时看了看前方：“那也不用像今天这样。”

季柏文不以为然，就在这时，手机进来程莹莹的短消息：“回来了吗？今晚来我这里好不好？”同时发来了一张自拍照，“想你想你想你。”

季柏文扑哧地一声笑，放下手机站了起来，转过头，“沈时，那你告诉我，你信这个世上的爱情吗？比如我爸和我妈，森善药业，曾经以他们两个人的名字共同命名的公司品牌变成了驰名商标，结果呢——”

沈时望着季柏文。

“人越聪明越容易自私……沈时，你比我还聪明。”季柏文笑了笑说。

什么人越聪明越容易自私？如果汤贝在现场，一定会反驳季柏文说：“这世上还是有很多聪明又无私的人。”

比如……她？

比如《爱都》剧组里塑造的所有的医护人员？

沈时来东部医院正式上班已经是两天后，《爱都》剧组也重回医院拍摄最后戏份，然后医院戏份就要杀青了。

《爱都》最后一个病人是一个心悸病人，扮演病人的是一位群演，怎么都演不好，作为第三副导演的汤贝必须对其提供指导和帮助。

汤贝靠在墙角，同群演示范起心悸病人犯病的样子，演得那个喘不过气来，几乎下一秒就要晕过去，就在她投入自己艺术表演时，一道熟悉的男声提醒她：“身体可以再往下蹲，手不是放在左边，要中间一些。”

汤贝停下表演，瞅向过来观看她表演的沈时：“嘿……沈医生。”

沈时过来是找汤贝贝商量一件事。

今天沈时参加的第一个MDT团队晨间会议由院长亲自主持。会议结束，田院长看着楼下拍戏的剧组说：“现在的医疗片除了谈恋爱还有什么，如果可以，我们医院倒是可以自己拍一部真正的医疗教育片，至于素材嘛，我们医院还缺真实案例吗？顺便啊，我们还可以做个宣传，宣传我们医院的MDT治疗理念……”

想得倒是很好。

“院长，这件事说起来容易，你知道现在拍个片多少钱吗？”对文艺圈有些接触的丁昇冷不丁地泼起冷水。

田院长回过头，想了想说：“那就找年轻人嘛！我们要给年轻人机会。”

但是，现在年轻人不一定便宜。比如那位汤三哥，年纪有二十岁了吗？她那种闭着眼睛写的剧本都要十万一集了！

就在这时，沈时说：“如果医院有这个意向，我倒是有个人选推荐。”

刚好剧组发盒饭，一位群演小哥殷切地问她：“小汤导，我去给你拿两个盒饭过来？”

汤贝转头问沈时：“沈医生，要不今天你也尝尝我们剧组的盒饭？”

沈时看着她，开口说：“我听一位同事介绍这附近有家餐厅不错，走路过去只要五分钟。”

呃，所以沈时是找她约饭吗？她立马点头答应说：“等我一下。”

今天S市的天气又暖和了一些，东院外面的白玉兰树梢不知不觉冒出了一个个白色的花骨朵。迎着亮晃晃的春阳，蓝里透水的天，白白的两头尖。汤贝背着一个小包，跟着沈时去了那家他同事介绍的餐厅。

五分钟后，她坐在了沈时带她来的餐厅里。沈时将菜单递给她。

汤贝点菜没有季柏文那么讲究，不管吃街头小馆还是米其林餐厅，全都是胡点一通，结果没想到沈时比她还不讲究，直接对服务生说：“刚刚她点的多加一份。”

真不挑啊……汤贝抬头看向沈时，忍不住好奇心：“沈哥哥，你找我到底什么事呀？”

沈时没有切入正题，先问：“《爱都》是不是快拍好了？”

汤贝点头：“快了，再过几天就全面杀青了。”

“后面怎么安排？”沈时又问。

“后面大概就是进入后期制作，配音啊剪辑什么的……”汤贝说，察觉自己话不对题，改口问，“沈哥哥你是问我，我后面怎么安排吗？”

沈时“嗯”了一声。

“我也不知道。”汤贝老实回答。她不知道自己后面要做什么，到底是回童老板那边写剧本，还是继续跟着王导演学习电视剧拍摄。好像，不管做什么都不是她最想要的……

难道这就是所谓梦想和现实永远存在差距吗？汤贝有些丧。

沈时又问：“导演和编剧，你更偏向哪块儿？”

“当然是又当导演又当编剧。”只是如果她要这样的话，估计只能去混快手或抖音了。

沈时一时没接她的话，汤贝不经意地看了眼沈时，才注意到沈时嘴角翘了一下。他在笑她吗？汤贝不仅没有生气，反而觉得像是一阵春风吹开了花骨朵，有些绽放。

对面沈时双手握十，露出的手腕清俊有力，贴着的衬衫袖口更是干净清爽。汤贝觉得沈时肯定不会抽烟，因为他身上没有她哥那股香烟味。

沈时开始说了，大致是给她介绍一个活，东院这边要拍医疗纪录片。如果她有兴趣，可以接下来。

她已经睁大了眼睛，里面是忽闪忽闪的惊喜，然后变成了疑虑和忐忑。“可是，我没有独立策划和拍摄医疗纪录片的经验，我……”事实上她就是一个还没毕业的导演系小菜鸟，这几个月是刷了一些经验值，但是真写到简历上，完全不值一提。

沈时也没有相瞒：“可能报酬不会太多。”

沈时这样一说，汤贝也明白了，东院没准就是要找新人，毕竟新人便宜嘛！虽然她很想立马接下这个活，但还是吹牛一番：“唉……童老板和王导他们都在挽留我，希望我继续给他们做事……我不知道要不要单飞，需要好好考虑一下。”

“确实需要多考虑一些。”沈时看着她，然后问她，“洛杉矶留美医学生的短片做好了吗？”

汤贝连忙点头：“已经好了。”

沈时提出请求：“可以发给我看一看吗？”

汤贝轻轻地转了转眼珠，说：“这个短片是我的毕业作品，原本是不太好提前公布出来……”顿了顿，“但是我可以给你看，你也可以给医院那边看。”

沈时笑了下，说：“好的，我会做好保密工作。”

汤贝有点不好意思。

“那么除了洛杉矶留学生短片，你之前还拍过什么？”沈时又问她。

原来今天这顿饭就是一场面试啊！

然而，她作为一个导演系学生，能拿出手的拍摄作品真的寥寥无几。主要是她之前都跟着童老板写剧本，时间精力实在有限。

不过，她还有一个作品可以吹。

“美食店的宣传片算吗？”汤贝抬了下眉眼，随即不要脸地加一句，“周庄美食网口碑评选第一名的酒楼宣传片。”

“美膳楼吗？”沈时说出酒楼名字。

对！汤贝乐了起来。

沈时跟着勾了一下唇。餐厅窗外天朗气清，窗台上一盆盆绿植挺直着新冒芽头的枝条，午时阳光大片地抖落进来，然后沈时朝她摇头说：“不可以。”

汤贝：“……噢。”

不知道为什么，她觉得沈时此时随意又轻松的样子，帅得十分生动。大概是……他平时给她的感觉太高冷了？

下午，童老板也给她打来电话，让她尽快回工作室写剧本，得知她要在导演这条路走到底，语重心长地劝说起来：“三哥呀，童老师以过来人身份劝你两句，我们这个圈子导演比编剧难混太多，何况是一个女导演。现在汤三哥在编剧圈已经有了名气，再等等，你也可以跟我一样，成立自己的剧本工作室，再找两个小徒弟跟着你写，名利双收不好吗？”

名利双收？童老板是不是对名利双收的理解不对啊。网上骂他的比骂她的还要多，他都自动过滤了？

“童老师你以前不是跟我说，你也想拍属于自己的电影吗？”

“那是我年轻时的想法。”

“但是，有想法就要去实现啊。”

“三哥……你也是混这个圈子，你也知道那些怀抱梦想的导演摄影师最后都干什么了，他们都去搞婚纱摄影了！”

童老师的话有些刺痛她。“每个人都不一样。”

“我当然知道每个人都不一样，这也是我作为朋友才给你的忠告。你可以再玩一阵子，玩够了回来写剧本……趁着汤三哥还有人气。”

……

汤贝蹲在医院角落，默默地挂上了手机。

电话里童老板最后问她：贝贝，你知道如今社会什么最势利吗？是梦想！梦想这玩意儿永远都跟有钱人比较好。

文艺圈的人最爱说黑鸡汤了。童老板知道她的梦想是什么吗？她的梦想就是不学无术混吃等死！最后，她回童老师说：“童老师，你也知道我是女孩子，如果以后真的没混好……我就找个男人嫁了呗。”

反正，到时候也折腾够了。

这样一想，汤贝心里也觉得自己有点渣，感觉和网上那句“玩够了就找一个老实男人嫁了”差不多……呃，老实男人也挖她老汤祖坟了？

东部医院这边，田院长已经亲自通过了汤贝的资料审核，事实上他手里的简历只有汤贝贝一个人的。主要是这次沈医生亲自提供人选，医院就不广发英雄帖了，直接内定了人员。

毕竟沈医生推荐的人……应该也不会差吧。

第二天下午，汤贝在“一番考虑”后，跟着沈时来到院长办公室。为了看起来更像一个专业的女导演，她穿上了小马甲，身前挂着一个摄影机。

一路跟着沈时上来，走路带风，眉眼放光，整个人神气赳赳。

也幸好汤贝特意穿了导演最爱的小马甲，不然田院长真没看出来眼前的女孩是一位导演。“坐坐……”院长招呼汤贝坐下来说话。

汤贝没有立马坐下来，而是颇干练地朝院长伸出了手，自我介绍说：“你好田院长，我叫汤贝贝，上戏导演系今年的毕业生，很高兴能为贵医院拍摄医疗纪录片。”

还是一位毕业生吗？

他是想要便宜一点的新人，但是这位是不是太新了？田院长回握汤贝贝伸过来的手，忍不住看向后边神色自若的沈医生，沈医生不会是到戏剧学院随便抓了一个吧。

还不如到学校随便抓一个过来呢！院长门口传来两下叩门声，丁医生走了进来，看了看里面情形，客气地问候："院长，沈医生。"

"丁医生……过来一起见见沈医生推荐的人才。"院长对丁医生说，又指了指汤贝的小马甲说，"汤贝贝，我们的新……锐女导演。"

"你好啊，汤三哥。"丁医生问候起她。

汤贝知道只要她来东院肯定会面对大丁老师的泼冷水，但是没关系，沈时已经告诉她，今天院长会直接跟她签合同。

果然，院长拿出了一份合同递给她说："小汤……导演，这是我让人事拟好的合同，你看一看，如果没什么问题，直接签了。"

"好的，院长。"汤贝一脸正经地接过合同，逐条浏览，然后几乎每看一条，田院长都亲自对她解释一遍："我们暂时没有第三方媒体合作，但是你别担心，我们总院的官方微博有两百多万粉丝，完全可以自媒体运营。"

说到两百多万粉丝时，田院长口气有些大。然后，他继续说明医院的拍摄需求："我的想法呢，很简单，每个星期在微博放一个小短片……"

"每个星期？"汤贝抬了下眼。

"一个星期不可以吗？"田院长改口，"那就两个星期也可以。"

汤贝摇了摇头，说："一个星期一个短片没问题。"

新人也是有好处的啊。田院长面露微笑，继续说："然后，我们合作时间暂时是半年期……如果基本没什么问题，半年之后我们再续约。"

汤贝噢了声，用眼角余光扫了眼合同下方的酬劳数字。

田院长说："关于你的费用呢，可能不是特别多……但是小汤，你可能不太知道，我们医院一个博士级别的主治大夫工作半年也就只有这个数。"

汤贝：……她好像知道沈医生的工资了。

"谢谢田院长，我一定会好好拍摄。"拿起笔，她在合同上签了名字，然后回过头对沈时偷眨了下眼睛。

“丁医生，你有什么事吗？”田院长问丁昇。

丁昇已经没事了，合同都签了，他还能说什么。他就是很奇怪，汤三哥人脉关系怎么这么广泛？他的《人间浮华》逃脱她的魔爪，结果又来为东院拍医疗宣传片。

又是编剧又是导演……难道思路放飞的人比较多才多艺？

没想到汤导演那么爽快，田院长也很满意。待沈时带汤贝离开，丁医生在院长办公室多留了一会儿，正要开口，田院长已经开心地说起来：“真是……捡到便宜了！”

丁医生：……

楼下，汤贝跟着沈时来到刚成立的肿瘤MDT中心，路过洗手间，转头对沈时说：“沈医生，我上个洗手间。”

沈时指向不远处的办公室：“等会儿去那边找我。”

汤贝答应，上完洗手间，心情美妙地出来，结果转了个头，便看到了一张不太友好的面孔。

“大丁老师好。”汤贝礼貌地叫了一声，低下脑袋说，“以后还请大丁老师多多指点。”

有人态度这样好，丁昇还能说什么，擦肩而过时开口：“不要拍成东院版的《××传》就好。”

东院版的《××传》……

人在江湖混就不能有一点儿黑历史吗？汤贝紧了紧后牙槽，就在这时，前方一道熟悉的男声在叫她——“贝贝，过来。”

像是后台突然出现。汤贝朝丁医生点了下头，立马奔向前方叫她的沈时。随后才反应过来，刚刚沈时叫她什么？！

贝贝？！

沈时很少叫她名字，偶尔叫名字也是全名汤贝贝地称呼她，这样突然省略了汤字，她都有些不适应呢。只是……感觉好像叫一条狗啊。

不过，如果她有尾巴，没准真朝沈时摇起来。

汤贝面露微笑，尽量矜持地看向沈时。“我给你介绍一下科室的同事。”沈时说。

东院肿瘤MDT团队成员汤贝上次在医院官网已经看到过，没想到还有幸见到他们本人。刚好这会儿他们也都在办公室。沈时一一带她认识他们，简单地介绍了他们的科室和专业，分别是介入放射科的黄医生、病理科的杨医生，和中西结合科的顾老。

顾老无疑是东院肿瘤MDT团队里年纪最大的专家，杨医生和黄医生都是四五十岁的样子，另外黄医生是团队里唯一的女医生。

黄医生头发绾着，面容亲切，主动同她握握手，爽朗地说：“如果拍我，把我拍年轻一点儿。”

“没问题。”汤贝笑着答应。

然后，就是外科的沈时，内科的丁医生？

介绍结束，沈时从饮水机倒来一杯水说：“等会儿你再去一趟医务科，具体的拍摄要求他们来定。”

汤贝点头，将手从马甲口袋里拿出来，结果这杯水并不是给她的。汤贝默默转了下头。黄医生要去门诊那边了，走到办公室门口想起一事，笑着说：“昨天我碰到院长，今年医院又来了一批实习生，我们这边也要来一位……女孩。”

“走了关系吧。”丁医生刚好进来，接下黄医生的话。

那是自然，那么多实习生呢。黄医生性子很直爽，开起丁医生玩笑，无所顾忌地说：“不过丁医生可以好好把握呢，现在娶到家境好还有社会关系的女孩，少奋斗半辈子！”

抱歉。丁昇不喜欢这样的玩笑，碍于黄医生是前辈还是女性，抿着唇说：“黄医生说笑了，不过我本人不太喜欢这样的玩笑，希望以后不要再开。”

黄医生：“……好的。”

原本丁医生就跟他们不同院区不同科室，现在聚在一起工作，以后相处还需要多多磨合。

因为团队作战，五人共用一间大办公室。最好的靠窗位置给了年纪最大的顾老和黄医生，沈时和丁医生办公桌都位于门口进来的地方，两两相对。

汤贝在这间办公室待了会儿，便去医务科。

汤贝决定好好拍摄东院的医疗宣传片。她去了一趟医务科后，才知道这个宣传片是院长临时提议，院方暂时还没有具体的计划。

……所以，她还要先写策划。

夜里，她回到公寓打开电脑，才意识到一个问题：她对医学仍然了解甚少，根本没办法好好写策划。晚上十点她在微信里找沈时："沈医生，可以推荐给我一些医学专业的书吗？"

十几分钟后，沈时回复她："有什么问题先问我，医学书都比较枯燥。"

"我不怕枯燥。"

沈时再次回复过来："不仅枯燥，体系也复杂，你很难看懂。"

"……"

过了一会儿，沈时发过来一份文件。她以为是沈时给她的资料，点开来是一张作息时间表。

"蓝色标注是我的休息时间，你可以在这些时间给我打电话。"沈时留下这句话。

汤贝看起了沈时的作息时间表，六点起床，七点半到科室，八点查房……外加一周两天门诊。看完后，她再也不抱怨自己这一行辛苦了。

第二天汤贝来到医院，田院长建议她先拍一个肿瘤MDT医疗模式宣传片，大概他也知道MDT宣传片比较难，笑着说："不用急，不用赶着发微博。""实在不行，就先拍个春季流感宣传嘛。"田院长再次改口，很好说话。

汤贝离开了院长办公室，看了看沈时发给她的作息时间表，今天周二，好像就是沈时的出诊时间，既然要拍MDT治疗模式的宣传片，于是汤贝只好再次光顾十二楼的联合办公室。今天她穿着一件黑色风衣，里面是橘色高领毛衣，没时间剪的头发扎起了半边头，整体风格比穿小马甲还要有艺术气息。

昂首挺胸地从电梯里走出来，不近不远，前面一个身穿白大褂的马尾女孩也刚从MTD办公室出来，跟在病理专家杨医生的旁边。

“小汤，过来。我再给你介绍一个人。”杨医生朝她说。

哦。汤贝点了下头，朝季子珊走过去；杨医生旁边，季子珊怀里捧着一个学习资料本，同样目光直直地看着她。

“嘿。”汤贝打招呼。

“嘿，你好。”季子珊回她，自我介绍说，“我叫季子珊，是肿瘤联合科室新来的实习生。”

汤贝点头，懒得客气了，季子珊又不是不认识她。

就在这时，丁昇走出办公室，季子珊回过头对丁昇礼貌地叫了一声：“丁医生。”

丁昇向来不太爱理人，尤其是靠关系进来的实习生，倒是看到汤贝想到昨晚制片人打来的电话，使了一个眼色让汤贝跟他过去。

汤贝立马机灵地跟了过去。

“大丁老师，你刚刚叫我呀？”楼梯口，汤贝站在丁昇面前。

“汤三哥……”丁昇习惯叫汤贝这个名字。然后他找汤贝，主要是打探一位编剧的口碑。这位编剧是制片人新介绍给他的，网上评价没有汤三哥那么多。

“噢。”汤贝欣然地点头，笑着说，“这位编剧啊，我知道。”

“如何？”丁昇问她。

“跟我师出同门呢。”汤贝抿了下唇，见丁医生蹙眉，“但是比我专业很多。”

“……谢谢。”丁昇客气地道谢。

“不用不用。”汤贝一脸的灿烂。

汤贝走了，没有等沈时门诊回来，她又去了一趟对门楼的内科门诊和急诊科，打算先拍个春季流感宣传片。毕竟流感不需要太多医疗知识也能拍……

傍晚回到公寓，汤贝隐隐感到身子有些不太舒服，懒得出门吃饭，直接叫了一份外卖。打开笔记本，还没有开始敲打，只觉得眼皮酸痛，后脑发涨。外卖小哥拍门的时候，她已经倒在床上睡着了，迷迷糊糊地起来，打开门，接过了外卖。

门外，外卖小哥微笑说："美女，给个五星好评。"

"嗯……"汤贝碰了碰鼻子，无力地应了一声。

外卖小哥送来的外卖她一口没吃，灌了一杯热水，继续倒在床上又睡。再次睁开眼睛，整个人已经难受得受不了。窗户未关，外面天已经黑了，也不知道现在几点了。

汤贝找手机，发现自己连翻个身的力气都没有，想必一定是发烧了，浑身火热又无力，手脚酸软。终于找到手机，手机显示晚上九点半。

她还以为自己睡了很久呢……

季柏文接到汤贝电话时，正懒懒地躺在床上刷"汤三哥"的微博；刚洗过澡的程莹莹涂好护肤品凑到他旁边，身上只穿着一件黑色蕾丝睡裙。

今天S市突然降温，尤其夜里寒气袭人，程莹莹上床之际，觉得房间地暖温度太高，特意调低了两度。不一会儿，汤贝贝的电话便来了——不管她刚刚如何刻意引诱，季柏文依旧先接了电话。她将手放在季柏文半露的胸膛上，听着电话里汤贝贝的说话声。

"哥……我好像发烧了，你能不能过来一趟……"电话里汤贝贝的声音有些难过。

"贝贝，你现在感觉怎么样？"季柏文立马起来了，动作快得令程莹莹猝不及防，手还抓着季柏文的睡袍。

汤贝真的太难受，如果不是很难受，也不会打电话给她哥。"还有……你过来的时候别忘带上我的医保卡，你上次给我补办好，一直没有给我……”

挂上了手机。

因为眼皮酸痛眼眶红热，汤贝再次闭上眼睛，直到等得她几乎眼泪汪汪，小公寓外面的电子锁才终于响起了密码输入声。

随后，进来一道高大的人影。

她躺在床上都快哭了，有点委屈季柏文那么晚才过来，只是她睁开雾蒙蒙的双眼，看向映入自己眼帘的人，好半天才认出了这张清俊容长的脸——不是季柏文。

“沈哥哥……”汤贝怔怔开口。

| Chapter7 |

暧昧就在一瞬间

一个小时前，季柏文的睡袍被程莹莹抓着，他回头扫了眼程莹莹，程莹莹先是一顿，然后将手松开，紧张地开口：“是贝贝生病了吗？”

“发烧了。”季柏文到里面衣帽间换衣服，不一会儿就离开了。

全然不顾里面的她。

程莹莹跟着起来，身上套着季柏文脱掉的睡袍，拢着腰身看向外面客厅在找东西的季柏文，再次关心地发问：“柏文，你找什么？”

“贝贝的医保卡。”季柏文蹙着眉头回答，程莹莹看了一会儿，识趣地回到了卧室。她心中愤愤，可是又如何，季柏文这样的男人，永远都是家人大过女友。

季柏文一时找不到贝贝的医保卡，突然想起贝贝医保卡他是让舒瑶帮忙补办的，只是年后舒瑶一直没有回S市上班。周庄灯会那晚他既然放话让她好好照顾舒伯，自然不好再催她回来。只是这些天他没了助理，一堆事忙得他焦头烂额。

季柏文拨了舒瑶的号码，站在客厅的酒柜面前，电话一时没接通，他不耐烦地扯了扯衬衫领口；终于，舒瑶那边接通了电话。

“舒瑶，贝贝的医保卡在哪儿？”他问话，沉着声。

手机里静静的，过了会儿，舒瑶喑哑的声音隔着电波进入他耳朵：“应该在你车里，中控台的收纳盒，那里有个文件夹，我标注了贝贝两个字。”

季柏文“嗯”了声，出门；挂上手机前，随口问了一声：“你什么时候回来上班？”

两人虽然是老同学，只是上下级相处久了，说话方式早已经公事公办。他隐隐察觉舒瑶那边情绪不太对，忍住没有问太多。不知道过了多久，听筒里传来舒瑶压抑到极致的声音，她低低地对他说：“季柏文，我爸爸刚刚去世了……自杀……没有抢救回来。”

“……”

胸口莫名一阵紧缩。他突然想起很多年前的一个夜晚，他接到的那个电话，舒瑶也是像今晚这样对他说话，压抑着痛苦，声音又低又平地告诉他说：“季柏文，我没有考上人大。”

然而，今晚的舒瑶同那晚还是不太一样，仿佛一个人失去了所有希望，被抽离了身体里的一切生气……

季柏文在车上给沈时拨了一个电话。“贝贝应该是发烧了，我有事没办法赶过去，你能不能带她去趟医院？”季柏文语气抱歉地请求老友，揉了揉额头说，“如果不是烧得很厉害，贝贝应该不会给我打电话。”

沈时很快答应了他：“没问题。”

季柏文继续交代：“如果她睡着了，你就直接开门进去，她的门锁密码是……‘100086’！”

“嗯，就是‘100086’！”

沈时过来的时候，先是敲了两下门，然后再输入密码；开门进来，单人公寓开着一盏床头灯，光线有些暗。他上前。“沈哥哥……”床上的人睁开眼，叫了他一声。

样子和声音都是烧得厉害。

沈时摸了摸额头，开口问：“量过体温了吗？”

……她不是还没有去医院吗？

幸好他在药店买药时多买了一支体温计。沈时用酒精擦拭了下体温计，让汤贝放入口腔舌下。汤贝撑起身子躺靠在床头，含着体温计看向沈时，奇怪为什么过来的人是沈时。似乎明白她眼里想问的话，沈时对她交代说："你哥临时有事，让我过来看看你。"

原来又是受她哥所托。

汤贝不说话，低下了头。打电话的时候她听到了程莹莹的声音，说明她打电话过去那会儿季柏文同程莹莹在一起……心里没有一点儿失落是假的。

沈时还买了退烧贴，拆开来贴在了汤贝贝的额头；只见她的脸红扑扑的，额头冒着细细的汗。他碰了下她颌下的淋巴部位，轻轻地压了压。

沈时是医生，的确比季柏文过来要好啊。汤贝在心里暗暗地想着，眼皮撩了撩，觉得室内灯光太暗，转过身子打开了大灯。

瞬间，她的小窝明亮通透，所有物品摆放都一览无余：床前的三脚架摄像头，电脑桌上的外卖盒子，床头堆放的书和平板电脑，墙上挂着的投影仪……还有和沈时洛杉矶那边一模一样的床单被套。

她有些后悔打开大灯了。

沈时也注意到了她的同款床单被套，看了一眼便移开视线。然后，他取出她口腔里的温度计，现在是三十八度九。作为医生他并不建议带她去医院，倒了热水，拿出带来的退烧消炎药，拨了两颗，递了过去。

汤贝接过沈时手心的两颗药，配合着温水吞了下去。

沈时说："开始退烧了。"

医生都在她面前，汤贝自然也不想去医院，点了点头。然后她想，今夜沈时会一直陪她到退烧吗？"沈哥哥，你会走吗？"她开口问。

沈时抿唇："等你退烧再说。"

真是比亲哥都好啊。汤贝心里温热得一塌糊涂，挪了一下位置说："你坐过来一些。"

沈时没有坐过去，只让她躺下休息，闭眼睡觉。

汤贝可以闭眼，但是却睡不着了，沈时一来，她就恢复了一些精神。

她靠在枕头上，苦恼地说起自己好好的怎么就突然发了烧。沈时开口说：“应该是感染性发热。”然后问她今天去急诊内科那边有没有戴口罩。

“……没。”戴口罩这事，前几天沈时就提醒过她，但是她总觉得戴着太闷。

沈时没有过多责备，毕竟有人已经受了罪。

“可是，怎么一下子就发烧了……”下午她还生龙活虎，回到公寓就不太对了。等个外卖的工夫，她就烧起来了。

沈时望着她，大致地说出导致她发烧的整个过程：“下午你在医院感染了细菌病毒，病毒由上呼吸道进入了你的身体，然后你身体里免疫细胞感知了病毒的存在，就开始跟这些病毒作战……发烧就是一场身体最小的战争。”

沈时这样一说，汤贝乐了，开口说：“也不知道它们打得如何了。”

沈时继续对她说：“发烧也是我们身体具有抵抗力的表现，是人体进化获得的一种对抗病原微生物感染入侵的保护机制。感染了病毒后，发热结束，以后你的身体就会获得对这种病毒的抵抗能力。所以说，发烧也是好事。”

汤贝眨了眨眼，开口说：“沈哥哥，你这样一说，我觉得我自己好厉害。”

沈时摇了摇头，声音因为低显得温柔：“等退烧了再说厉害吧。”

不到两小时，汤贝从三十八度九退到了三十七度。她身体大作战的时候，沈时也没有闲着，每半个小时替她量一次体温，然后还跟她介绍甲乙丙型流感病毒的区别。她感兴趣地听着，像是听沈时在讲故事般。

“虽然退烧了，明天还是要去医院抽个血。”沈时又说。

汤贝点头，看了看手机时间，已经凌晨了……

“已经很晚了，你明天上班怎么办？”汤贝抱歉地问。

“还好，我一般睡得晚。”沈时说。

汤贝知道她这里到紫金花园有多远，提议说：“要不你今晚就在我这里休息吧。”

沈时看了她一眼，汤贝有些心虚，尽量表明她没有图谋不轨的意思。直到沈时答应她，轻轻地“嗯”了声。

汤贝立马下床，从衣柜里翻出了一个睡袋。这个睡袋是她有一次心血来潮买来玩的，还没有睡过，今晚可以先给沈时体验一番。

沈时看了看汤贝拿出来的睡袋，无奈地接受这个安排。

第二天傍晚，汤贝从东部院区回到学院公寓楼下，终于见到了日理万机的季总经理和他的悍马车。不管人还是车，都十分醒目。她戴着口罩从季柏文旁边走过，对他手里拿着的一盒李记糕点熟视无睹……他以为一盒李记糕点她就会原谅他吗？不会！

季柏文伸手逮住了对他视而不见的人，拉到自己跟前：“怎么样，好点了没？”

汤贝抬起头，她生气季柏文昨晚扔下她不管，看到季柏文眼底的两片青色，不轻不重地哼了一声。昨晚他一定是受困美人怀吧！

季柏文敲了下她的头，说：“不错，中气十足，看来好得差不多了。”

“不用你操心。”汤贝撇了下头，说气话。

“不用我操心……昨晚不也是我打电话给沈时吗？”季柏文冷嗤，同她强调某个事实。

的确，沈时是因为季柏文的面子过来照顾她的。

汤贝咬了下唇，没有同季柏文继续生气，心里自然也清楚，作为一个哥哥，季柏文已经很够格了。“哥，你要上去坐一坐吗？”她缓了缓面庞愠色，憋出一句客套之词。

“不了，我就是顺道过来看下你。”季柏文说，然后将手中的糕点递给她。

“嗯。”汤贝点了下头，目送季柏文驱车离开。

其实……小时候她和季柏文还更亲一些。汤贝想起了当年季柏文被季叔叔接走的场景，虽然前夜老汤和善善已经提前同她说了明天她哥会离开她，但第二天季叔叔过来的时候，她还是不相信她哥会离开她。从记事起，她就隐隐知道她哥同她不一样，最大的不同就是她叫老汤爸爸，她哥却叫汤叔。但那又如何，他们都是最好的一家人。然而那天，季柏文还是上了季叔叔的黑色轿车，没有回过头。她站在门栏前面，眼圈红了又红，直到轿车消失在巷子口，她才大哭起来。

……

汤贝在东院图书馆接到老汤电话，捂着嘴巴问："汤大哥，请问您找小的什么事？"

难得老汤没有回她的俏皮话，语气别扭地问她："贝贝，你旁边有人吗？"

汤贝无视周围偶尔走动的医生护士，回答说："没有呢。"

"哎，那爸爸跟你说一件事啊。"手机里老汤叹了口气，对她说，"你舒伯因为意外去世了，后天是你舒伯的葬礼，你要不回来一趟？"

汤贝：……

"干吗还问贝贝身边有没有人？"周庄汤家，善善颇抱怨地看着老汤问。

老汤回答："你也知道我们家贝贝，如果不问她身边有没有人，让别人看到她听到消息后哭得像是死了亲爹一样怎么办？"

善善瞪了老汤一眼，说的什么胡话。

老汤笑笑，随后叹了一口气，对善善说："我去舒家一趟，看看还有没有需要帮忙的。"

"去吧。"

沈时来医院图书室找汤贝贝的时候，一时没看到人，然后在最角落看到某人趴在桌子上，像是偷偷睡着了。他走上前，碰了下汤贝贝的肩膀。一个小时前，他记得有人还在微信上发了一条看书的朋友圈，说高考都没这样认真过。

她高考就是这样子认真的？

沈时有些好笑，直到伏在桌上的人抬起头，一脸的泪花。

汤贝回了一趟周庄，肿瘤MDT综合办公室里的黄医生和杨医生已经两天没有见到汤贝贝，尤其是黄医生，有些想念地问沈时：“沈医生，汤汤这两天怎么没来？”

杨医生旁边的季子珊也抬起头，一起看向沈时。

沈时站在办公桌前：“有事，回了一趟家。”

“噢，原来汤汤不是我们S市人啊。”黄医生接话。

季子珊默默站起来，将自己写好的病历递给带自己的杨医生说：“杨医生，你帮我看看。”

第二天，沈时在门诊大厅见到了回来的汤贝贝，穿着粉茸茸的毛衣、牛仔裤、小白鞋，站在挂号机器前面，正面带笑容地指导一位老人家挂号。

“您在这里输入身份证号……”

沈时穿着白大褂伫立在护士站，目光带着一份细微的留意；挂号机器前的汤贝贝歪了下头，也看到了他。

——

医院大厅人来人往，尤其是挂号付费处每个窗口都排着长长的队伍；就算现在机器挂号付费已经很方便，人工挂号付费依旧是大多的选择。

何况，每天来S市医院求医的外地病人很多，他们都没有本地医保卡。

前方护士站，沈时戴着白色口罩，只露着一双眼睛，汤贝依旧能准确无误地认出他。就算沈时依旧穿着美国医院里的实验服，但是身姿依旧清俊傲拔，气质出众。

此外，她还捕捉到沈时投来的视线，淡淡的，若有若无的，令她心动的。她替老人挂好号，朝护士站走去，然后停在沈时跟前，漾着笑意打招呼：“嘿，沈医生。”在医院，她基本都是称呼沈时为沈医生，不仅比较礼貌，也比较妥当。

“嘿。”沈时回她，肩线平直地站着，手里握着一支笔，轻抬了下眼眸，主动问她，“事情都结束了？”

汤贝点了点头。

沈时来到护士站签字，护士姑娘递给他一个国际快寄的文件袋子：“沈医生，美国那边寄过来的文件。”

“谢谢。”沈时继续签字，收起手中的笔，对她说，“走吧。”

走……去哪儿？跟着他走吗？

沈时还有半小时的休息时间，半个小时后就要上手术台，做一台三四个小时的大手术。肿瘤MDT综合科室位于东院最好的楼层，交错层的中间露台有个花园咖啡厅，环境清幽。

从电梯上来，沈时便摘掉了口罩，因为刚刚当场抓到她在门诊大厅没戴口罩，特意提醒说：“发烧已经好了？”

汤贝连忙从兜里拿出一个口罩：“我刚刚是戴着的，因为同老人讲话才摘下的。”

沈时面露一丝无奈，说：“一个流感喷嚏携带的病毒传播距离是十米。”

汤贝不敢掉以轻心了，摸了摸泛红的耳朵，说笑道：“我学雷锋做好事嘛，刚刚做好事了，自然要让别人认出我来。”

嘴角微微勾了下，沈时拿起咖啡啜了一口。

汤贝低下头，然后说起了舒伯的事情。上个星期舒姐姐带舒伯到昆山医院检查，检查结果是肺癌四期，胸腔有大量积液需要立马引流，后面再在胸腔里打化疗药局部化疗，吃靶向药，然后这个费用不小心被舒伯知道了，舒伯就……

事情已经过去，汤贝和沈时说起来依旧遗憾而难过，她问沈时：“沈医生，上次你在周庄舒伯家是不是已经看出来舒伯可能是肺癌了？”

沈时不想隐瞒，但是有些话不能说得太明确，说：“任何疾病都是早治疗优势更大，防大于治。”

汤贝理解地点头，可是这世上也有像舒伯那样的人，他们觉得得了大病去医院治疗是糟蹋钱，尤其是癌症。相比命来说，他们更不想自己成为全家的拖累。从她记事起，舒姐姐家条件一直就不太好，因为舒婶心脏不好需要常年按时吃药；这些年稍微好转也只是因为舒姐姐赚钱了。但是如果以后舒伯要吃昂贵的靶向药抗癌，以他们家的经济情况完全是入不敷出……

可是，钱真的比命重要吗？汤贝看着沈时，眼底冒出一抹水汽，逼得一双眸子莹润乌亮。

沈时作为医生，就算之前常年待在美国，同样也碰到太多没钱看不起病的情况。之前张安硕也同他讨论过这个问题——那些可怜的病人真让人怜悯。

事实上，作为一位医生最不能，也最没办法扮演的角色就是——像上帝一样怜悯众生。

“得了癌症，真的就那么可怕吗？”汤贝又问沈时。沈时是一位肿瘤外科医生，他应该有很多心得吧。

沈时双手相握，目光同汤贝贝交会：“的确，癌症很可怕，但是得了癌症不一定很可怕。”

沈时的话汤贝有些不解，但也没有继续问，说：“沈医生，你快去忙吧。”

沈时看了看时间，还有十五分钟。

汤贝摸了摸自己的脑袋，自言自语说：“最近负能量太多，我要和张医生好好打几把游戏才能治愈心情。”

所以，他刚刚同她聊天说话，没有任何效果吗？沈时拿起小圆桌上的咖啡杯，握了又握。

汤贝再次抬起头，已经是一脸郑重其事的样子，望着沈时说：“沈医生，我后面想做一些关于癌症的宣传纪录片，可以得到你的帮助吗？”

她想，沈时一定会帮她的。毕竟，她是他走后门带来的人……

“嗯。”沈时点了下头，很快答应了她，“没问题。”

沈时要做手术了，汤贝也站了起来，离开桌位前将咖啡杯丢到垃圾桶。不管她后面怎么拍宣传片，院长要求的MDT概念宣传片必不可少。

所以，她去了一趟MDT综合办公室。

沈时做手术，综合办公室自然没有他人。季子珊刚好也买了咖啡送给科室的护士和待在办公室的杨医生和大丁医生。顾老难得在办公室，正戴着老花镜吃力地敲打电脑键盘，面对季子珊买来的咖啡，顾老笑眯眯地谢绝说："年纪大了，我就喝我的参茶吧。"

杨医生说："都让你少买两杯了，浪费了吧！"

季子珊点头，然后送了一杯咖啡给她："给。"

"……"汤贝刚喝了一杯奶茶，真的喝不下咖啡，不过还是接了过来，"谢谢。"

然后，汤贝有些纠结自己坐哪儿。总觉得季子珊在场，她坐在沈时的位子上有点……有点暧昧？特意制造出的暧昧？

为什么她会这样想，主要是她有坐错位子的经历。高中时她因为同一个女生关系好，下课就找她说话，每次都坐在一位男同学面前，结果遭到那位男同学表白，她拒绝后，男同学还相当暴躁地吼她："你他妈对老子没意思每天坐在老子面前做什么！"

……事实是，她就是心虚不敢坐沈时的位子啊。

所以，汤贝拉了一把椅子，坐在了同自己次熟悉的丁医生面前。办公桌前的丁医生撩了下眼皮，冷飕飕地问她："这两天又忙着赶剧本了？"

不要再说剧本了好吗！不管如何，她和大丁老师还是有点儿共同话题的，毕竟一个编剧一个小说作者。汤贝叹了一口气说："我暂时就不去祸害电视观众了。"

丁昇哼了一声。

汤贝已经习惯了丁医生这副傲娇冷面的臭德行，自顾自拿起小本本写起了拍摄计划；结果还没有投入做事，就注意到了丁医生办公桌上玻璃板下压着的一张毕业照，毕业照底下写着一排红色小字——"××医学院二〇一×届一班毕业合影留念"。

“我和丁昇是本科同学。”张安硕之前的话恰当地回响在她耳边。

汤贝八卦了，试图在丁医生这张珍藏的毕业照上寻找张医生的身影。结果没有找到……倒是丁医生，她一眼就看到了，站在最后一排最左边的这个。

主要是丁医生这个气质吧，比较独特，而且样子变化不大，比较好认。

“丁医生……张医生在哪儿？”汤贝抬头问。

丁昇蹙眉：“哪个张医生？”

“张安硕，硕哥啊！”汤贝说出名字，有些小激动。

丁医生真的很惊讶汤三哥居然还认识张安硕，但是想到汤三哥就是靠沈时那边来东院拍摄宣传片的，沈时又刚从美国回来，一切也能想通。

“最后最左边第二个。”丁昇说。

汤贝看向最后一排最左边第二个，也就是站在丁医生旁边的男同学，内心的惊讶真的不只是微张着嘴巴表示一下震惊而已。刚刚这位唇红齿白的小哥哥她是第二眼看到的人，但是——她看到的时候完全没有和张安硕联想在一起……张医生到美国之后是吃了猪饲料了吗！

汤贝又在大脑里对比张安硕现在的脸，和照片里的小哥哥，惋惜不已。

“张安硕现在在美国吧？”丁医生问她。

是的！汤贝点头，并告诉了丁医生，张医生在美国所在的医疗中心，和沈时是同一家。

“那他现在应该混得很好了吧。”丁昇说。

汤贝：……好像，并没有。

丁昇靠向椅背，扯了下唇，又问她：“拿到绿卡了吧？”

汤贝：……不清楚。

丁昇继续扯嘴：“一定是住上豪宅开上豪车了。”

汤贝：……这个，似乎没有。

好像，丁医生对张医生的猜想和实际情况不太一样。

汤贝当然不会同丁医生交代出张安硕待在美国的真实情况，毕竟男同学之间相互比较很正常。何况丁医生和张医生两人似乎不怎么对盘。

“张医生比现在胖了一些。”汤贝尽量提些无关紧要的情况。胖一些，她说得已经算客气了。

“呵。”丁昇轻哼，可以想到地说，“心宽体胖嘛！”

汤贝：……可怜的硕哥。

她拍下了丁医生办公桌前的毕业照，发到了洛杉矶的群里，发照片之前，她用红色电子笔在最左边第二个那里画了一个圈，痛心疾首地说：“硕哥，看看以前的你！”

张安硕很快冒泡，发来一排露齿笑，故意问起来：“好帅，这位是谁？”

汤贝无语。

张安硕继续说：“汤妹居然看到了我年轻时的样子，怎么样，以前的我也是帅哥一枚对吧！是不是一点也不输给你的沈哥哥？”

的确是秀气小哥哥一枚，但是跟沈时比起来，还是感觉差点……汤贝实诚地想着，然后不实诚地回了一个嗯，同时输入：“张医生，减减肥好吗？”

张安硕顿时忧伤了：“也不知道为什么，好像我同沈医生住在一起后，我的帅气就被他吸走了。”

汤贝：……

然后，张安硕艾特了沈时说：“时哥，请归还我的帅气！”

沈时现在应该还在手术室呢！

结果十几分钟后，沈时甩给了张安硕一个嫌弃表情。

汤贝：……

她第一次看到沈时聊天甩表情，以及这个特制的嫌弃表情好像是她前不久用过的……不是，这个表情不仅是她用过的，还是她自己原创的。

所以，沈时居然偷她的表情包！

不知道为什么，沈时偷她表情包这事令汤贝内心激起一丝丝涟漪般的荡漾，导致她来到洗手间上完厕所，忍不住哼起了曲子。

“嗯喔嗯额嗯额~~嗯嗯额……yi yi yi yi yi yi～你不在我不在～～”欢乐的调子配合着水龙头的哗哗水声。

随后，她闭上了嘴。

童老板以前对她说过，有时候她藏不住嘚瑟的样子真的有些讨打。恨不得戳她的脸，不停地戳……镜子里面季子珊走到洗手台前，取了一些消毒液，洗了洗手。一时之间，只有两个人的洗手台，气氛微妙而安静。

季子珊突然问她：“汤贝贝，你怎么会来东院拍片？”

汤贝笔直地站在洗手台前，对着镜子抬了抬眼皮，哎一声，才偏过头告诉季子珊说：“靠关系喽！”说完，她转身就走。

没想到，她刚刚这句“靠关系”刺到了季子珊，季子珊在后面叫住了她说：“汤贝贝，我应该没有得罪你，你不用对我这样冷嘲热讽吧！”

……她说错话了吗？

汤贝的脑子转了转，想到几天前丁医生说的那句猜测，如果季子珊真的也是靠关系进来的，那她刚刚说的话的确有些不太对。顿时有些头疼，又不知道怎么解释。

就在这时，有人及时出现。

医院的洗手台基本是男女共用，手术结束的沈时刚好从男厕所那边走出来。他走到了洗手台前，对季子珊说：“子珊，刚刚贝贝说的靠关系，意思应该是说我将她带来的医院，并没有任何的针对性。”

……嗯！

她连忙点了下头。

幸好，沈时及时出现替她解释。

只是沈时这样一解释，季子珊面色反而越发不好了，低下头说：“我知道了，沈哥哥。”

自从来到东院的MDT科室实习，季子珊都是叫沈时沈医生，这会儿是她第一次以熟悉的方式称呼沈时。沈时立在洗手台前，望了眼季子珊，又瞧了眼戳在前方的汤贝贝。

有人就像是在幼稚园不小心踩了对方一脚，等着对方原谅自己。

“对不起啊，我不是有意的。”汤贝自己开口道歉。

季子珊还能说什么，轻声回道：“没事。”

汤贝在心里吁了一口气。

季子珊依旧有些别扭，有些事她心里很明白，比如她确实是靠关系才来到这个汇聚着医院精英专家的MDT科室，然而她不是奔着专家过来的，纯粹因为沈时在这里。

没想到，汤贝贝却可以靠沈时来这里拍宣传片。

森善是S大附属医院常年合作药企，她爸爸更是同东院的田院长有着老交情，她私底下见到田院长都是叫他一声田叔叔。上个星期她爸爸给田叔叔打电话，希望将她安排到新成立的MDT科室，然后受到了田叔叔揶揄：“我说季林森啊，你可真会选地方。”

她爸爸也不瞒着，无所顾忌地说出了她的心思：“老田你真误会我了，事实是我女儿喜欢的人在你们MDT科室，两人本身就是青梅竹马，感情很好……”

听着她爸爸的话，她站在旁边又羞又急。

田叔叔猜出来了：“噢，沈医生吗？”

“对，除了沈时还会是谁。”她爸笑得爽朗，“所以这个忙要不要帮？”

“帮，必须帮，后头我还要过来喝喜酒呢……到时候可别忘了我这个月老。”

虽说是朋友帮忙，后面她爸妈还是邀田叔叔来她家吃饭；她妈还特意准备了几样谢礼；田叔叔一番推托，无奈带走了礼轻的那一袋，临走前开着玩笑说：“林森，不是我跟你客气，是你们要我晚节不保。”

从头到尾季子珊都非常清楚自己是靠关系进来的，她不介意一起进来实习的那些人的眼光，他们私底下的讨论，偏偏很在意汤贝贝的态度。

就像她妈妈，也在意着那位叫善善的女人。森善森善，汤贝贝的妈妈是她爸爸的初恋和前妻，也是她哥季柏文的亲生母亲，但和她季子珊没有任何关系。小时候她见过那个女人一面，气质清清冷冷，不像她妈妈那般贤妻良母。后来她无意间听说，那个女人再婚嫁给了一位厨子，和厨子丈夫在周庄开了一家小酒楼。汤贝贝就是那位女人和厨子丈夫再婚生的女儿。

因为这复杂的关系，她和汤贝贝拥有着同一个哥哥。

唉！

汤贝打算离开肿瘤MDT科室办公室，刚刚的小碰撞对她来说没什么，只是季子珊回到办公室一直闷闷地低着头，她看了也有些小别扭，便对沈时说："我去熟悉一下医院。"

就在这时丁昇要去巡视病房，拿起记录本对她说："想知道哪里故事最多吗？跟我来。"

汤贝立马跟上了丁医生。

东院不仅建立了肿瘤MDT研究团队，同时配备了MDT的病房，病房位于东院最后面的十号楼，一共八层，以"专家联合会诊"和"无间隙优质服务"收治各个病种的肿瘤病人；里面配备专业的肿瘤护理团队。她知道十号楼，却不太敢过来。作为一个普通人，她也非常畏惧一些东西，比如生死，比如痛苦。

她问了丁医生一个问题："丁医生，你每天在肿瘤科工作，会不会很压抑？"她看过他的《人生浮华》，看完后就觉得特别压抑。

丁昇走在前面，脚步有所放慢，开口说："刚来到肿瘤科的时候的确会很压抑，后来就习惯了……怎么，沈时没跟你交流过这个问题吗？"

汤贝摇摇头，她只是心有感触才问的。

丁昇又说："从医生的角度来看，肿瘤和其他病并没有什么区别。"

"那你以前有压力的时候，是怎么释放的呢？"汤贝继续聊着天。

丁昇转了下头，理所当然地回："写书啊——"

"……哦。"

汤贝跟着丁医生来到病房，原本冷硬如钢铁般的丁医生，见到病人之后完全柔软下来，除了询问病人情况，还会同病人聊两句。比如六床的一位病患从床头拿出来一本《人间浮华》，递给了丁医生："丁医生，给我签个名呗。"

丁昇接过书，颇有风度地在书里扉页上留下"大丁"两个字，然后还打趣地问病人："知道我的笔名为什么叫大丁吗？"

病人笑嘻嘻："因为你姓丁呗。"

"不，因为大丁签名简单。"丁医生回话，然后把《人间浮华》还给病人，接着又看了看床头放着的最新影像说，"最近治疗效果不错，争取明后天出院，好给别人腾床位。"

病人一脸心满意足。

原来肿瘤病房也没有她想象的那么可怕，汤贝亦步亦趋地跟着丁医生来到电梯里。

"丁医生，八楼都是肿瘤病人吗？"她问。

"对。"

汤贝看了看电梯显示的按钮，继续听丁医生开口说："医院是最有人味的地方，也是最有钱味的地方。"

汤贝有些不明白，丁医生按了最上面的按钮："比如最上面的特级病房，不是一般人能住得上的。"

汤贝抿抿唇，突然明白了丁医生为什么能写书，因为他有一个比大多数人敏感又倨傲的灵魂啊。

汤贝跟着丁医生来到最上面的病房，这里顾忌就比较多，她没有跟着丁医生一起进去，就等在外面长廊上，看墙面的挂画。就在这时，最前面病房走出来一个西装笔挺的中年男人，她一时没留意，迈着脚步同他擦身而过，结果被叫住——"贝贝？！"

汤贝转过头，看向叫她的中年男人，认了认人："……季叔叔？"

对于善善的初恋，老汤的情敌，她哥的亲生父亲，汤贝当然能认出眼前男人是谁。毕竟小时候她哥住在周庄，季叔叔每年都会来周庄两趟。小时候她不太懂事，心里还挺盼望季叔叔来周庄，因为季叔叔每次过来都会给她买样礼物，十分客气……

现在在肿瘤病房看到季叔叔，她难免有些想歪，面露复杂说："季叔叔……你怎么了？"

季林森立马笑了笑，解释说："我有个故友父亲在这里，刚好今天来东院一趟，顺便过来看看他。"

汤贝噢了噢。

"你呢，怎么在这里？"季林森问她，面容带笑。

"瞎逛呢。"汤贝回答说。

季林森："……"

岁月让一个冷峻的男人变成了慈祥的大叔。大概年纪大的人更爱回顾往事，难得碰面，季叔叔要跟她多聊两句，于是指了指不远处的VIP休息室说："贝贝，叔叔可不可以跟你说说话？"

……行吧。

"你妈妈最近好吗？"这是季林森开口就问她的话。VIP休息室，两人面对面地坐着。

汤贝默默转了转眸子，她就知道季林森会这样问，顿了顿，开口说："挺好的，除了依旧貌美如花，每次出门我们都会被认成小姐妹。"

季林森笑了，两边鱼尾纹微微扬起，更显得双眼如潭，星目含威。汤贝不得不承认，季柏文的眉眼像极了季林森。

"那是因为你长得像你妈妈。"季林森说。

汤贝摇头，否认这个说法："我长得比较像我爸呢，眼睛鼻子嘴巴耳朵都像我家老汤……虽然我也很想像我家善善，但是我家老汤基因实在太强大了。"

"瞎说八道。"季林森对她的话完全不认同，视线停留在她的眉心处，略微出神。

汤贝“哎”了一声，开口说：“季叔叔，我突然想到我还有事，先走了啊！”说完，她站了起来，朝季叔叔挥了挥手，告别了。

临近傍晚，汤贝从十号楼出来，来到医院外面公交车站，打算坐两站公交，再换乘地铁回戏剧学院。等公交车的时候，她看了看手机，不知道要不要和沈时说一声。

她现在真是有点别扭呢，希望沈时注意到她，又怕沈时过多注意她。小小的骚动，像是一阵春雷之后，一份细微又带着冲劲的小心思终于按捺不住，破土而出了。

此外，小心思还导致她整个人变得奇怪，发出来的朋友圈更是莫名其妙，就像五分钟前她发了一条：“春风响动，往事追忆，世间仍少一个了悟！”

点赞留言很多，尤其是张安硕特别努力地吹捧了她：“我家汤妹好深沉噢。”

……她装什么文化人啊！

而且她装得如此深沉，沈时也没给她点个赞什么的，汤贝心里有着说不清道不明的失落，感觉她戏精般的表演没有得到最在意那人的关注。

白白废了心思！

公交车一时没来，汤贝抬了抬手腕，心想要不要打车回学院公寓；就在这时，一辆黑色宾利停在了她面前。她眨了眨眼，看向车窗落下露出的人。“汤贝贝，我送你吧。”季子珊对她说。

……啊？

季子珊坐在车上，看到前方公交站等车的汤贝贝，也不知道怎么想的，直接对她爸提议说：“爸，我们送一下汤贝贝吧。”

只是车窗落下，她又有些懊恼。她想向汤贝贝炫耀什么呢？炫耀她爸比她爸有钱吗？季子珊后悔自己小心眼，结果外面的汤贝贝只考虑了一下下，就答应下来说：“好啊！”

季子珊：……

开宾利车的是司机，季子珊和季林森都坐在后面，汤贝坐上副驾驶，上车便对司机说："道林路的戏剧学院，谢谢。"

"汤贝贝，你还住学校吗？"季子珊问。

汤贝回答季子珊："我大三就不住学校了，现在租住在学校后面的公寓，比较方便。"

"噢。"季子珊点了下头，心里想着，汤贝贝一个人待在S市还是挺可怜的，每天要坐公交地铁来医院；虽然这几天她也是坐地铁公交来医院，却不一样。

"汤贝贝，等会儿你回公寓吃什么？"季子珊又问。有人给她做饭吗？

季子珊这是在关心她吗，还是年龄相仿对她比较好奇？汤贝偷偷地想了想，还是因为今天下午两人发生小碰撞，季子珊有意同她冰释前嫌？

"随便吃啊，有时候外卖，有时候食堂，有时候跟同学搓一顿。"汤贝笑了笑。

旁边的季林森正要开口，季子珊看了看自己的父亲，直接提出了邀请："要不今晚你就到我们家吃吧。"

"……"

从小到大，汤贝都蛮喜欢到同学朋友家里吃饭，尤其是小时候在小伙伴家里玩晚了直接留在他们家里吃饭，可是季子珊家——

"子珊。"季林森出声提醒女儿，然后替自己女儿解释说，"贝贝，子珊就是想你们以后要待在同一个医院，多了解一下。"

噢，原来是这样。季叔叔这样一解释，汤贝觉得自己再推托不去反而不好了。

"好啊，那我就不客气了。"汤贝答应下来，随即回过头，礼貌地感谢一番，"谢谢邀请，以后有机会你们也到周庄玩。"

季子珊心里别扭，低低地"嗯"了一声。

嘿嘿，汤贝贝之所以答应去季家吃饭，也有她的小心思。她想知道沈时家和季家到底住得多近，等会儿她去季家吃饭会不会遇到沈时呢？终于也有了好借口，汤贝拿出手机，给沈时发了一条消息："沈医生，你等会儿回家吗？”

沈时问她：“你现在在哪儿？”

她在季家的豪车里呢……

汤贝藏不住事，直接说明：“我今晚去季家吃饭，你家和季家住得近吗？”

沈时一时没回复她。

后座，季叔叔也给儿子打了一个电话，语气威严又无奈地说：“没事就不可以给你打电话吗？今晚回来吃饭吧！那个……你妹妹贝贝也在。”

……莫名有一种成为尊贵客人的感觉。

只是，她预感到等会儿见面季柏文一定会这样骂她——“汤贝贝，你是缺吃的吗？要跑来季家吃饭？”

不，她不是自己要来的……她是被邀请的！

有时候汤贝也觉得自己有些欠……

后头季叔叔跟季柏文打完了电话，语气抱歉地对她说：“你哥今晚有个很重要的饭局必须到场，但是他说会尽快赶回来。”

汤贝转着脑袋，朝季叔叔点了点头：“没事。”然而她内心的呼唤却是——千万不要尽快赶回来啊！

一个小时后，宾利车驶入紫金花园，停在了某幢独立小楼前面。汤贝拿出手机查看上次为沈时付车费的账单信息，好像最后沈时家的地址就是——紫金花园。

汤贝坐在副驾驶环顾四周，感觉自己中了一个大彩蛋。

季子珊实在有些不明白汤贝一脸愉快的模样为哪般，难道她不觉得别扭吗？季子珊回头看了眼汤贝贝，只见她转着脑袋，像是在打量这些别墅。

季子珊开口：“我们家房子买得早，紫金花园都是老别墅。”

噢。汤贝夸赞说：“但是一点都不老，很漂亮呢。”

“嗯。”季子珊点了下头，任何赞美都是受用的。

下车之后，汤贝便跟在季子珊旁边。没办法，她是季子珊邀请来的，当然跟着季子珊了。

季林森走在后面，亲切道："贝贝，就当自己家一样，别拘束。"

汤贝摇了下头，不拘束。

事实是，季林森心情十分微妙，百感交集一点也不输自己的女儿。作为东道主，贝贝要来S市读书的时候，他就跟自己儿子柏文提了几次，意思就是周末有空可以带贝贝来家里吃吃饭。怎么说当年老汤照顾了他儿子好些年，现在老汤女儿来S市他不能没有任何表示……

然而，柏文怎么会允许贝贝来季家玩或吃饭。只要他一提议，柏文就冷嗤一声："贝贝很挑吃，不会随便乱吃别人家的东西。"

如果……如果汤贝知道季柏文说过这种胡扯的鬼话，无论如何她也不会来季家吃饭的！毕竟作为妹妹，她也不想把自己哥的脸打肿。

季家除了季母王晓春在家，还有王晓春的弟弟，季子珊的小舅舅。进门之后，一口一个姐夫地叫着季林森。"我的大小姐，你们终于回来了。"王晓军又对季子珊说起热络话。

然后看向汤贝，嬉笑着伸出了手："你好，我叫王晓军。"

汤贝十分"矜持"，没有伸出手。

王晓军被自己姐夫瞪了一眼，悻悻地收回了手。厨房里，王晓春和阿姨一起下厨，恨不得将所有的拿手菜都做出来……然后客客气气地端到善善的女儿面前，"好好"招待一番。

季林森在回来的路上就告诉她等会儿善善女儿要过来吃饭，随后王晓春一颗心就高高地提了起来。她嫁给季林森的时候季林森早和善善离婚了，然而二十年来，她觉得自己无时无刻不活在善善的阴影之下，如同那个没办法更改的"森善药业"驰名商标，森善不仅是一个品牌，更是一段难忘的往事。

季家阿姨切菜的时候，叹了口气说："季太太，你就是太操心喽，哪有董事长夫人的样子。"

王晓春蹙眉，有些不满地反问阿姨："你见过几位董事长夫人？"

季家阿姨呵呵一笑，端起锅里的汤："我也就在……电视上见过几位。"

同样，汤贝也只在电视里见过上市公司的董事长夫人，见到季子珊妈妈的时候，心里暗暗地对比了下她家善善。善善当年是南航空乘小姐，无论脸蛋身材都是当年出了名的大美人。她也看过她家善善当空乘小姐时候的老照片，的确可以用"有美一人，清扬婉兮"来形容。用老汤的话来说，你妈当年去竞选香港小姐都可以夺冠。相反，季子珊妈妈是那种典型的董事长夫人长相，圆圆的脸，圆圆的鼻子。不过，季子珊和季柏文，都比较像季叔叔一些。

季家是老别墅，餐厅位于后面，朝着一大扇圆弧的落地窗，外面是后花园。隔着一条马路，对着另一幢红瓦白墙的三层小楼。新春过去不久，对面小楼大门上贴着一对朱红色春联，看着像是手写的……为什么她会观察那么仔细，因为她很无聊啊。

有些后悔过来蹭饭了。

"那个……贝贝，你尝一尝这道清蒸鳜鱼。"季叔叔对她说。

汤贝尝了一口，闭着眼睛吹捧："好吃。"

王晓春面露满意的笑容，盛了一碗汤，又放在她面前："喝汤。"

"谢谢阿姨。"汤贝道谢，又尝了一口，"好喝。"

旁边季子珊：……

王晓春看着善善的女儿，心里也忍不住同自己女儿对比一番，自己家女儿到底是出身大家，从小在S市长大，一路念的都是最好的学校，不管是教育还是家庭因素造成的区别，总之她家女儿比善善女儿更有气质一些。

"你今年毕业了对吗？"王晓春再次询问，以关心的方式打探一些信息。

汤贝点头。

"我听柏文说你在戏剧学院上学，学的是什么呀？"说到戏剧学院，王晓春尽量藏起自己的偏见。

汤贝如实回话："我学的是导演系，所以学得比较杂，摄影编导艺术欣赏都有涉及。”

“哦哦哦。”王晓春笑了笑，“艺术生好，多学样技术总是有好处的。”

汤贝有时候心大，但是耳朵灵着呢，季子珊妈妈话里的意思很显然，她这位艺术生和技校生没什么区别。

不过她也无所谓，优秀的人向来不需要解释太多，用老汤的话来说做人还是要谦虚一点，免得招人羡慕嫉妒。

“没错。”汤贝回季妈妈说，“多学点技术，找工作就比较容易。现在社会竞争大，难混。”

汤贝这样一说，王晓春就不接话了，担心丈夫直接替善善女儿安排工作……如果真这样，她不是给自己找不痛快吗?

王晓春的两句问话，已经让季林森心里不快，事实上他对汤贝贝有些了解，毕竟他有一个很爱秀妹的儿子。当年贝贝考入戏剧学院导演系，他也问了问情况，柏文直接蹙眉说：“一般人可考不上导演系。”

季林森在餐桌上有意提了提自己儿子当时的话，一方面真心赞美善善和老汤的女儿确实优秀，另一方面也增进双方关系，毕竟柏文是双方的联系点。

她哥真的说过这样的话吗?汤贝乐了，笑嘻嘻地说：“我哥就是不会当面夸我。”

季林森也笑了：“你哥就是那样的性格，人冷心热。”

汤贝弯唇，才不是人冷心热呢。

从头到尾，季子珊都没有说话，握着筷子低下了头。

终于，这顿饭吃得差不多了。外头夜幕已经降临，小区花园欧式的路灯也亮了起来；昏暗的灯光照着别墅外的树影花草，像是一幅虚虚笼笼的画面，透着淡淡的光影。

“贝贝你多在家里玩会儿。”季林森说，“等柏文回来，再让他送你回学校。”

呃……

她拿出手机，发现一个小时前沈时回复了她的微信，对于她来季家做客这事，他没有什么话，只是对她说："我回家吃饭。"

所以……呢?

汤贝收起手机，明明沈时也没说什么，但是她的一颗心却有些躁动，好像她特意制造两人见面的机会，然而真的被她得逞了。

"季叔叔，我想去小区外面逛一逛——"汤贝开口说，话音还未落下，她便透过窗户看到对面的小楼里面走出一个修长孤拔的人。

夜色弥漫的花园，人和影都有些不分明。沈时立在门庭外面的台阶上，头顶上是一盏亮起的门庭灯，然后沈时的脸在暗淡光线里渐渐清晰起来。他身姿磊落，面容清俊。不知道是不是因为夜幕笼垂，只穿着衬衫西裤的他显得有些凉意，又十分清俊。

然后，沈时也看到了她，抬着头，视线缓缓地同她交会。随后她的手机响起，外面沈时拿着手机对她说："吃好了吗?出来走一会儿吧。"

汤贝立马有了借口，对季家人说："沈医生说带我出去走一走。"

季子珊回过头，自然也看到了外面等着的沈时。

季林森和王晓春都反应了一下，然后季林森对她说："好，等会儿回来再让你哥送你。"

没问题!

汤贝带着几乎雀跃的心情走出了季家，沈时等在了季家花园外面，待她走近，问她："那么快就吃好了?"

汤贝有些不好意思，点了下头："嗯。"

沈时转了下头。

汤贝看着对面的小楼，问出声："沈医生，你就住在对面吗?"这话她简直是瞎问，沈时如果不住在对面刚刚怎么会从里面走出来?不过真没想到，季、沈两家住得这样近。

"嗯。"沈时回她，然后像是招待一位临时撞面的朋友，客套地问她，"要进去坐坐吗?"

清冷僻静的小区路边，沈时面色淡然，一句要进去坐坐吗却带着一份悠闲的意味，仿佛一把小刷子，在她心口轻轻刷了一下。汤贝的大脑没多想，点了下头：“好。”

结果没走两步，脚步有些发虚，她对沈时说：“还是不要了……”

沈时停下来，视线在她面庞上一转。

汤贝摸了下后脑勺：“上次你到我家带了那么多东西，我今夜两手空空，不太好。”

“没关系。”沈时说，简单地交代一句，“今天我家里也没有人。”

啊，家里怎么会没有人？那就更不用进去了，原本她还紧张见沈爸爸沈妈妈呢。

一时之间，沈时也没有继续邀请她进屋，汤贝转了转脑袋，耳边响起沈时略带清凉的声音：“我母亲已经去世十多年，平时就我父亲一个人在家……还有一个照顾他的阿姨。不过，这些天我父亲去了宁城开讲座，阿姨也回了老家。”

原来沈时母亲已经去世了啊。

不过沈时这样一说，她就有话题了，比如阿姨为什么回老家。沈时也没有继续邀请她进屋，直接带着她走进了小区花园，像是带着她饭后散步。

他腿长，脚步放得很慢，她走在旁边，吹着徐徐夜风，觉得今天来得太值了。春天的S市，一阵冷一阵热，今天天气就很暖和，她穿着薄款风衣也不觉得冷。

沈时应该也不冷吧。汤贝看向上身穿着衬衫的沈时，领口落在第三颗纽扣处，露出若隐若现的锁骨。此时此刻，微风吹动着他的衬衫，她的风衣，她的头发……还有她的心。

她问沈时他家阿姨的丈夫得了什么病，听到回答后，原本轻飘的心又有些沉下来：“……为什么现在得癌症的人那么多？”

她的话没有理论依据，只是她最近的主观感受，也不知道和环境污染、生活饮食有没有关系。她就是有意跟沈时讨论与他专业相关的问题，不管问出的话题有多浅薄。

沈时像是告诉小朋友似的告诉她：“癌症同年龄关系最大，40岁之后发病率是指数增长——所以不是得癌症的人多了，是因为人寿命长了。”沈时看向她，转换了一下概念。

汤贝明白了。

“今天丁医生带你去病房了？”沈时也问她，“都聊什么了？”

聊了很多啊，尤其是影视制作方面。不过汤贝拣了与医学相关的提起来：“丁医生也跟我介绍了MDT诊疗模式，以及MDT诊疗模式的好处。”

“是吗？”沈时回她，“他怎么说？”

汤贝如实说了丁医生下午跟她说的一件事，他说以前一些医院如果病人先看内科，那病人就进行内科化疗，如果病人先看外科，就进行手术治疗。所以MDT诊疗模式就可以减少科室之间争抢病人，可以真正以病人为中心……

沈时一时没接话，顿了下说：“现在医院管理趋向正规，争抢病人的情况应该很少了。”

汤贝在心里唉了一声，好像她和丁医生聊天就是一个愤世嫉俗的贝贝，和沈时聊天又是一个云淡风轻的贝贝。她还有没有自己的想法了！

“沈医生，你回国这段时间，还适应吗？”她开口问沈时。

沈时侧头看她，汤贝回视着沈时，眼底藏着一丝紧张。

沈时淡淡一笑。回国以来，不管是他以前美国的同事，还是他父亲，都问过他适不适应这个问题，他都没有那么想要具体地比较一番，倒是现在，他想好好回答汤贝贝。

汤贝抬了抬头，听沈时说着MDT模式在美国那边的发展，每周的讨论会模式……这些内容和她的生活或专业完全无关，但不影响她听得津津有味。

“我的宣传片应该没问题了。”汤贝笑着说，嘴角不经意翘起，突然她感到眼睛里落入了什么东西；她停下来揉了下眼睛，有些难受。

“我眼睛进沙子了。”

“不要揉。”沈时拦住了她的手。

可是好难受……汤贝眯着浓秀的眼睛，双眼皮的深痕被她揉得越发显然，透过微眯的眼睛，她看着沈时的脸越靠越近，心跳不小心就加快了。

越跳越快。

然后，明明她心脏都要变成一只小兔子跳了出来，她还是不忘借机要好处，低垂着眼睛，对沈时请求说：“沈哥哥……你能帮我吹一吹吗？”

“嗯。”沈时温柔地答应了她。

她耳朵泛着红，藏于朦胧的夜色里。

随后沈时一手按着她的肩膀，一手捧住她的脑袋。两人靠得很近，她紧张得将双手放进兜里；两人这个距离似乎比接吻还要近，还要暧昧。

紧张，令她眼皮轻微颤动。

心底偷偷吸了一口气，就在她等着沈时给她吹一口仙人之气时，一道强光直直地打了过来。

| Chapter8 |

嗯，心动了

汤贝以为等来的是一口仙气，没想到是一道刺眼的强光。强光刺入眼球，流下的泪水冲掉了被风吹进眼里的沙子。

到底是谁打来的光！又不是拍剧，打什么光。

汤贝眯缝着眼睛，沈时的手依旧留在她的肩膀上，注视着她的眼睛问："好些了吗？"

汤贝抖了抖眼皮，摇摇头。现在已经不是沙子问题，是强光问题了。沈时站在她面前，替她挡住了这刺目的汽车大灯。一束强光，将她的小心思照得无处遁形，然后又跑得无影无踪了。她通过眯缝的左眼，看到打灯的不是别人，正是她亲哥季柏文。

季柏文下车迈着大步过来，看到的就是这样一幕，同刚刚他在车上看到的画面不太一样。下车的时候他连火都没有熄，车前大灯射出的LED强光继续落在他们每个人身上，双手抚着眼睛的汤贝贝，收回手站在一旁的沈时，和凝着眉头的他自己。

"怎么了？"季柏文质问说。

"沙子进眼睛了。"汤贝低着头，双手没有从眼角周围拿开。

"把手拿开。"季柏文说。

"不，刺眼……"汤贝摇了摇头。

季柏文强行拨开了她的手，借着强光看她的眼睛有没有问题，然后望向沈时："沈时，你再帮忙看看。"

沈时原本侧站，再次靠近两分，拿出来的手放在了裤袋里。

感受到沈时的气息再次逼近，汤贝心虚地抬了下手，眨了眨眼睛说："好像已经出来了。"

季柏文松了一口气，倒不是因为沙子进眼睛这样的小事，而是刚刚他在车里……

他直直地盯着汤贝，想到今晚自己赶回来的原因，压下去的火气又噌地冒出来，忍不住骂出声："汤贝贝，你脑子是不是进水了，跑到季家来吃饭？"

……果然，她就知道季柏文会骂她。汤贝低垂着脑袋，没有解释。

然后，不停训斥她的季柏文，被沈时制止了，她感激地瞧了眼沈时，心里想法又变了一下，如果沈时是她亲哥该多好。

季柏文要送她回去，汤贝眼睛没了不适感，挺了挺背说："那我去跟季叔叔说一声。"

季叔叔……季柏文想起以前季林森来周庄看他，有人不仅比他更期待，还更热情，双手捧着礼物一口一个季叔叔叫着，蹦蹦跶跶，像是见到圣诞老人那般。

谁没有个小时候啊……她是没机会见到季柏文小时候，不然肯定也是黑历史一大堆。

一路憋着气，汤贝坐上了季柏文的车。"到底怎么回事？"车里季柏文问她。

汤贝摸了摸自己的脑袋，开始交代说："今天在医院，我碰到了季叔叔……"

她如实地跟季柏文说起她在医院碰到季叔叔，然后在医院外面公交车站遇到季叔叔的车，接着被邀请上车……整件事情的来龙去脉。

"我觉得我不上车，显得不友好。"汤贝抬起头解释，小声地加了一句说，"尤其是丢了我家老汤的面。"

季柏文哼了一声。

“我真是这样想的。”汤贝再次强调。

季柏文转而又蹙了蹙眉头，问她：“怎么还在东院？《爱都》不是已经杀青了吗？”

这个，她没有跟季柏文提过吗？“因为我又改行了……我已经不做跟组副导演，改拍宣传纪录片了。”她告诉季柏文说。

季柏文：……

汤贝：“所以，我现在就在东院拍片了。”一双动人的眼眸微微泛着光，语气有所收敛，但还是带着一份得意扬扬。

季柏文怎么都觉得有些不太对劲：“好好的，你怎么去了东院？”

汤贝眨了下眼：“对啊，我就在东院拍……怎么，不可以吗？”

季柏文没再逼问，掏出了手机，一边拨号一边说：“我给沈时打电话，好好问清楚。”

汤贝快速拦下季柏文拨号的手，开口说：“好了好了，不用问了……没错，我是借了沈医生的关系才能给东院拍片，我……”

季柏文靠向座椅，压了压情绪，等着她老实交代。为什么又改行，为什么拍起了医疗宣传片，为什么偏偏还是东院？

因为……

整个事情说起来话就多了，汤贝从自己改编的剧被攻击说到大丁老师拒绝她改编剧本，然后受挫进组当副导，接着机缘巧合接到了东院的活。

季柏文沉默下来。

“所以我要卧薪尝胆，我要发愤图强，我要十年磨一剑，好好拍出一部真正的好作品，然后狠狠打脸那些嘲笑过我的人！”放话结束，汤贝抿着嘴，颇有一番决心的样子。

季柏文转头，正要出声。

汤贝把话说完：“那些人，包括你——季柏文。”

季柏文瞬间收回懊恼和心软，一个狠狠的栗子落在汤贝的脑袋，横眉冷眼道：“汤贝贝，我有时候真想把你吊起来打一顿。”

汤贝：……

晚上九点多，季柏文将车停在戏剧学院后面的公寓楼，汤贝一边解开安全带一边说："谢谢哥送我回来，我好困……上去睡觉了啊。"

配合地打了一个哈欠。

"沈时……最近你们走得很近吗？"季柏文还是问了起来。有些事他心里不可能没有一点想法，他觉得不太可能，但是不排除有人想老牛吃嫩草，或者嫩草啃老牛。

汤贝看着季柏文，心虚又紧张，想了想说："也不是很近。"

"沈时是很帅，学历又高，能力又好。"季柏文替她说出来。

汤贝忍不住点了下头。

季柏文撩了下眼皮，似乎在研究刚刚她的神色。

汤贝迎上季柏文犀利的目光："……没错，沈时比你优秀多了。"

季柏文："……"

"喜欢上沈时了？"季柏文问了出来，有些事是他疏忽了，汤贝贝这个年纪对男性是要感兴趣了，但是——

"嗯。"汤贝点了下头。

季柏文吸了一口车窗外涌进来的夜风，汤贝抬着头，笑着说："哥，你如果再不对我好一点，我真要把沈时当亲哥了。"

季柏文一愣，伸手拍了下某人的后脑，笑骂："没良心。"

汤贝咧了咧嘴，轻松下来，想到舒姐姐说："哥，舒姐姐回来上班了吗？"

"……还没。"

"舒伯伯去世了，你知道的吧。"

季柏文"嗯"了一声。

汤贝之所以这样问，是因为舒伯的葬礼她哥季柏文没有出席，不过她倒不会因为这个怪她哥，就是觉得舒姐姐最近肯定很难过。

"哥，等舒姐姐回来，你少给她安排点工作，多招一个助理呗。"汤贝建议说。

季柏文继续“嗯”了声：“知道了。”

汤贝低了低头，再次说：“都是熟人，你要给舒姐姐一点儿时间谈恋爱……”这话，她是替舒婶说的，舒伯去世后舒婶最大的心愿就是舒姐姐的终身大事了。

“汤贝贝，你还是操心你自己的事吧！”季柏文嗤笑，因为她刚刚那番话。

“是的，我也不小了……是要操心对象问题了。”汤贝留下这句话，下车了。

夜里汤贝迟迟未睡，辗转反侧，恨不得用被子将自己包裹成一团；大脑里反复都是回来的车里，她哥季柏文那几句有意提醒：“沈时其实挺无情的。”

好兄弟向来都是背后插刀，大概是觉得她不会信，她哥举了一个例子说：“当年我转校到S市这边读书，听到一个八卦，有个女生为沈时割腕自杀，神经病一样……”

“后来呢？”

“大概是转学了吧，本身也是脑子不太好的女生。”季柏文无情地点评说，“不过那事算沈时倒霉，他也只是礼貌拒绝，没想到对方心理脆弱要自杀，当年还配合调查了一段时间。”

“大概这事对沈时有阴影，导致他对交女朋友这事没了兴趣。”

汤贝从被子里坐起来，她也不是眼光特别好，她只是同大多数女人一样，目光浅薄地看中了沈时浮于表面的优秀，又不小心被沈时那股冷淡气质吸引。

其实，就算季柏文不提沈时这段高中往事，她也见识过沈时拒绝女人的冷漠样子，那晚他对温倩是怎么说的？

因为你喜欢我，所以我就要接受？

想着想着，汤贝又觉得自己有些多虑，她就算喜欢沈时也不会表明自己心意，毕竟她能对沈时产生某些想法本身也挺令人羞耻的。

汤贝并不想接受这种小羞耻，所以告诉自己她对沈时只是崇拜和好奇，就像一个少女对大神的仰望，喜欢归喜欢，但没有占为己有的想法。

毕竟，她真没有想嫁给沈时，或要一个沈时这样的男朋友。内心深处，她对男朋友的要求是和她一样精力旺盛，多才多艺，然后能陪她玩一辈子的人。对了，还不能怕季柏文。

然而，不管是什么类型的喜欢，每天能见到喜欢的人仍是一件令人愉快的开心事。第二天，汤贝风风火火来到东院MDT综合办公室，刚好撞到沈时走出来，沈时按住她肩膀，定了定说："走路记得抬头看人。"

"沈医生……早啊。"

"早。"沈时说。

汤贝露出一排又细又白的牙齿，感觉自己瞬间充满能量去干活了。

其实，早上季子珊同样对沈时道早，也得到了沈时的一声早，心情和汤贝却完全不同。刚好今天程莹莹要来医院做个检查，过来看看她。

"好像不管是我哥，还是沈哥哥，大家都更喜欢汤贝贝……"季子珊自嘲一声，和自己的准嫂嫂聊起了心事。

程莹莹笑呵呵："有吗？我就比较喜欢你啊。"

季子珊低下头，直接表明心思："我想说……好像汤贝贝更招男人喜欢，因为她更漂亮？"

"我的珊珊，你怎么会这样想。"程莹莹一脸的不可思议，顿了下说，"你就是太不自信了，汤贝贝怎么跟你比呢？家世？学识？"

季子珊扯唇："……这些算什么。"

程莹莹想了想，又说："不过大多数男人的确喜欢汤贝贝那种。"触碰到季子珊投来的视线，笑了笑，无奈地说，"你们一个是天上明月，一个是人间小花。那些男人，大多只看到小花小草，看不到头顶明月。"

咳！程莹莹这算是捧杀吗……

隔着偌大的柱子一角，同样坐在花园咖啡厅的汤贝尽量不让自己出声，继续埋在笔记本前面剪辑视频，可是面对程莹莹如此精妙的一番话，她很想探出脑袋打个招呼。

如果她是人间小花，季子珊是天上明月——她程莹莹是什么？

汤贝觉得自己可以改行做狗仔了，什么墙脚都可以听到。

此时此刻，她很想出去秀个存在感，但是老汤时常教育她“做人留一线，日后好相见”，何况程莹莹说得蛮对，对她的评价也很中肯。

算了，她就看在她哥的面上，继续埋头剪辑吧。嗒嗒嗒，汤贝轻轻按了按键盘的上下键，逐帧移动视频里的画面，然后Shift+Esc，将画面等比例智能缩放，直到调整到最满意。

就在这时，手机铃声嘀嘀嘀地响起。

汤贝反应了一下，从包里拿出手机，看了看屏幕上闪动的名字，沈时的……前方季子珊和程莹莹停止了说话，汤贝微妙地抬起头，撞到程莹莹回过头的视线，拿起了笔记本电脑，离开了桌位。

手机里沈时淡淡地回应她一句，问她：“我发给你的资料收到了吗？”

呃？他发她资料了吗？“发我微信吗？”

“邮箱。”

“……你怎么知道我邮箱？”

“我给你填过资料表。”

“……”

汤贝用手机登录自己那个B.B大写字母开头的邮箱，这个是她年少无知时申请的邮箱号，不知道为什么登录的时候有些羞耻感。然后，她看了看沈时的邮箱号，笑了。

因为沈时的邮箱号开头也是字母，S.S……

沈时发她的文件是关于肿瘤MDT医疗模式的具体介绍，整合了美国那边还有国内的几大医院的创新模式。

汤贝提着包去图书室，手机再次响起，是程莹莹打来的。她心里哎了一声，接通了手机。五分钟后，她在东院三楼见到了程莹莹。

“贝贝……”程莹莹看着她笑，脸色不见任何的尴尬。

汤贝走到程莹莹面前：“嘿，程姐。”

“咖啡厅那个对不起哦。”程莹莹对她道歉，解释说，“我就是瞎比喻，真的没有任何偏见……子珊这两天心情不好，我就特意安慰安慰她。”

汤贝点了下头，表示理解。

程莹莹笑着，看着她的脸蛋说：“皮肤看起来真好。年轻真好啊。”

汤贝有些莫名其妙，说：“化妆了。”这些天她来医院，不仅要洗头，还要涂抹一番。

“用的什么粉底液？”程莹莹继续问她，“可以推荐给我吗？”

汤贝心里有些烦，但又很难招架程莹莹这样的客套。她太不喜欢程莹莹的就是这一方面，明明可以不用讨好她，还要对她说一些迎合的话。

“对了，我上次从日本带回很多护肤品和彩妆，下次带给你一份。”

汤贝抬了抬眼，客气道谢：“谢谢程姐。”

“不客气，反正都是你哥出钱。”程莹莹朝她眨了下眼睛，像是开玩笑，也像是有意摆明某个事实，顿了下，又透露给她一事，“今天你哥本来要陪我过来，不过我觉得结果还不知道，先不告诉他比较好……贝贝，你也先替我保密噢！”

汤贝一时没听懂，更不知道要保密什么，第一反应是程莹莹得了什么病，要和她哥上演生死狗血偶像剧，随后才慢半拍地反应过来——程莹莹有宝宝了吗？

程莹莹笑了笑：“好了，我先走了。”

“……再见，程姐。”

下午汤贝来到图书室，双手捧着脑袋，消耗程莹莹告诉她的话。明明是一件好事，她却有点郁闷。更郁闷的是，她看不懂沈时给她的资料！趴在桌上，她给沈时发了一条消息：“沈医生，你在忙吗？”

“你发我的资料我有些看不懂，所以想问问你。”汤贝继续发送。

沈时还没有回复她，她又发了一个卖萌表情，一颗小汤圆委屈地皱了皱眉头。

“你在哪儿？”沈时终于回她。

“……图书室。”

沈时来到了图书室，身上还穿着白大褂，汤贝抬起头，连忙指了指对面的椅子：“坐。”沈时没有坐在对面，而是看向她旁边的椅子。她又赶紧拿起自己挂在椅子上的外套，给沈时腾出座位。

周四下午，沈时作息表全是蓝色的，她可以好好占用他作息表上的蓝色时间。待沈时坐下，她把自己编辑好的视频给沈时看，问沈时的意见……沈时身子轻靠着椅子，修长的手指点着触摸板。她伸了一个懒腰，望了望外面的春意盎然，又回过头看他。

“这里不对。”沈时对她说，视线跟她碰了下，示意看他指出来的地方，“直肠癌的转移发生率，我给你的数据应该是百分之二十五降至百分之十一，不是百分之一百一十……”

丢人。汤贝探过身子更改，一边更改一边解释说：“手误手误。”

沈时看了眼凑到自己身前的人，后背微微往后靠去。然后，目视到一处问题，右手从后面伸过来，再次跟身前的人指出来。

汤贝继续改动，脑袋一动一动，身体几乎一半都斜到了沈时这边。因为双手敲打键盘，一时没注意到姿势暧昧。

沈时松开手。

汤贝回过头，才意识到自己差不多整个人都在沈时怀里，赶紧弹回坐直。

沈时原先往后靠的身体，也终于回直了。他这样特意坐直一下，反而觉得更暧昧了……

差不多两个小时，沈时一直给她讲解她不懂的地方。汤贝想起儿时的梦想——拥有一个每天辅导她做作业的温柔小哥哥。旁边沈时的胳膊离开了桌子，翻开他面前的记事本。此时此刻窗外午后的阳光，金灿灿的，斜斜射进来有两分灼眼。沈时握着一根笔转过头，目光在她脸上一转，汤贝有些面热。

“沈医生……”

“嗯？”沈时眼角往上斜着，看着她。

汤贝无聊地提出一个要求：“你能不能再写一遍我的名字，我想临摹一下。”

无耻！她居然能说出这种鬼话。但是她真的想临摹之前沈时给她签的那个瘦劲又清俊的汤贝贝。照着沈时的字体，好好练练签名。

“嗯。”沈时答应了，在笔记本上写了一遍“汤贝贝”，推给了她。

汤贝满意地看了看，又递过去：“你再给我写一下‘汤三哥’吧。”毕竟比起汤贝贝，汤三哥才是她的江湖名号。

沈时又写下“汤三哥”。

“谢谢。”汤贝感激，拿过笔记本，欣赏起沈时笔迹的“汤贝贝”和“汤三哥”，感觉像是得到了男神签名般。

然后，她再次推过笔记本，得寸进尺地要求：“要不你直接给我写句话吧。”

沈时终于抬起了眉头，看向她。

汤贝小声地说：“祝汤贝贝天天开心这种。”

沈时转了下眸，顿了下，握笔继续在笔记本上写起来：“祝汤贝贝天天开心——”正要收笔，汤贝凑着脑袋，在他旁边说：“祝汤贝贝天天开心，早遇爱情，永远幸福。”

沈时蓦地笑了，继续写上后面的八个字。写完之后，索性留下他的签名。签名的时候，习惯用英文签名，因为在美国待久了。

汤贝瞧了眼沈时的英文，指了指上面的S说：“沈医生，我和你的名字大写放在一起，你知道是什么吗？”

沈时没回答，直接用笔敲了下她的手。

汤贝悻悻地收回手……她只是说个新发现嘛！

一个下午，汤贝完成了东院的肿瘤MDT宣传小视频。沈时没有陪她太久，临走前她对沈时表达谢意：“沈医生，今天真是谢谢你了，改天请你吃饭。”

沈时站在桌前，没有跟她假客气：“不用改天，今天就可以。”

“……噢。”那就今天一起吃晚饭吧！

傍晚之前，汤贝来到MDT综合办公室等沈时下班，意外地发现今天办公室人很齐，黄医生杨医生丁医生顾医生都在场……当然还有季子珊。

两人撞面，都是脸皮薄的尴尬，因为她进来，季子珊低下了头。

“嘿……大家都在呀！”汤贝打招呼。

“汤汤你这是会算吗？”黄医生冲她笑眯眯，“知道今天我们科室聚餐，特意找准时间过来吧。”

……误会呀！“今晚你们真要聚会啊？”她问大家。

“对啊，难道沈医生没跟你说？”

汤贝摇头，看向丁医生。

丁昇抚了抚自己的白大褂说：“大概有人鼻子特别灵吧。”

汤贝很生气，她是那种喜欢蹭吃蹭喝的人吗？她搬了一把椅子坐下来：“我过来是想给你们看看我新出炉的宣传视频，希望大家给我这个新人多提意见。”

“速度挺快啊。”杨医生打趣一句。

“必须的。”汤贝回话说，“要跟上你们医生的节奏嘛。”

有人夸起自己真是不含糊。

“唉，今天又诊出两位重度宫颈癌前病变，年纪都很轻。”沈时进来的时候，黄医生提起今天她出诊的情况，语气感慨。

汤贝歪了下头。

自然，今晚她跟着沈时他们科室去聚会。不是她厚着脸皮加入，而是请她一起去的人太多；连丁医生都说了，不差她一个。

一路上，黄医生跟她科普HPV（人乳头瘤病毒）疫苗，顺便讲了病毒感染的危害，汤贝越听嘴巴张得越大。同样都是年轻女孩，季子珊因为学医，对这方面了解比较多，就没有像她一样听得那么认真。

其他都是男医生，也不太接这个话题。

“所以，我个人真的非常反感男人出去嫖，因为性质比出轨更可怕，尤其事后对另一半身体有着严重感染的危险。”黄医生义愤填膺地说。

汤贝点头，神色凝重。

“汤汤，你不用怕啊。”黄医生看着她，笑了。

汤贝摇头，声音低低地说：“黄医生，原本你不科普我也没感觉，你一科普我都有阴影了。”

什么阴影？

“处男情结。”汤贝凉凉地说。

如果HPV感染风险随性伴侣数量增加而增加，同时也随性伴侣的性伴侣数增加而增加，她是不是只能找干净的处男了？

前面，两位年轻男医生各自回了下头，尤其是丁医生，差点磕绊了一下。

“呃，汤汤，其实事情也没那么绝对啊……”黄医生拍了拍汤贝的肩膀，顿了下又说，“不过现在社会有些奔放，你要找处男只能从娃娃抓起了。”

……噢。

“不过，我可以给你介绍一个小处男。”黄医生咳嗽一下。

“谁呀？”

“我儿子。”

“几岁？”

“十六岁。”

哦。汤贝了解地点了点头，注意到沈时偏过来的视线，抬了抬头——什么意思嘛！她长得那么好看，就不能有点格外要求吗？

沈时科室聚会地点离东院不远，位于步行五分钟就到的新商业广场。

所以，大家一路步行过来。原本，科室聚会地点是商业广场三楼的一家江南餐厅，路过一家蒸鲜坊时，黄医生又有新提议了。作为科室唯一女医生黄医生的提议，几位男医生大多不会反驳。

季子珊也点了点头。

汤贝更没有意见，作为一个蹭吃的，能蹭到什么就是什么。

“沈医生……你怎么没告诉我今天你们科室聚餐呀？”汤贝走得很慢，转头发现沈时还在她后面，轻声问了问。

沈时波澜不惊地扫了她一眼，解释说：“我忘了。”

汤贝应了一声：“那我改天再请你。”

沈时答应下来。

汤贝微微撇了下脸。好像沈时并不是一个特别客气的人哦……可能是他在美国待了十多年，骨子里没了中国来往礼节的客套。想到这个原因，汤贝觉得自己实在太市侩了。

难道她还想沈时客气地拒绝她一番：不用不用，能帮贝贝是我的荣幸！

对，她就是想得那么天真，那么美好！

不远处，黄医生他们在服务员的安排下落座，然后像一个女大王对她喊：“汤汤，你和沈医生负责点啊。”

呃，好吧。

只是海鲜最难点了，因为要算人头。

面对一排排冒着泡泡的海鲜柜子，里面帝王蟹澳大利亚龙虾个头惊人。沈时招了一位服务员过来，服务员是一个小哥哥，看到沈时眼睛微微发光，汤贝站在旁边凑过头——看她呀！小哥哥仍然看着沈时，开口问：“帅哥，你和你女朋友想吃点什么？”

“我们不是男女朋友。”汤贝连忙出声。

沈时立在她旁边，一副既然她解释了，他就不再多说的神色。就在这时，前面有一拨人说笑着走来，沈时顺手拉了她一把，及时避开了人和人的碰撞。一时之间，他的手停在她的手腕上，像上次周庄灯会那样抓着她。

隔着一层薄薄的小衫，汤贝依旧能感受到从沈时掌心透在她皮肤的温度。她挨靠在他旁边，一动不动。一秒，两秒……

沈时松开手，神情自若地对她说："去问问黄医生他们想吃什么。"

汤贝跑向了黄医生那边。黄医生丁医生杨医生正在讨论一个病人病历，随手一挥地说："什么都行，要不小珊你再去看看。"

"好。"季子珊点头答应。

终于点好了海鲜，各类蟹虾海螺海鱼分两层蒸在了一个大锅里。两个空位，她选择坐在了丁医生旁边。沈时挪了下座位，从洗手间回来的季子珊也坐了下来。

半个小时，两锅海鲜冒着白白的热气，全蒸好了。

其实，汤贝不是很喜欢吃海鲜聚餐，因为很容易发现谁吃得最多。她又是一个剥虾剥蟹的小能手，手速和口速都很快，不小心就领了先。

汤贝边吃边观察，还好还好，她桌前的壳不是堆得最多。黄医生和杨医生都比她多……可是，她的参照标准不能是黄医生，而是季子珊啊。

中式的圆桌，沈时和她隔着两个座位，不知道是不是外科医生出身的关系，沈时剥出的螃蟹壳有些解体风格。汤贝看了看自己的螃蟹壳，衍生出罪恶感。

关于年轻女孩要不要打HPV疫苗，丁医生和黄医生有不同的意见，因为疫苗价格问题。丁医生说："一个早期检测不到100块，就算防患于未然，也不用将宫颈癌这样妖魔化，根本不需要每个年轻女孩都来打这好几千的宫颈癌疫苗。"

"咳……"黄医生想争辩，突然看向沈时说，"沈医生，这HPV疫苗是国外研发的，你应该比较了解，你的建议呢？"

黄医生老油条呀。

作为在场年轻女孩之一，汤贝听到黄医生这话，同样关心地看向沈时，想听听他的意见。

沈时将一次性的半截筷子放进筷子夹里，开口说："任何癌症都是预防是上策，筛查是中策，治疗是下策；何况超过99%的宫颈癌都是HPV

感染造成，如果有条件我还是建议打HPV疫苗。最新的HPV疫苗临床实验结果无论有效性还是安全性都得到了可靠验证。当然，定期筛查更面向大众——”说到这里，沈时有所停顿，看向丁医生这边，“丁医生说得也有道理。推广的同时，不应该妖魔化。”

有理有据的一番话，汤贝连连点头。

沈时往某方向斜斜瞄一眼，有人不是都被吓出阴影了吗？

然而，汤贝发现跟一群医生吃饭不仅要接受他们重口味的聊天话题，还要时不时被科普知识盲点。哪有她和同学聚会聊八卦来得轻松愉快。

唯一的共同点，来自黄医生对她说的话：“汤汤，等会儿给我们拍几张照哈。”

不用等会儿，汤贝立马拍起了照片，给东院肿瘤MDT科室这次聚餐拍下第一张合影。照片里，大家围桌而坐，侧身的沈时、抬着头的丁医生、精神抖擞的顾医生、唯一比了个剪刀手的黄医生……以及视线落在沈时身上的季子珊。

汤贝又拍了几张，查看照片说：“这张最好。”

“发我们呀，我等会儿发朋友圈。”黄医生对她说。

“好的。”汤贝直接连接手机蓝牙，将单反里的照片传到手机，准备发黄医生的时候，索性建了一个群，将所有人拉到群里，抬头说，“照片我传群里，你们自己取。”话刚说完，汤贝猛地意识到一个微妙的问题——她好像没有季子珊的微信，没办法将季子珊拉到群里。

“……好像我们还没加微信，加一下吧。”汤贝主动和季子珊说。

“好。”季子珊低着头，扫了一下她递过去的二维码。

添加通过后，汤贝将季子珊拉到她建的MTD科室聚会群。

季子珊在这个汤贝贝建立的群里看到一个熟悉的S字母，才看到沈时也在群里。可是……她都不知道沈时居然有了微信号。

沈时查看手机群里的几张照片，微信进来一个好友添加。他点击通过，顺手备注季子珊。

季子珊默默将手机放回包包里，一个国外低调的奢侈品牌。结果，小腹又传来一阵绞痛，她难受地弯了弯身，面色微微泛白。

汤贝第一个发现季子珊的异样："你……怎么了？"

季子珊摇头，颤着唇说："没事。"

"你是不是不能吃海鲜啊？"黄医生也看到了季子珊这个样子，铿锵十足地问。

"我……"季子珊低着头，依旧摇着头没吭声。

"不行不行。"黄医生看着丁医生说，"我们的内科专家呢……丁医生，你赶紧看看啊！"

丁昇咳了一声。不好意思，他不看女人病。

"黄医生……"季子珊抬起头，解释说，"我真没事，我就是今天来事了。"说着，眉头疼得皱了起来。

"你这孩子，来事就不要跟我们来吃海鲜啊……哎，你来事了怎么也不说一声！"黄医生同样皱起了眉头。

旁边，沈时看向季子珊，询问出声："还好吗？"

季子珊：……

汤贝陪季子珊去了一趟洗手间，一路扶着冒冷汗的季子珊。"疼得厉害吗？"她问。

"嗯……"季子珊应了一声。

汤贝很少痛经，只能在精神上同情季子珊了，待季子珊去了洗手间，她站在外面说："那个……我在外面等你啊。"

真没想到，有朝一日她会在厕所外面等季子珊。

季子珊还没出来，刚好洛杉矶那边张安硕艾特她出来吃鸡，汤贝一时手欠接受了两人组合。结果还没有"降落"，季子珊就出来了——

她拿着开始游戏的手机，手机里响着张安硕略带京腔的语言："汤妹，你跳了没？"

不跳不跳了。汤贝原本靠在墙面，站了站身子。手机游戏显示她已经结束游戏，手机里张安硕又问她："汤妹，你干吗呢？"

她……已经出局了。因为跳下来的时候直接摔死了！

季子珊看了她一眼，汤贝从口袋里摸出一条巧克力，递给了季子珊说：“据说吃巧克力可以缓解疼痛。”

季子珊没有接她的巧克力：“谢谢。”

汤贝笑笑，站在了一边。

季子珊洗手，对着镜子看了看里面的自己和后面的汤贝贝，稍微拢了拢耳边的头发。镜子里汤贝贝低着脑袋站在她后面，还在跟游戏里的人对话，吐字清晰又快。

声音却软软的。

不知道是不是今天自己面色太难看，尤其对比后面的人，汤贝贝的一张脸显得格外莹润有光，眼角眉梢嘴角都在发着光，就像是白糯米粘出来的可爱人。

……如果汤贝贝不是别人，她们两人身份不是这样尴尬，季子珊觉得自己也会喜欢上汤贝贝，或许还会成为很好的朋友。

聚会提前结束了，一行人来到商业广场外面的大街。杨医生和黄医生还要回医院，顾医生就住在医院附近。季子珊肯定跟沈时一起回去，两人住对门。

而她汤贝贝，和沈时、季子珊是两个方向。

黄医生临走前像一个操心的妈妈，问她：“汤汤，你一个人回去可以吗？”

“当然可以啊！”汤贝笑嘻嘻，“我等会儿自己打车。”

沈时站在街边，高楼闪烁的霓虹投在他清俊颀长的身影上，手里握着手机，回过头对她说：“我给你叫了一辆车。”

给她吗？汤贝连忙摇头：“不用不用，我可以自己叫。”

“都不用叫了。”旁边的丁医生突然开口，问她，“你是不是住戏剧学院那边？”

汤贝点了下头：“对。”

“坐我车吧，顺路。”丁昇语气笃定。

太棒了！汤贝咧开嘴巴笑：“谢谢丁医生！”不过，大丁医生住哪边？

丁昇报了一个小区名字，的确跟戏剧学院非常顺路。

汤贝跟着丁医生走了，临走前扭头看了看沈时，挥了挥手：“沈医生再见。”然后，也朝季子珊挥手。

丁医生走路很快，汤贝必须加快脚步才能跟上，今晚她蹭吃又蹭车，一脸开心地交流起来：“丁医生，我发现我们还挺有缘的。”

“少来。”

“不是客套啊。”汤贝翘着脑袋，说笑起来，“我觉得按照我们现在的交情，说不准以后你的小说还要落在我手里。”

“呵。”丁昇突然指了指前面，对她说，“要不汤三哥，您还是自己打车吧。”

汤贝要跳起来跺脚了，只好放弃说笑道：“好了好了，丁医生你的小说肯定会遇到最好最靠谱的编剧。”

丁昇幽幽地来一句：“估计也难。”因为他对现在的影视圈很绝望。

另一边，沈时和季子珊回到了紫金花园；两人住对面，沈时没有送季子珊到家门口，季子珊站在沈家大门口告别：“沈哥哥，今晚谢谢你特意送我回来。”

因为沈时不是每天都回紫金花园。

沈时站在台阶上面，夜里的风微微吹着他的头发，他说话声音夹着风，每个字落在季子珊心里都有着别样的情愫。

“早点回去休息吧。”明明数起来，也只有七个字。

季子珊握着双手，仰头看沈时，看他好看的眉眼，高挺的鼻子，抿成线条的嘴角，记忆中西山明月般的少年哥哥已经变成了一个英俊高大的成熟男人。

现在的沈时，少了一份热烈的少年气，多了一份更令她心动的内敛气质。

不变的是，不管是以前还是现在，她都深深喜欢和迷恋着他。她以他为梦想而努力，她为他努力前进，他知不知道呢？

“沈哥哥……”季子珊突然笑了下，开口问，“你介绍汤贝贝到东院拍片，是因为我哥哥吗？”

“不是。”沈时回答说，没有丝毫迟疑。

季子珊眨了下眼，不是吗？

此刻安静的夜里，涌动的空气带着气流，气流里捎着情意，情意里又夹着忐忑。

“一方面汤贝贝的确很合适，另一方面是我的私心。”沈时再次开口，声音从容而确凿。薄薄的眼睑盖住了眸子，里头深幽沉静，像是一潭水。

“什么私心？”季子珊突然升起一股不好的预感，忍不住问清楚。

沈时目光一凝，看她一眼，语调放缓，直接说了出来：“还有一个原因是，我在追她。”

我在追她……

我在追她……

我在追她……

汤贝突然打了一个喷嚏，摸了摸鼻子，坐在丁医生车里无聊地刷新朋友圈吃瓜，结果刷新到程莹莹刚发的一条朋友圈——“季柏文，你这个大浑蛋！”

汤贝：……她好像吃到了一个很大的瓜。

丁医生的车是一辆国产SUV，汤贝坐在副驾驶觉得空间舒适，一点儿都不逊色季柏文那辆夸张的悍马。适应之后，汤贝就非常喜欢丁医生身上这股“五毛”气质。只是这段时间的相处，她觉得丁医生对沈医生好像有点意见，难道因为沈时和张医生的关系，被连累了？

“丁医生，你以前和沈医生认识吗？”汤贝有意问话。

“不认识。”丁昇答得很快。

汤贝点了点头，或许是优秀男人之间相互较劲吧，类似既生瑜何生亮？

“我和沈医生虽然之前不认识，不过我一直记得他，现在能和他一起共事也算有缘。”沉默一会儿，丁医生一边开车一边说。

什么是虽然不认识，但是一直记得他？汤贝在心底为沈时捏了一把汗，原来沈时不仅被好多女人记着，还被男人一直记着？

“丁医生，你……”汤贝开口，话到嘴边，难以启齿。

丁昇目视前方，说起缘由：“沈时比我高两届，算是我们那会儿最出名的传奇人物，很厉害，很有才，上过报纸。是媒体都想采访的那种。”

“……”她知道沈时很聪明，但是他有过这般光辉的成长人生吗？

“我和沈时都是S市人，自然知道他，当时我就很想和他较量一番，后来他出国了。”丁昇继续说，顿了顿，“没想到他现在这么低调，就做了一位临床医生。”

汤贝想摇头，还好吧！东院不是很重用沈时吗？

“咳……如果这样说，丁医生你不也很低调？”汤贝笑了笑说。

丁昇也笑了一声：“我可比不上沈时。”

“唉，我发现你们这些高知人士都太谦虚了。”汤贝也不住吐槽，“个个都这样，还有没有意思了？”

“还有，沈时怎么就不能当临床医生了！如果他要高调，早出道当明星了。”汤贝说起了自己的看法，话多得连绵不绝，“当然以沈医生的样貌出道是没问题，但是我觉得他选择当医生肯定有他自己的想法……而且我觉得医生这个职业很好啊，救死扶伤，很有意义的！”

“呵呵。”丁昇用眼角余光扫了眼副驾驶上的人，问了出来，“你和沈医生是什么关系？”

汤贝坐直身子，老实回答：“……没什么关系，就是他和我哥是朋友，好朋友。”

“就这样？”丁医生问。

汤贝扯了下嘴，有意地强调说：“我一个恶名昭昭的文艺圈人士，跟你们这些高尚又有情怀的伟人还能有什么交集？”

“汤三哥……”丁医生绷了绷脸，开口说，“别以为我听不出你在反讽。”

嗯？她有吗？汤贝偏过头看向车窗，笑了起来。

手机里，汤贝继续研究“季柏文，你这个大浑蛋”这句话，还是觉得打情骂俏的成分多一些，结合医院里程莹莹说的话，难道是程姐有了她哥的小宝宝，然后骂季柏文这个大浑蛋在她肚子里播了种？

汤贝越想越觉得自己推测合理，心想自己真是一个聪明的污贝贝。

没错，季柏文就是一个大浑蛋。

汤贝给程莹莹点了赞。既然木已成舟，她就等着当小姑姑喽。只是回到公寓之后，汤贝觉得事情不太对劲，因为在她点赞之后，季子珊给程莹莹留下一排拥抱的表情。

再次刷新，程莹莹回复季子珊：“珊珊，我们私聊吧。”

随后汤贝还发现一个问题，她被程莹莹拉黑了。

汤贝有些郁闷，洗了澡来到公寓外面的小露台吹风，弓着身子，趴在墙砖围栏上。她实在想不明白她哥和程莹莹发生了什么，挠了挠脑袋，接到了沈时的电话；握着手机，她调整了一下情绪，接通了沈时的电话：“喂，沈医生——”

“到家了吗？”沈时问她，声音有些轻。

“到了。”她回答，“刚洗完澡，正要睡呢。”

手机里沈时应了她一声：“早点睡。”顿了下，“我也刚洗了澡，正在找换洗的睡衣。”

男神请不要说得如此具体，因为她会想象，想象电话那边他刚洗了澡找睡衣的样子。为了避免自己胡思乱想，汤贝连忙说：“沈哥哥，晚安。”

“晚安。”

汤贝垂了垂头，突然贪婪地想了想，如果沈时是她亲哥就好了……沈时有着那么闪耀的成长经历，作为他的妹妹一定能跟着沾光吧。那样的话，那些喜欢沈时的小姐姐，都会争先恐后地讨好她，然后沈时收到的巧克力全落入她手里。

这样一想，原本低落的心情瞬间恢复了。

第二天，汤贝才知道程莹莹和她哥季柏文分手了。难怪昨天她给程莹莹点赞被拉黑……

关于分手，季柏文其实早些时候就想过，只是这段时间他实在太忙一直拖延，加上舒瑶一直请假没有回来，用惯的助理突然不在身边，很多事情都需要他自己安排。

然而，昨晚的分手却是偶然，甚至可以说是程莹莹自己提出来的。昨天程莹莹约他吃饭，他没空拒绝了，回来看到程莹莹等在他公寓外面。他应该是喜欢过程莹莹的，不然当年不会选择和她交往，但是两人能交往那么久，却和喜欢多少没有关系。

他在饭局喝了酒，程莹莹到厨房给他泡蜂蜜水，他坐在沙发上看着捧着蜂蜜水走来的女人，有些恍惚当年他到底喜欢程莹莹什么，就因为她漂亮吗?

蜂蜜水被温柔地送到他手里，他端着没有喝，程莹莹继续给他揉起了额头，他按住她的手，程莹莹停下来："柏文……"

程莹莹又将双手从后面绕过他的脖子，吻着他敏感的地方，小心翼翼地在他耳边请求说："柏文，我想要孩子了。"

终于，他拨开了程莹莹，揪了一下领带，问："所以你今天去医院了？"

一句话，像是湖上的冰块瞬间破裂，程莹莹问他："谁……告诉你的？"

这个不重要。季柏文靠了靠沙发，提了一件事："早在上个月，你就取环了吧。"

"季柏文，你……"

季柏文更加心烦意乱，瞧着程莹莹说："原本环也是你自己要上，从头到尾我没有任何要求，现在你背后又来一套，不觉得很没有意思吗？"

季柏文说话一向不留情，不管对谁，也不管对方面色如何。

程莹莹低了低头，良久后开口说："季柏文，你大概忘了，我是你女朋友……可是现在，我们哪还有男女朋友的样子？”

季柏文转了下视线，薄凉的目光落在不远处的一盏落地灯上。

程莹莹伏着身子，冷冷地说：“……有时候，我觉得我更像是你的床伴儿，你不觉得？”

作为男人，季柏文最不擅长的事情就是怜香惜玉，程莹莹的话让他呵笑了一声，回答说：“如果你觉得这样定义更妥当，你也可以这样认为。”

一个抱枕狠狠地砸在了他的脸上。

季柏文丢开抱枕，结果程莹莹揪住他的腰身：“季柏文，你这个浑蛋，怎么能这样对我。”

这样的戏码，真是太无聊了。季柏文抬了抬眸子，再次拨开程莹莹的双手，嘲笑着提了一件事：“你说我们不像男女朋友，我觉得也不太像。锦葵那张卡你又取了五十万对吧，怎么不跟我说一声？”

“程莹莹，你可别太贪心了。”季柏文说。

程莹莹解释：“柏文，这事我跟你说过的……我想跟我朋友弄一个服装原创品牌，我跟你提过的啊……这笔钱，就当我从你这里借的，我以后会还你。”

有时候，季柏文也不想把事情闹得太难看，他看着程莹莹说：“没事，五十万我还是能给你……既然钱你拿了，就不用再还我。”

程莹莹双唇发抖，叫他名字：“季柏文……”

“你不是觉得你像我的床伴儿吗？那钱我就当作……花了。”季柏文注视着程莹莹的脸，然后将花了两字轻飘飘地送到程莹莹的耳里。

程莹莹了解季柏文吗？当然了解！他从来都是一个翻脸无情的可恶男人。话都说到这个份上，程莹莹干脆主动提了分手，临走前朝着靠在沙发上的人，咬牙切齿地说：“季柏文，你这样的男人这辈子都不会有人真心爱你。没错，我就只爱你的钱，看在你的脸和你的身材上没舍得跟你分手。不然你觉得你值得我程莹莹这样对待？”

季柏文仰靠在沙发上，一脸的好笑。

“你一定会后悔的，会后悔的！”程莹莹再次放话。

最后是“啪”的关门声，一切都安静了。季柏文推开面前的蜂蜜水，站起来给自己倒了一杯酒，庆祝自己回到单身。

话说，他有些明白沈时不找女朋友的原因了，女人都太烦，不仅烦，还故作聪明，故作姿态……而爱情，本就是这个世上拿来骗人的笑话。

汤贝来到院长办公室，院长对她第一期的MDT宣传视频非常满意。视频已经发到了S大附属医院的官网，点赞和转发都很不错。其实，这期宣传视频她真正拍摄的画面很少，更多是内容剪辑，然后添加MDT概念宣传，概念基本都是从沈时给她的资料里提取出来的。

“小汤，没想到你做得这样专业。”田院长赞扬说。

她笑：“必须的，毕竟是科普的事情，出错可不行。”

“难得你有这样的意识，不过呢……”田院长咳嗽了一下，继续说，“虽然很专业，唯一不足的地方，还少点内容。”

汤贝有些蒙了，原来搞了半天，田院长是先褒后贬啊！

田院长笑了，提出他的想法：“这些太专业的内容，对普通人没有太大作用。”

“比如呢？”

田院长想了下：“比如第一期视频，你可以加点为什么沈医生丁医生他们要加入MDT团队，你不觉得这些内容就比较生动吗？”

田院长就是一个被院长耽误的编导啊！

“为什么加入肿瘤MDT团队呢？”

汤贝来到肿瘤MDT综合办公室，刚好黄医生杨医生都在，黄医生在她采访之后，站起来回答她：“那天我也是这样来到院长办公室，然后拍着他的办公桌说，田院长你是看不起我们女医生吗？我是资历不够还是专业不行，凭什么不让我加入MDT，难道是性别歧视不成……”

然后，田院长就同意了？

黄医生：“对啊。”

汤贝默默收起了摄像机，觉得这个视频肯定没办法放出来，黄医生和张安硕有些像。镜头感太好也不太行……

她登录微博，查看起医院官博今早刚发的MDT宣传视频，有些诧异。这二十三个转发六十九个留言，和一百不到的点赞率就是田院长所谓的很不错吗?

然后她看了看官博其他微博的点赞率，一百不到。再看看它的粉丝量，两百多万没错啊！不过视频下面还是有活粉，有人居然截图了宣传视频里唯一的照片，然后用红色圈圈标注了座位最边上的一个身影，留言："这个男医生看起来很帅噢。"

……糊成这样都可以看出沈时的帅?

这是肿瘤MDT成立时座谈会的现场照，汤贝也是从官网拿来的。照片里沈时背对着镜头坐在最边上，只露了一个背影。

汤贝佩服网友的厉害，也心疼医院官博的流量。她汤三哥微博就不到十万粉丝，然而每发一条微博，至少有好几百人留言骂"他"。

沈时回来的时候，汤贝仍坐在黄医生办公桌前刷微博，她刷到一条关于医生字体的热搜，点进去全是吐槽医生的字多难认。

"在看什么？"沈时问她，身子微微俯过来。

汤贝拿着手机，点开一张图，回头对沈时说："看你们医生写的处方，神秘的外星文字。"

沈时弯了下唇，扫了眼手机里的处方照片，说："的确有些潦草，不过可以看出第一行写的是马来酸依那普利，'Po'是口服，下面有些潦草的'sig'是拉丁文的'signa'的缩写……"

原来真有暗语啊。

"现在都是打印，很少见这些处方单了。"沈时又说。

"嗯……"不知道是不是两人靠得有些近，汤贝心跳有些加快，转了一个话题，"沈医生，你从朋友角度看我哥，是不是也觉得他有些渣啊？"

沈时将手放在椅背上："感情是双方的事情，情侣之间分分合合都很正常。"

汤贝哎了一声，感慨道："我突然觉得像你这样不找女朋友挺好。"

沈时没有接话，站直了身。

傍晚沈时回了沈家，夜里靠在书房的躺椅上看一本书，老旧复古的留声机放着一首轻缓的曲子。这台留声机是他十几岁组装的玩意，今天难得使用了一下。

季柏文也难得回季家，见沈家亮着灯，直接进来。上来的时候，走到留声机旁，说笑地问："这是一首爱情曲子？"

沈时不置可否。

难得有人心情如此怡然，季柏文坐了下来，继续说笑："我这位懒得换分了手，你这位懒得找难道也想找了？"

沈时放下书，意外肯定地说："确实是要找了。"

"……沈教授也催你了？"季柏文问。

"不是。"沈时扯了下唇，平静地说，"就是看中了一个，觉得挺好。"

季柏文眼神中多了一份兴味，猜了起来："你刚回国，难道是你医院的女医生吗？"

沈时回视季柏文，告诉他说："对，她在医院。"

作为老友，季柏文双腿交叠地给出建议："如果真看中了，就直接下手呗。"

"……噢，怎么下手？"沈时问，意有所指。

季柏文有些发笑，他和沈时都不是十七八岁，聊这样的问题自然没有忌讳，笑了笑："我说沈时，我们都这个年纪了，如果真觉得不错……就直接上啊。"

季柏文凑近了一些，说出了后面的五个字。

听到季柏文的话，沈时也笑出了声，笑得从容又好看；如果汤贝在场，肯定诧异人品高洁的沈医生也会笑得这样风流。

"不……"沈时轻轻笑着，偏过头告诉季柏文说，"那还是早了一些。"

| Chapter9 |

嗯，在追你

汤贝早起修眉，她眉形随了善善，长得很不错，平整、浓秀又不缺形态，只需要在眉梢这里稍微刮掉少许杂毛就好。结果手一滑，一不小心，眉刀在眉骨划开了一道细细的小伤口。

算了，她还是走粗糙路线吧。

早上九点半，汤贝换乘了两趟地铁来到东院，从门诊绕到了后面的十号住院楼；看到了一个身姿秀长的身影，扬起笑脸跑上前。

“沈医生。”

面前的沈时已经穿上了白大褂，里面露着蓝色挺括的衬衫领口，整个人看起来干净又温和。今日的天气也一如既往地好，薄薄的云层镶着日光，空气带着春天的潮润，夹着不知道从哪儿飘来的花香，若有若无地萦绕在呼吸间。

汤贝盈盈地笑着，不知道是不是心理作怪，感觉沈时多看了她几眼。

“你眉头怎么了？”沈时问，目光停留在她眉头，抬了下手。

没想到观察能力那么好，汤贝有些尴尬，扯了一个小谎说：“我自己不小心抓到的。”

沈时直接识破了她的谎话说：“应该是不到1丝米的刀片划伤的。”

她骗谁不好，骗一个握手术刀的外科医生。“是早上刮眉不小心多刮了一道。”

沈时已经猜到，抬起手触上她的眉骨，带着体温的指腹略停留了片刻。汤贝笔直地站在沈时跟前，眨了好几下睫毛，随后淡而清晰的声音从她头顶飘过来："等会儿过来涂点碘伏。"

就她这小到不能再小的伤口吗？

汤贝跟着沈时去了办公室，一路过来，不少护士住院医生朝沈时打招呼。她在东院混了一段时间，也累积了一定人缘，认识了不少护士医生，一路愉快地跟他们打着招呼。

"汤导，什么时候来我们科室拍呀？"一位科室的护士长朝她抛出了橄榄枝。

汤贝用了一个他们医学界的术语："我还在肿瘤科轮转呢。"

轮转……

沈时勾了一下唇，来到电梯说："你还挺忙。"

"还好，没有沈医生忙。"汤贝回话，就在这时电梯停下来。杨医生从外面走进来，后面跟着季子珊。

"你们一起来的啊？"杨医生问。

"不是……"汤贝对杨医生解释，"我和沈医生在十号楼碰到的。"

杨医生只是笑，然后对沈时聊起一个结肠癌病人的情况，要不要先进行根治手术。汤贝转头看向捧着记录本的季子珊，用眼神打了一个招呼。

季子珊朝她点了下头，身上同样穿着白大褂，长发扎成马尾，化着淡妆。整体穿着整齐大方，举手投足间带着一份富家女特有的矜傲。

其实，汤贝觉得季子珊也是一个蛮低调的人，比如身上穿着的衣服鞋子的牌子，如果她不是修过国外服饰潮流这门选修课，完全认不出季子珊脚上随便穿着的一双鞋都要好几万。

哪像她穿的鞋，露出大写"NB"，一点都不低调。

电梯里汤贝悄咪咪地观察着季子珊，季子珊也在观察她：头发随意却柔润乌顺，穿着浅黄色圆领线衫，露着白皙的脖颈；侧着脸，鼻梁秀气而高挺。

左脸上还有一颗褐色小痣，不突兀，反而点缀得更好看。

汤贝贝无疑是个好看的人，季子珊不想承认也必须承认，甚至觉得她的美自己还很欣赏，美里透着娇憨，又带着一份英气。

然后，两人目光不小心碰撞在一起。

汤贝漾唇一笑，季子珊已经撇过了头。她转了转眼珠，心里觉得季子珊这人有点别扭。

季子珊能不别扭吗？昨天由于心情实在低落，直接请假不来医院，就怕遇到沈哥哥和汤贝贝在一起，没想到今早又在电梯里遇到。刚刚杨医生那句“你们一起来的啊”更是在她心里狠狠插了一刀。难道他们已经在一起了吗？

一颗心更是纠结成了一团。

来到MDT综合办公室，季子珊又觉得两人应该没在一起，因为汤贝贝进来只坐在了丁医生的办公桌前，和沈哥哥也没有过多的交流。

会不会那晚沈哥哥是骗她？只将汤贝贝当作了幌子？

季子珊抱着一丝希冀想着，看向笔记本电脑前吃起牛肉干的汤贝贝，也觉得不太像陷入恋爱的样子。汤贝一转头，见季子珊又看向自己，顿了下，拿出一条牛肉干，递了过去：“……要吗？”

季子珊低下头：“不用了，谢谢。”

汤贝去护士站擦了碘伏，作为回报给替她擦拭碘伏的护士阿姨拍了两张照片，随后提着4K摄像机，去了十号MDT住院楼。

十号楼距离东院的康复中心很近，中间隔着一个花园，花坛里种着三色堇，花色娇妍。医院的护工正在给它们洒水，阳光下水管溅出的水泡闪闪发亮，她跳过地上的一摊水，看到不远处一个打太极的老人。老人精神抖擞，面容慈祥，打的太极如同行云流水。

汤贝走过去，举起摄影机说：“老先生，我给你录一段呀？”

老人一边打一边说：“行啊，那就给我好好拍。”

汤贝觉得老人说话中气十足，和一般老人还不太一样，说话口吻更像命令式。直到老人停下来，招呼她过去聊天。“给我看看拍得如何。”老人伸出手。

汤贝递出自己宝贝的摄像机，并说了自己是医院特聘摄影师身份。她看了看后面的康复中心，问老人说：“您是在这里疗养吗？”

“什么疗养啊。”老人指向不远处的十号楼说，“知道那里不？我本来要住在那里的。”

汤贝猜出这位老人得了什么病。

老人也不瞒着她，甚至有些骄傲地对她说：“我已经抗癌十年了！”就在这时，一个短发女人走来，对老人说：“老领导，我们可以进去了。”

老人站起来，汤贝目送老人走向康复中心，猜想老人这走路姿势八成还是一个老军官。

舒伯去世之后，汤贝就想做一个以癌症肿瘤为主题的纪录片，今天看到这位抗癌多年的老人更触动了她拍摄肿瘤纪录片的想法。

这个世上，像舒伯那样的老人很多，认为得了癌症就意味着被宣判了死刑。像今天这位坚持不懈抗癌的老人同样也位于其中。

当然，他们的经济身份包括医疗保险有很大的区别。如果她的纪录片有一定的宣传作用，是不是对那些得了癌症的人有一定的帮助呢？她的片子也更有意义。

上次从季家出来散步，沈时对她说了一句话：这世上很多事情都值得尊重，包括痛苦。

她的一位艺术老师也说过类似的话，痛苦更能引发思考。

然后，她给沈时发了一条消息，再次说了她想拍摄肿瘤病人纪录片的想法，希望能得到他的帮助……

沈时打来电话。

她接通，不等沈时开口，就先说起了自己的想法，然后等沈时答应她。如果可以晚上她请他吃饭，再听她聊聊想法。她想，沈时应该一定会答应她。

“今晚不行。”沈时拒绝了她。

她“噢”了声。

“今晚我要值班。”沈时说。

“那明天也可以。”或者后天……她不急。

“要不这样，晚上你来值班室，我们具体聊？”沈时提了一个建议。

……好的。

沈时那么忙，百忙之中抽出时间听她的拍摄想法，汤贝充满感激。傍晚她买了一袋水果来到沈时值班的办公室。

等着他。

夜幕很快降临，还下起了春雨来。早在下午，就有些变天，没想到几阵风之后，豆大的雨点直接砸了下来。值班办公室对着外面的一盏路灯，路灯照着一株芭蕉树，雨水打在宽大的叶子上响起阵阵啪嗒的响声；遥遥而望，住院部和急诊部的大楼灯光将大雨里的东院染上了灰蒙蒙的光亮。

路灯下，仿佛有光在流动。

汤贝站在值班室窗户拍下了一张雨夜的医院照片，发了一条朋友圈。一位小伙伴给她留言：“贝贝你咋了？你在哪家医院，明天我来看你。”

汤贝不得不统一回复，她只是在医院拍片，没有住院！

从她的朋友圈留言可以看出，她朋友很杂，有正经的，也有妖里妖气的。当然，现在大多人朋友圈都有很多人，像沈时这种微信里加起来不到十个好友的情况，反而少见。

夜里沈时巡视回来，汤贝正坐在桌子前，面前放着一台她带来的电脑。电脑边上，是一大份水果。她拣了一颗红色圣女果吃着，然后对着笔记本键盘继续敲打。圣女果被她含在嘴里，一口咬了下去，酸甜的汁液融入唇齿间。

“沈医生……”汤贝抬起头，咧着嘴，白细的尖牙沾着小块儿圣女果的外皮。

沈时没有提醒，穿着白大褂坐了下来。

好像白大褂同今晚的雨夜很搭调。如果不是沈时不爱面对镜头，汤贝都想给他拍张靠窗而立的照片，面对着外面的夜雨。

没有过多的废话，汤贝对沈时说了她的拍摄想法，也回答了沈时的几个问题。她托着下颌说："现在大多医疗剧都是以医生为主，病人就像是他们的道具，我想拍的纪录片是以病人为主……"说到这儿，她看向沈时，认真地说，"就像你那天说的，他们的痛苦和毅力包括勇气都值得去尊重。"

而她，就做一个记录者。

沈时一时静默，汤贝怕他觉得她忽略了医生的伟大，开口说："当然医生非常值得赞颂，比如沈医生你，我就觉得非常伟大。"

沈时靠着椅子，扯了下唇，对她说："不用夸我。"

"哦。"汤贝笑了下，难道她夸得太虚假了？

"医生就是一个职业，谈不上伟大。"沈时对她说，语调轻缓，沉吟道，"你的思路我觉得很好……汤贝贝你很棒。"

汤贝贝你很棒……

一句特别简单的表扬从沈时嘴里说出来，汤贝瞬间面红，感觉胸口都燥热了。

外面雨水淅淅，她心跳越来越快，似乎怎么调整呼吸心率都依旧过快，就像突然出错的秒针，加快了速度，从而觉得今夜的时间过得特别快。

"贝爷，你最近到底在干什么？"第二天汤贝接到戏剧学院朋友的电话，正在住院部采访一位病人，她走出病房靠在墙上接通手机，回话说："当然是忙正事了。"

朋友忍不住抱怨起来："最近真是谁叫你都不来，晚上我搞个聚会，能不能请到你啊？"

"对不起噢，没时间。"

“我说贝贝，你是不是不要我们这些朋友了？”

……朋友这样一提，她好像真的很久没有陪她戏剧学院那帮朋友了。

“好了，给你送个福利。”朋友试图诱惑她，“最近喜欢什么类型男生，我多请几个过来，怎么样？”

无聊！肤浅！她现在每天看沈医生都看不过来……汤贝远远地瞧了眼走过来的一抹白大褂，捂着手机说：“我最近比较喜欢白大褂。”

说完，嘿嘿地笑了起来。

傍晚汤贝还是提早离开了医院，奔向了朋友搞的聚会。毕竟做人，不能太重色轻友。

沈时知道汤贝提早离开医院，晚上和季柏文一块打球，恢复单身的季柏文没有丝毫不适，还对准备找女友的沈时说：“女人一定不能找黏人的，不然以后有的你烦。”

沈时握着手机，笑了一声，同时刷到了一条汤贝贝刚发的朋友圈——和朋友们的聚餐合影。

汤贝这条刚发出的朋友圈，季柏文没有刷到。因为酒吧里汤贝选择性地屏蔽了自己的亲哥。然而，有时候事情就是那么巧合。

季柏文手机进来一条程莹莹发来的照片，照片里汤贝贝被一群人簇拥着走进一个包厢。照片里有男有女，但看着却不像一群正经朋友。

季柏文眉头蹙了起来。

程莹莹发来一段话：“我朋友在幽蓝玩拍到的照片，虽然我们分手了，但是我觉得贝贝可能会被占便宜，就告诉你一声。”同时送上了包厢号。

幽蓝是S市水坊那一带的一个高端酒吧。

季柏文和沈时一起过来的时候，耳边是震耳欲聋的“海草海草海草”，明明季柏文和沈时都是身材高大的帅哥，但是两人和幽蓝的酒吧风格却有些违和。

一路违和地来到二楼最靠边的包厢，感觉里面意外安静。季柏文额头的青筋已经跳了起来，伸手推开了包厢的门。

包厢门被推开。

里面却一片安静，以及神圣。

整个大包厢不像外面这般晦暗，反而开着最亮的大灯，同样更灼眼的是里头全是一片假冒的白大褂，白花花的，令人分不清谁是谁。包厢里所有男人都穿着白大褂。

同时，巨大的屏幕播放着一首《在你身旁》，同样播放着医生救人的画面。

随即，一道熟悉的清朗女音从中间响了起来，围在一群人中间的汤贝正拿着话筒跟着屏幕动情地唱出第一句："阳光会被遮挡，想成为风，让天空再晴朗——

指尖闪烁微光

那是希望

衬托生命的坚强。"

一时之间，汤贝没发现门口的两位男士，她身上也穿着白大褂，完全沉浸在自己的歌声里，直到配合地转了下头……才看到了她哥季柏文，以及沈医生。

傍晚六点一刻，汤贝发了一条和戏剧学院小伙伴聚餐的朋友圈，照片上传前想到季柏文一向不喜欢她的"狐朋狗友"，就屏蔽了他。

免得途中打电话过来问东问西，将她每个朋友都盘查仔细。

原本聚餐结束，汤贝就打算回公寓休息。她在东院忙了一天，回去还要剪辑视频，实在没办法参加晚上的通宵派对，结果派对组织者"星爷"留住她，劈头盖脸便是一句："贝爷，今晚派对我们可是专门为你准备了一个惊喜，你好意思提前离场？"

"星爷"大名何星岩，一个从表演系转到导演系的富二代，拍片风格异常形式主义，与她走内容的纪录片完全是不同类型。

两人为什么会认识，因为是同门师兄啊。

汤贝也好奇他们为她准备了什么惊喜，打算过去看一看；一行人推推搡搡来到幽蓝酒吧KTV，进了包厢，何星岩打开另一个男生带来的大包，笑嘻嘻地拿出了N件白大褂，跳上茶几兴奋地宣布说："今天我们的派对主题是——救死扶伤，大爱无疆！"

真是好惊喜，好形式主义！

很快，众人都穿上了白大褂，瞅着一群山寨医生，汤贝有些辣眼睛，无奈个个颜值不错，青春洋溢，穿着白大褂还挺有模有样。然后，她也呵笑着，穿上了白大褂。

不知道是不是在医院待久了，汤贝对今晚的"救死扶伤，大爱无疆"主题派对并没有太大兴致，大概是她白天和一群真医生待在一起，晚上又要面对一群中二的"假货"，心情不仅微妙，还很精分。可是总归是小伙伴们的一番好意，搞了这样一个白大褂派对。

虽然，应该也是她的话给了他们作妖的灵感。

为了表达谢意，她还要歌唱一曲。唱什么呢，自然要唱同今晚主题有关的歌，才不辜负这一片洁白神圣的包厢氛围。

没想到的是，季柏文和沈时会出现在她眼前，还在这样的一个情景里。明明她没有暴露任何坐标，他们到底怎么知道她在这儿的？还知道包厢号？

汤贝第一反应是——难道小伙伴里出了奸细？

只见门外，沈时的一脸探究，季柏文的一脸发青，汤贝拘束地戳在包厢中间。因为拍摄突然出了状况，最靠近包厢门的一个小伙伴也看到包厢门被推开，礼貌地对两位不速之客说："两位哥哥，你们是不是走错包厢了？"

他们没有走错包厢，是来找她的。汤贝反应迅速，丢掉话筒，连忙上前，拦在了要进来的季柏文身前，眼神乞求地看着他——拜托了，给她留点面子好不好！

如果季柏文当着包厢里所有朋友的面训斥她，以后她还怎么混啊！

季柏文根本不理她。

本能地，汤贝觉得沈时会帮自己，于是双手揪住了沈时的衬衫，抬着头，几乎小声又哀求地开口："沈医生，你帮帮我，不要让我哥当着我朋友的面训我。"

沈时：……

他也没想到会看到这样的场景，视线略微收了收，低头问她："是在拍摄音乐M……V吗？"语气带着一丝笑意，完全不像季柏文这样草木皆兵，还替她找了解释的理由。

沈医生不愧是她的男神……完全是见过世面的男人。汤贝连连点头，感激涕零，根据沈时的话回答说："对，就是在拍摄MV！"

总归，沈时这句话起了效果，季柏文没有对她做什么，也给了面子让她进去说一声。这已经是最好的解决办法了。她进去和小伙伴告别："我跟我哥先走了。"

结果他们根本意识不到她可能都活不过今晚，还招呼季柏文和沈时说："贝贝哥，你们一起进来玩呀！还有多余的白大褂。"

汤贝恨不得用话筒堵住邀请人的嘴——非要当猪队友是不是！

汤贝跟着季柏文和沈医生离开了幽蓝，坐上悍马车后座，撇了下头，开口问："你们怎么知道我在这里？"

你们……沈时坐在副驾驶，回答说："我和你哥在打球，他收到了你在酒吧的消息。我就跟着一起过来看看，主要也是怕你出事。"

"沈医生……"

"是我们多心了，不知道那些人都是你同学。"沈时有意解释，咳嗽一声，问她，"就是一个同学聚会对吗？"

"是的，他们都是我的同学。"汤贝回答说，心里越发觉得沈时很好，像今晚沈时不仅给她面子，还周全地给她找了个台阶下。尤其是熟悉之后，也没有原先那么高冷了。

今晚他跟着季柏文过来，也是在担心她。

"什么同学聚会！"一直没说话的季柏文冷冷开口，"那是正常的同学聚会的样子吗，简直就是一个邪教组织非法聚集。”

汤贝咬牙：……明明是“大爱无疆”主题派对。

可是不知道为什么，她说不出口，可能是沈时也在场的关系，没办法厚着脸皮对季柏文说她是为了拍摄灵感这种扯淡的话，更羞于启齿今晚聚会的主题。大概就是冒牌对上真货，难免有些自惭形秽。何况，今晚有这个白大褂派对，起因还是她内心一丝不该有的想法。

“那是我们年轻人跟你有代沟。”汤贝低声开口，反驳说。

“代沟？”季柏文哼了一声，“没错，不只是代沟，我和沈时跟你们这个邪教组织简直存在天大的鸿沟。”

怎么又带上他了……副驾驶的沈时转了下头，车外路灯晃进他眼里，忽明忽暗。

后座汤贝也转了下头，因为被定义为邪教组织，一路闷声不再说话。

季柏文没有送她回戏剧学院小公寓，而是来到他的私人住宅。季柏文这套高档公寓是两厅四室的大户型，原本就有一个房间是给她偶尔过来住的，所以她也有钥匙。

车里季柏文看了看时间，对沈时说：“明天你还要上早班，要不也在这里睡一晚。”

沈时靠了靠座椅，的确有些乏了，回答说：“再说吧。”

汤贝莫名有些紧张，明明她和沈时早在一个屋檐下睡过。入睡之前，季柏文对她提了一件事：“等六月毕业，你就搬出戏剧学院那套小公寓，我给你换个地。”

孟母三迁，季柏文觉得有些道理。

汤贝可舍不得离开自己那个小公寓，因为沈时在场，更不想他看到自己处处受制，反抗说：“哥，你不觉得你管得太多了？我都那么大了，交什么朋友你都要管……难道以后我交男朋友了，每天做什么也要跟你一一汇报吗？”

“汤贝贝！”季柏文又要暴躁了。

“沈医生，你说呢？”汤贝望向沙发上的沈时，觉得沈时会站在她这边。

果然，沈时站在了她这边，他抬了下头，唇角轻扬道：“以后要不要一一汇报，我觉得你哥也要尊重你男朋友的意见，对不对？”

这话，他对她说，也对她哥季柏文说。

“……对！”汤贝点头，今晚她已经是第三次赞同沈时说的每一个字了。

第二天，阳光流进不遮光的亚麻窗帘，淡淡的恍若泉水，泻在卧室的地板上。汤贝睁开眼，感激昨晚沈时在场，她才能见到今早的太阳。

起床吃早餐，早餐是季柏文叫来的外卖，她咬了一口小笼包，问季柏文：“沈医生呢？”

季柏文瞄了她一眼：“昨夜回医院了。”

“啊，什么事？”

“突发情况吧。”季柏文靠着餐椅，“医生这行就这样，有个不好的情况随时待命，真不知道沈时为什么选这行。”

汤贝抿了抿唇。

“所以，不要找当医生的男朋友。”季柏文有一出没一出地说。

汤贝：……

想了想，凑过脸问季柏文：“那我找一个导演男朋友怎么样？”

“做梦！”

“那我找什么类型嘛！”沈时不在场，她和季柏文相处更像小时候的样子，有些耍赖，有些撒娇，习惯性跟季柏文怼一怼。

季柏文也非常擅长和她互怼，看着她这个样子，开口说：“就你这个德行，找个幼稚园男老师还挺合适的。”

骂谁小屁孩呢！汤贝幽幽地瞅了季柏文一眼：“就因为你，我到现在还没找到男朋友。”

汤贝这句话，不得不让季柏文有些反思，他想了想，认真地说：“汤贝贝，对待感情你可不能随意，尤其找男朋友这事。”

对待感情你可不能随意……季柏文的双标，汤贝算是见识到了。

其实，汤贝觉得自己应该暂时不会找男朋友了，当身边出现一个完美的参照物，她对其他男性就很难看上眼了。可是这个完美参照物，不是可以当她男朋友的人。

如果被季柏文发现她喜欢上沈时，后果应该比她参加狐朋狗友的聚会要严重许多……

昨夜下了一场春雨，早上空中弥漫着光芒，折射到还挂着雨水的枝叶树梢，仿佛空气里有冒着光的旋涡，一圈一圈地闪烁。

一大早，汤贝就背着摄影机来到东部院区，来到了主楼MDT综合办公室，看到了躺靠在椅子上闭眼假寐的沈时……和季子珊。

沈时昨晚赶回东院做了一个临时手术，原本不是肿瘤科病人，急诊那边转来的车祸病人，酒驾送进了急诊科，脑损伤硬膜下血块，详细检查之后，在脑干附近看到一个硬性肿瘤……

手术到凌晨三点才结束，他在休息室睡了几个小时，洗了一把脸，来到了办公室。上班时间还没有到，他继续闭着眼靠在椅背上。

面前多了一杯咖啡。沈时抬起眼，看到了季子珊站在他跟前。“沈医生，杨医生告诉我昨天你熬夜做了手术，喝杯咖啡提个神吧。”季子珊说。

汤贝站在办公室外面，迟疑了一下，走进了办公室，欻了一声说：“今天我来早了吗？怎么大家都还没来？”

沈时侧了下头，看着她，眼眸深幽。

“早……沈医生。”汤贝道了声早。

“早。”沈时回她。

汤贝又看向季子珊，同样道了一声早。

季子珊很快回到自己的位子。

沈时要去查房了，临走前问了问坐在黄医生办公桌前的人：“要一起吗？”

“……好。”汤贝拿起摄像机跟上沈时。

汤贝跟沈时说起了前天她见到的那位抗癌十年的老人，同时聊了聊她下一期主题，她一路跟着沈时，说得有些起劲。MDT病房巡视的时候，沈时没有乘电梯，选择走楼梯，她跟在他后面，闻着沈时带有消毒水的白大褂，感觉自己已经习惯了这个味。

突然，沈时一个停步，她差点撞了上去。

原来是前面有两个护工扛着两根pc长管下来，因为管子太长只能选择走楼梯。像是本能，沈时握上她的手，将她带到了楼梯角落。等着护工将管子扛下二楼，再继续往上走。

从头到尾，沈时可能都没意识到，他的手一直握着她……足足半分钟。

半分钟里，他的掌心贴着她的掌心，原本清爽的皮肤表层多了一层细细的汗液。汗是她出的，但是她觉得沈时能感受到。

因为两人的双手如此温热又真切地握在一起。

楼梯窗外是枝繁叶茂的樟树，鸟儿们正啾啁呜啭地鸣叫着，某个刹那，汤贝有一种触电般的紧张，然而沈时握着她的手——还没有松开。

修长干净的手指还微微收了收。

她抬起眼，触碰到沈时投来的视线，一种不一般的信号已经不经意地落进她的眼瞳里。若有若无，又十分明确。

她猛地意识到一件事，她心中光风霁月人品高洁不婚主义的沈医生可能在……撩她。

对，他在撩她。

不然，他为什么握着她的手不放开……难道她分泌出来的不是汗，是502吗！

嗷呜，汤贝感觉自己要心跳猝停了。

窗户玻璃映着亮晃晃的春阳，生机勃勃地在葱茏的枝丫间泛着光；底下的玉兰花也正开得热烈，低调地洁白，悄无声息地开了一簇簇。

全都不经意地晃入视线。

“沈医生……”汤贝正要出声。

“嗯。”沈时应了她一声，随后松开了手，放进了白大褂的口袋。

汤贝拢了拢自己的手心，低下头。

“走吧，还有一个病房要查。”沈时说。

所以就这样了？握了那么久的手连句话都没有？又不是幼稚园小朋友，拉手表示友好。真没有半点多余的意思？汤贝不相信，可是她又问不出口，如果是其他同龄男生，她定会直接问出来——你搞啥嘛！

然而，如果是其他人，她的手也不会被随意拉走。她可是一个……正经贝。

汤贝也将手收进了口袋里，当着沈时的面将自己的两只手都放进去，动作明显地放了放。她意思已经表达到位——别想再这样随意拉她的手！

然后，她走在了沈时前面，噔噔噔走上了楼梯。

口袋里的双手，保留着刚刚相握时冒出的热气，依旧热乎乎，连带呼出的气、耳朵轮廓、脖子后根都是热的，脸颊更像是染上了一层淡淡的粉色。

她想，她也希望沈时不要开口，如果他真说了男女之间那种话，她一定没办法回答他，说不准会紧张得直接溜走。

好在，查房是一件正经事。

沈时查房风格和丁医生不同，病人对他的态度也跟丁医生不一样，病人会跟丁医生多聊两句闲话，对沈时基本只问自己的病况。

沈时一一答复，很少模棱两可。

他们也知道沈时是美国洛杉矶UCLA中心医院回来的青年专家，好几个经济条件好的病人家属询问沈时到美国看病的实际问题，包括申请美国那边的临床实验。

“基本上，美国那边的临床实验不限制国籍，但是收不收国际病患，还要看具体的医院和医生。”沈时对一个年轻的女孩说，如果申请的话需要提供资料和病历报告。

“那我爸爸申请到的可能性大吗？”女孩问。

“我只能说有可能。”沈时看向女孩眼里升起的希冀，说出了后面的话，“但是可能性非常小，而且就算申请到了，也不一定都是进入实验组，也有可能是对照组。”

“谢谢沈医生。”女孩道谢。

后面又有两位病人家属询问沈时美国靶向药的问题，汤贝也有一个问题想问沈时，就是关于某国的仿制药。因为前阵子她在微博上看到一条热搜就是关于国内的靶向药太贵，不少人到其他地方买药。她尽量若无其事地问沈时，忽略心里头某些叽叽歪歪的不可言说。

沈时回答她说：“某国的易瑞沙、多吉美、格列卫都是仿制药。”

什么是仿制药，就是强行许可生产的无专利药，也就是山寨药，当然这些药几乎同真药有一样的效果，所以确实有不少人买仿制药。

汤贝问了一个很蠢的问题：“那为什么国内不仿制这些救命药呢？”汤贝知道药有专利，可是专利对上救命这个问题，又是另一个问题了。

“因为中国和欧美一样，都有药物专利保护。”沈时继续回答她说，然后跟她介绍了药物专利保护期限，以及药物专利保护的必要性——比如这两年有一款对非小细胞肺癌特别有效的免疫药，它的研发时间长达二十多年，研发成本更是二十多亿美元。

“专利垄断的经济回报才能促进药厂将时间和经费投入研发里，而不是仿制里。”沈时看着她说。

汤贝突然想到沈时转行成为临床医生之前就是做药物研发的，不知道是不是他就是研发抗癌药物的，又为什么放弃了。她没有继续问下去，手机里进来舒姐姐的一条消息——“贝贝，能否在东院替我挂个心内的专家号？”

汤贝握着手机，下意识地想问问沈时有没有不用排队挂到专家号的办法，想想还是放弃了。

好像，她偷窥到了一点沈时的想法，心里也更别扭了。她加快脚步，走在沈时前面，回过头对他说：“沈医生，我有事去一趟心内……拜拜。”

中午，汤贝跟带舒婶来东院检查的舒姐姐碰面。

她在心内那边排了很久的队才挂到了一个专家号，中午舒姐姐请她到东院附近的一个馆子吃饭。自从上次从周庄回来她已经许久没见到舒姐姐了，没想到再次见面是在东院。

似乎看到她眼里透着的担心，舒瑶对她说："我妈没什么事，她心脏一直不太好，今天有空，就带她来做个检查。"

汤贝点了下头。

轮到舒婶做检查了，舒婶朝她说："瑶瑶就是不放心我，都说没事，还硬要带我来检查。"

不管是舒姐姐还是舒婶，可以看出她们都在努力过好失去舒伯的生活。

检查结束，舒婶去了一趟洗手间，舒瑶说："我打算接我妈来S市一起生活，将她一个人留在周庄，我不放心。"

汤贝将手放在舒瑶手上说："舒姐姐，如果有什么我能做的，一定要告诉我。"

"暂时还不用。"舒瑶朝她温柔一笑，"昨天我已经换了一个二居室的新房子，就在我公司附近，以后上下班方便很多。"随即，弯着眼眸对她说，"等会儿我把地址发给你，有空就过来吃饭。"

汤贝一脸开心："好啊。"

一直以来，舒姐姐都是一个坚强又努力的人。汤贝高中时候的班主任老王同样带过她哥和舒瑶，虽然是高二那年她哥转学来到S市，但班主任一直记得她哥这号人。

当然每次提得最多的还是舒瑶，因为她是他带过的最优秀的学生。

就算舒瑶高考那年因身体原因没有考到最好成绩，第二年依旧以高分考入了北大。现在，周庄中学还能看到舒姐姐的照片挂在宣传栏上。有次老王和她开玩笑说，等她拍出大作品后，也申请将她的照片挂在上面。

"王老师你可要说话算话。"她也大大咧咧地回老王，仿佛很快她就有大作品问世。

可是汤贝有时候也明白，越是走进社会越清楚很多事情没有上学时候那么明确了。北大毕业的舒姐姐只能带舒婶租住在S市老小区，都不知道什么时候能攒够钱买到房子；她的大作品又什么时候能问世呢？还有可怕的癌症，什么时候能被攻克下来？

太多遥遥无期的事情，感觉就像天上遥不可及的星星，只能仰望没办法触碰。汤贝靠了靠医院的椅子，负能量了一下，立马换了一个角度思考：

S市房价虽高，但舒姐姐还是有能力去奋斗；癌症攻克遥不可及，为之努力的科学家医生那么多；而她的大作品，一定会问世，只是时间早晚而已……

汤贝回到MDT综合办公室，黄医生正对沈时说：“沈医生，明天车展你去看吗？据说优惠幅度很大。”

汤贝听到“车展”俩字，也有些激动，接过黄医生的话：“黄医生，我也想买车，有推荐吗？”

“要不，明天一起去看看。”沈时对她说。

汤贝撇了下眼，声音有些卡：“……好啊。”

明明只是两句简短的对话，汤贝却觉得在众人视线里她和沈时每一句对话都藏着暗流。哦，不是暗流……是电波。天哪，到底是她在多想，还是外头春意太盎然！

第二天是周日，汤贝牛仔衣搭配水波裙出现在车展现场，头上戴着一个有着字母B的粉色鸭舌帽。风格很混搭，但是出门前她看了N次镜子，非常满意。旁边，沈时依旧是衬衫长裤，简洁干净，气质比车展里穿着纯黑西装的男模都要硬朗两分，还有一份独特的清朗凛然韵味。

今天车展，双人买车折扣幅度很大，更有家庭购车的优惠，如果购买同系列不同型号更有再折上折的优惠。汤贝有些心动。

一个女导购给他们介绍了一款德系SUV，看着她和沈时说：“我们后座空间非常大，放两个儿童安全座椅照样很充裕，你们如果要生二胎，也没问题。”

……什么二胎！她和沈时只是深层次地交流了一下眼神，外加握了握手，是可以生出二胎的样子吗？汤贝红了红脸，见沈时没解释，也就不解释了。

“我选好了，就它了。”沈时对她说。

那么快？这不是在黑五那天买促销牛仔裤的时候啊！汤贝想起上次在洛杉矶沈时随手拿起一条牛仔裤的场景，手却指向大号SUV旁的女士SUV，对他说：“那我就……这辆吧。”

她完全是因为心动折扣幅度，陪买。

没想到一下子有了两单生意，导购小姐露出了惊喜神色，连忙拿了两份购买合同过来。五分钟后，沈时签好了购买合同。

汤贝还在填写中间信息，在全款和分期这里，狠心选了全款。她这辆车比沈时便宜一半呢，沈时都全款，她不好失了面子。

沈时站起来去付款。

她继续填写下面的信息，待她签上“汤贝贝”大名，沈时已经付好钱回来了。反复磨蹭，她打开包包，从里面拿出一张银行卡，导购小姐微笑道：“沈先生已经付好钱，两辆车。”

……什么！

故作半天淡定的她终于没办法淡定了，她是在买车没错吧，不是在买买一送一的牛仔裤！上次牛仔裤，也是这样，沈时直接付了钱。因为反正是买一送一，她没有给沈时钱，第二天特意请他和张医生吃饭。

可是，现在是一辆车啊！

“沈医生，等会儿我把钱转给你。”走出车展，汤贝对沈时说，“你把银行卡号给我。”

沈时立在她面前，淡淡说出两字：“不急。”

“那我可不给你利息。”汤贝抬着头说，口吻也不是对哥哥朋友那种，多了一份她自己都没有察觉的娇俏。

“嗯。”沈时点了下头，嘴角勾了勾，是她可以看出的弧度。

当晚，汤贝就将三十万转到沈时的卡里。三十万啊！汤贝躺在床上抚着自己怦怦作响的心跳，如果她少点原则，估计要拜倒在沈时的西装裤底下。

还好，她把持住了自己。只是她对金钱有一定的抵抗力，鲜花攻势呢？

第二天汤贝来到东院主楼的MDT科室，隐隐觉得护士台的两位护士朝她露出的笑脸有些……奇怪。下一秒，两人便从护士台拿出了一把巨大的玫瑰花束。

真的是巨大，目测有一百多朵。

汤贝差点吓了一跳，其中一个护士姑娘挑着眉头说："汤导，大清早有人送来给你哦！"

"……"

第一反应谁送的，第二反应哪位追求者手段那么低下，第三反应该不会是……沈医生吧！

这样一想，汤贝倏然紧张起来。就在这时，另一位高个子护士姑娘直接拿出了玫瑰花上的卡片，坏笑说："我看看到底是哪位追求者，眼光那么好，看上我们的汤导！"

不能看啊！汤贝心里已经不是紧张，而是焦灼了，她试图拿过赵护士手中的卡片，结果赵护士姑娘已经念了出来："亲爱的汤小姐……"

呜呜呜！不要念，不要念了！汤贝急得要跳起来，恨不得用双手捂住赵护士的嘴巴。

"亲爱的汤小姐，第一次见到你便没办法忘记你美丽的容颜……"赵姑娘继续念着，一米七的个子高高地举着卡片，她硬是夺不回来，最后停在了落款处，"落款——"

念到这里，赵护士停顿了半秒，故意卖关子。

完蛋了完蛋了！汤贝脸颊燥热，如果落款名字被念出来，她和沈医生的"奸情"就要被暴露出来了！汤贝急得就像是一只热锅上的蚂蚁。

没一会儿，戏弄她的赵护士没有了声音，因为沈时出现在了护士台，赵护士低低叫了一声："……沈医生。"

沈时伸出手，赵护士老实地交出了卡片。

不远处，丁医生也走了过来，胸前挂着听诊器，冷冷地说："吵什么吵，这是诊室，不是菜市场。"

护士台前，汤贝眼巴巴地望向沈时，沈时将卡片递给了她，面上没有多余的表情。

送什么花啊！汤贝眼神又羞又哀怨地看了他一眼，拿过了卡片，看向卡片的落款处——晓军？谁啊？？？

搞了半天，原来不是沈医生！

原以为整个肿瘤MDT科室都要知道沈医生在追求自己，结果只是一个叫"晓军"的男人在追求她……而她，根本不知道这位名叫"晓军"的男人到底是谁。

难道这就是所谓老天恶作剧般给她关了一扇门，再给她挖了一个狗洞吗？汤贝默默地将卡片放进口袋，揉成了一团。

护士台的赵护士和田护士朝她指了指玫瑰花，克制着笑意让她快点抱走。她趴在护士台，幽怨地瞅着她们说："……可以不要吗？"

"可别。"赵护士将玫瑰花送到她怀里，"难道放我们这儿啊，别人看到还以为哪个富二代追求我们呢……"

汤贝摇头，认命地抱过了玫瑰花，赵护士又凑过来问她："……所以晓军到底是谁啊？"

汤贝转而愤愤道："不知道！"

如果让她知道是哪个王八蛋在恶作剧，她一定不会放过他！汤贝来到MDT综合办公室，怀抱大把玫瑰花，憋着一张脸。办公室只有黄医生，和刚回到办公室的沈时。

他波澜不惊地立在办公桌前，见到她时侧了侧头……汤贝撇了下嘴，坐在了丁医生的办公椅上。大清早她受到这样的一惊一吓，关键还自作多情地认为花是他送的，现在恨不得挖个地洞将自己埋了算了。

“啊，情人节不是过了吗？”黄医生看到她的玫瑰花打趣说，想了想又道，“不对，今天也是情人节，白色情人节。”

汤贝望向黄医生，请求道：“黄医生，别说了。”

“啊，汤汤你收到玫瑰花不高兴吗？”黄医生有些不解，分享起自己年轻时候的经历，“记得以前我老公送我玫瑰花，我恨不得让整个医院都知道。”

……因为那是你老公送的啊！

汤贝没有说话，眼角的余光偏了偏，瞧了眼对面倒水喝的沈时，像是注意到她视线，沈时扭过头，问她：“喝水吗？”

依旧淡淡的又不经意的口吻，汤贝听得却像是沈时故意奚落她。

“不用了……谢谢沈医生。”她客气道谢。

随后，拿起玫瑰花，准备离开MDT综合办公室；黄医生在她身后问她：“去哪儿？”

“十号楼。”她撇过头，回黄医生说。

汤贝借花献佛，将玫瑰花送到了101病房。101病房住着一位舞蹈老师，四十多岁，姓阮，胰腺癌。上个月病情加重，不能进食，严重电解质紊乱进了急诊室，最近病情控制下来，才转到了MDT病房。阮老师的病床靠着窗户这边。

汤贝把玫瑰花放到了阮老师的床头，笑吟吟说：“阮老师，白色情人节快乐。”

阮老师惊喜地看看玫瑰花，又看着她说：“谢谢小汤。”

大概怕阮老师伤心，每每看到娇妍的鲜花便想到往昔的自己，所以阮老师丈夫唯独不给阮老师买鲜花，固执地认为美丽的花容易凋谢。可是，阮老师最爱花了，尤其是玫瑰。

“……不过，这花你送给隔壁的杜妈妈吧。”阮老师戴着帽子笑眯眯地对她说，“我丈夫等会儿就回来了，看到这大捧花可能会觉得又有人追求我呢！他是一个非常善妒的男人。”

嗯嗯。汤贝点了下头。阮老师总将话说得这样好听。

汤贝又将这束玫瑰花送给了隔壁间的杜妈妈，好在杜妈妈非常喜欢这花，还拉着她跟她聊了半天，问她这花是不是喜欢的男人送她的。

汤贝摇摇头，不是呢。

“我猜就是不喜欢。”杜妈妈咧着嘴说，“回头杜阿姨发动我那群跳广场舞的老姐妹，给你找一个S市本地的有车有房有学历的优秀适婚男青年。”

汤贝乐了乐：“谢谢杜阿姨。”

“只要我还能出去……”杜阿姨突然伸手，擦了擦冒出的眼泪。

肿瘤MDT病房，就算里面住着再坚强再乐观的人，他们时常还是会被病魔打败。汤贝走出十号楼的时候心情有些沉重，刚刚她还在病房遇到了杨医生，正带着季子珊过来跟一位病人商量治疗费的问题，因为病人已经拖欠了半个月。

汤贝坐在花坛边给童老板发了一条消息——“亲爱的童老师，在吗？”

童老板很快回复她：“怎么，终于想明白要回来写剧本了？”

“不是……”面子问题，汤贝有些不好意思开口，她买了辆三十万的SUV后，她的小金库就告紧了。《××传》拿到的剧本费，她三分之一花在了美国游玩和石膏腿治疗上，剩下的三分之二昨晚她一次性转给了沈时。

这世上没钱寸步难行，买了车没钱加油也是很要命的。所以，她还是要想办法赚点外快……

童老板真的太了解她了，总归她是他手下的爱将，于心不忍，给她安排了一个网络大电影剧本。剧本同样跟医院有点挂钩——女主角设定是一个得了白血病的女孩。

“白血病女孩和男医生的生死之恋吗？”汤贝总结了故事内容说，“太狗血了吧！”

“狗血还不好？”童老板提点她，“制片人就是想拍得感人一些，你尽量写虐点，这个大电影就是辛悦给新签约的几位小艺人买的本子，虽然是网大，但价格还可以。”

汤贝差点跪下来，发送语言说："童爸爸，你就是我的衣食父母。"

童老板："少来，别以为叫一声爸爸，我就能原谅你这个师门叛徒。"

汤贝觉得童老板最近是不是又接了什么玄幻剧。

解决了经济危机，汤贝心情恢复了少许轻松，不过后面她可能还要吃土一段时间。写剧本来钱是比较快，但是也要写到对方满意才能得到剧本费。也不是所有制片人都像《××传》的制片人，对剧本的审美如此一言难尽。

中午，汤贝跟着黄医生到东院食堂吃饭，没有看到沈医生，随意地问了问。黄医生对她说："总院有个特殊病人没办法转过来，沈医生就过去了。"

噢，原来是这样。

"刚开始有些病人还觉得沈医生太年轻，不太相信他。"黄医生摇头说，"才多长时间，现在都要排队等他做手术。"

"沈医生好厉害……"汤贝赞赏说，心里莫名有种一荣俱荣的微妙。想了想，她能不光荣吗？那么厉害的沈时可是看上了她汤贝贝。虽然，他什么都没有说。

中饭之后，汤贝晃到MDT办公室，在走廊看到一个三十来岁的男人和季子珊说着话，季子珊一脸不太乐意的样子。她八卦地瞧了一眼，觉得这个男人有点面熟，随后想到——不就是那天她在季家看到的小舅嘛！

汤贝选择视而不见，直接路过这位季家小舅，没想到被叫住："嘿，汤小姐。"

好一声熟悉的汤小姐，汤贝突然产生一种不好的预感，然后这种不好的预感得到了证实，男人觍着脸问她："早上的玫瑰收到了吗？"

"舅舅！"季子珊叫了自己小舅一声，无比难堪。

汤贝更是一脸遭受巨大惊吓的表情，感觉就像她好奇钻进狗洞看看是什么，正要探进脑袋往里面瞧一瞧，结果里头出现一张淫笑的西门庆的脸，和她直面相对。

汤贝立马缩回脑袋，掉头就走。

真是什么烂桃花！她怎么就惹上了季家这位小舅！汤贝噔噔噔地走到电梯口，结果电梯门打开，里面走出沈时，他面露奇怪，握住她的手："去哪儿？"

汤贝红着脸，欲言又止，继续进了电梯。

发生了什么？沈时来到长廊看到季子珊这位小舅，基本猜到了事情缘由。如果他没有记错，季家那位小舅就叫作王晓军。

没想到的是，第二天季家这位小舅就被季柏文挥了一拳，当着市场部所有人的面。当晚季柏文回到季家，王晓春不在，只有季林森、季子珊和季柏文三人吃饭。家里阿姨端着一份汤出来，有意地说起："太太回娘家了。"

季家的每一件事如果推敲一番，每一件事都藏着问题。饭后季林森将儿子叫到了书房，拍桌训斥："季柏文，你能不能给我留一点面子，今天你打的不是别人……他也是你的小舅。"

季柏文有些好笑说："我可没有姓王的小舅。"

"好，好！"季林森咬咬牙说，"就算王晓军不是你小舅，他也是我老婆的亲弟弟……你能不能不要说动手就动手，他也没得罪你这位总经理吧！就算一个普通员工，也轮不到你出手教训！"

季柏文自顾自地在躺椅上坐下来，抬起头说："如果是普通人，我还懒得动手。"

"所以呢，你打了人，还是屈尊降贵？"季林森怒不可遏地问。

"对，我打他都算给他面子了。"季柏文指着外面，"你怎么不问问你老婆，他昨天都做了什么好事？一个三十岁的男人，癞蛤蟆想吃天鹅肉……"

季林森拍了拍胸膛，忍着脾气问："好……你倒是告诉我，王晓军做了什么，他怎么癞蛤蟆想吃天鹅肉了？他吃你家天鹅肉了！"

"……对。"季柏文抬起冷冷的眸，"他就是想吃我家天鹅肉了。"

有些事，还是多亏沈时提醒他才知道，王晓军竟然看上了贝贝……什么玩意！所以今早他来到公司，先去了一趟市场部。

儿子这样一说，季林森也有些吃惊，想了想问：“是贝贝吗？”

懒得多说，季柏文站了起来，走到门口时回过头说：“管好你那边的那一家人吧。”门打开，意外看到外头站着的季子珊。“……哥。”季子珊轻轻地叫了一声。

季柏文停顿一下，然后直接下楼离开了季家。

作为当事人，汤贝不知道季柏文已经教训了王晓军，甚至觉得这件事太尴尬，就没有告诉季柏文。可是，她也担心那位王晓军还会不会来医院……

也正因有这样的顾虑，昨晚沈时和季柏文打球，当季柏文问他贝贝的近况，他便随意地提了提王晓军这号人。

“他怎么追贝贝？”季柏文丢掉篮球问他。

能怎么追，就是普通男人的追法吧。送花？来医院找人？后面还会做什么，他也不知道。

然而王晓军那种算是普通男人的追法，沈时觉得他可能连普通男人都算不上——追了老半天，对方可能还不知道他在追她……

下班之际，沈时主动问了问某人第二期宣传视频的事情。“还在弄。”汤贝立在他面前说。

“我晚上有空，一起看看吧。”他说。

如果说上次沈时约她晚上一起“做作业”，汤贝还不明白沈时的意图，现在她觉得沈时简直是别有居心。“好啊……谢谢沈医生。”汤贝转了转眼珠，随意地答应下来。

晚上，她跟沈时一起待在东院的MDT办公室没有回去。

晚上七八点，外面灯光暗淡，十四楼的综合办公室里只剩下她和沈时两个人。因为只有两个人，偌大的空间就显得格外空旷。

有风从窗户灌进来，吹得她电脑上的草稿纸沙沙作响。待沈时看起她第一版剪辑好的宣传视频，她从桌上的塑料袋拿了一个橙子吃。

没有水果刀，她想直接用手剥。

沈时轻靠着椅背，支着头，眼角余光不经意偏过来，看到她在剥橙子，伸出手："给我吧。"

她握着橙子递过去，顿了下，收回："还是我自己来吧。"他的手指干干净净，指甲修剪到边边，一看就不好剥橙子。

结果，她收回的手已经被沈时握住。

汤贝：……

时间又静止了，空气里又多了一道暗流在涌动。沈神仙又走下仙台，变成男妖精来撩拨她了。这个黄橙橙的橙子握在两人的双手之间，像是她和沈时故意争抢。

所以接下来，怎么整？

"汤贝贝，你是不是还不知道——"一会儿之后，沈时突然出声，念出她全名，眼神明确地盯着她。严肃低沉的声音，如同流水击石。

不知道什么？他看上她了吗？明明沈时什么都还没说，她心里又激起道道水花。

"……我在追你？"沈时将话说完，搭配着一双静若止水的眸子，定格在她脸庞上。

——汤贝贝，你是不是还不知道，我在追你？

这一次，汤贝没有会错意。感受到指尖传来的温度，她看向两人相握的手，触电般收回，随后，她将橙子丢给沈时，抽了抽嘴说："……好吧，你来剥。"

你剥你剥，你来剥……还不行吗？

| Chapter10 |

拒绝信和反悔药

沈时不仅给她剥好了橙子，还将橙子分成了四瓣，再递给了她。夜风徐徐涌入窗内，两人周围的空气里浮动着清甜的橙子香气，丝丝缕缕地混杂在其中。

沈时剥好橙子，抽了张酒精纸巾，拭擦手；然后，他继续看视频，用红色记号标注他看到的bug问题。汤贝拿着橙子，心跳如鼓，忍不住挑眉看了眼沈时：难道就这样？就一句我在追你？没有别的什么话了？

追……她又想了想这个字。所以沈大神的追法，就是给她剥个橙子？

汤贝吃完这四瓣橙子，实在憋不住，问出来："沈医生……你真的在追我吗？"

沈时抬眸回视她，神色比她的认真，但只发了一个音："嗯。"

……那他为什么追她呀。

汤贝当然不会问这种弱智问题，沈时那么忙，百忙之中还要花时间追她，会是追着玩吗？无疑他肯定是看中了她，被她的才华和人格魅力深深吸引。

没错，就是这样！

汤贝低了低头，随后又抬起浓秀的眉眼，乌沉沉的眼瞳里少了羞涩，多了好奇；没有太多犹豫，她开口说："那个，你不是懒得找吗？"

他就知道，她会问这个问题。

回话之前，沈时双手相握，抵在了办公桌面上，无端给她一种神仙下凡的错觉。汤贝视线微微移了移。“我从来没有说过这个话。”沈时回答了她，声音低缓而有磁性。

“……那不婚主义呢？”她撇过眼，又问他。

“我当时就说了……我不是。”浅淡低沉的语气里，多了一份无奈。

汤贝一时没话，半晌之后，“噢”了一声。

她知道了。

不过话说回来，追她是他的事，要不要答应是她的事情。

“我要考虑考虑才能答复你。”汤贝开口说，面色淡定，手心却冒出了细汗，泄露了她内心的紧张和忐忑。

“好。”

从头到尾，沈时都表现得平静自若，仿佛说追人的不是他，是她。

“所以肿瘤的属性是固体，癌症是恶性；恶性的固体肿瘤是癌症，血癌不是肿瘤，良性的肿瘤不是癌症；癌症就是恶性肿瘤加血癌，肿瘤是良性肿瘤加恶性肿瘤……”

汤贝回到癌症和肿瘤的宣传视频，像是念绕口令一样念起了癌症和肿瘤的区别。不知道是不是今晚收到沈男神的“表白”，一颗心很难静下来，连说话语气都有些飘。

飘飘然的飘。

说到血癌，她想到了刚刚接下来的女主得了白血病的网大剧本，抬起头看向沈时。沈时迎接她的注视，似乎等待她的吩咐。

“沈医生……你有没有白血病的病历或资料，可以给我一份吗？”她开口问。原本想问得若无其事公事公办，然而，刚问完耳朵尖又红了。算了，她还是不要飘了。

夜里从医院出来已经是九点多，沈时送她回公寓。“沈医生再见。”她解开安全带说。

“再见。”沈时转过头，似乎要替她解安全带，见她安全带已经解开，伸出的手停在了半空，修长的手指微微收拢，落在了挡位上方。

“那就早点休息。”他对她说。

“哦。”

“明天见。”

“嗯。”

“晚安。”

“晚安……”

汤贝下车，一路直着背走进了公寓大门，然后才长长地吐了一口气。回过头，看到沈时的车还停在原处，收回了视线。

今夜她注定是难以入眠了。

没错，她是喜欢沈时，更多就像喜欢爱豆一样喜欢他，结果爱豆反过来要追求她？凌晨，汤贝仍躺在床中间没有入睡，双手揪着被子，蒙住自己的脸。过了一会儿，从被窝里伸出小腿，蹬了蹬。

外头夜色安静，唯有一点儿月色白，明晃晃地高挂在无边无际的天边。

她转了一个身，背对着月光笼着的窗台。

沈时对她来说，原本就像天上的月亮，她是喜欢他欣赏他仰慕他，却没有非分之想。她觉得月亮嘛，喜欢的时候抬头看看，偶尔躺在底下晒晒月光，就已经很美好了。

结果今晚“月亮”自己掉下来，还朝她砸了过来……沈时是月亮，同样也是烫手山芋啊！

第二期视频上交后，汤贝给自己放了一天假。刚好舒姐姐那边要搬家，她到季柏文这边借了车，用悍马帮舒姐姐搬家。她买下的车，还没有提回来。

借车的时候季柏文请她吃饭，她主动团购买好两份自助牛排，避免了季柏文带她去昂贵的高级餐厅。切牛排时，她有些得意，抬着头说：“哥，再过一阵，我就不需要跟你借车了。”

季柏文扫了她一眼，切好盘中这份牛排，问她：“想买车了？”

汤贝不语，笑意却早抵达眼底，若隐若现地发着光。

季柏文已经猜到了：“已经买车了？”

汤贝嘿嘿地笑了声：“老汤和善善都还不知道噢，家里人你是第一个知道的。”

季柏文并不在意他是不是家里人第一个知道，看着她问：“什么车？”

汤贝说了品牌和车型，主动交代说：“我和沈医生一起买的，双人优惠很大。”

季柏文有些不太高兴，但是也没有办法，他放下刀叉，悠悠道：“原本车子我想作为毕业礼送给你，看来省下一笔钱了。”

“……”汤贝咳嗽一声，幸好她提前买了。不然季柏文真送她车，她收下善善不高兴，她不收她哥不高兴。老实说，她也不想多花季柏文的钱，免得被说闲话。

“对了，你借车做什么？”午餐结束，季柏文提了提她为什么要借车。

她将车钥匙放进口袋里，大大方方地回答：“给舒姐姐搬家啊。”

季柏文嘴角一抽，没其他反应了。

傍晚，汤贝留在舒瑶新租的二居室吃饭；作为搬家礼物，她送给舒婶一台料理机，黄医生介绍的牌子。另外她还给舒婶带来一张每天榨汁的蔬菜配方。这个配方她可是从S大附属医院最有名的中医顾老那里请教问来的，对心脏特别有好处。

晚上吃完饭，汤贝来到舒姐姐新租的小窝露台围栏看夜景，看到不远处的森善大楼，偌大的“森善”两字几乎要冲破云层，霓虹灯又将夜空增添了亮色。

她家善善曾有一份传奇爱情，最后成了周庄小酒楼的老板娘，日子简单而幸福。对于往事，善善很少提及。但是从善善对她哥的愧疚来说，当时离婚受到伤害最大的，是她哥吧。

所以季柏文对婚姻对爱情的态度恶劣，汤贝颇有微词又没办法。

舒姐姐洗好碗出来，喂了一颗车厘子到她的嘴里，笑着说：“以后过来不要买东西，我知道你写剧本赚了钱，但是我比你工作早那么多年……”

“小小心意嘛！”她咧着嘴笑，靠着围栏，半托着下巴。

舒瑶同样靠着围栏，风吹着她的白衬衫和长发，她半弯着腰，开口说：“贝贝，每年一定要带叔叔阿姨做一次身体检查。”

“嗯。”汤贝轻轻地应了声，知道舒姐姐话里的意思。

舒瑶扯了下唇，不再过多提起内心的遗憾。

汤贝想到吃饭时候舒婶的唠叨，歪过头问：“舒姐姐……你为什么一直没有谈恋爱啊？”

“忙啊。”舒瑶说。

“除了忙呢？”

“很难找吧，现在想找一个合适的太难了。”

汤贝想了想“合适”两字，又问：“你觉得什么才算是合适？”

舒瑶看过来，回答她：“应该是人生方向相同，对这个世界的认知三观相同，两人相辅相成，这辈子一起携手努力吧。”

“那喜欢呢？”汤贝又问，“喜欢重要吗？”

“……我不知道。”舒瑶转了转头，眸光隐藏在轻轻浮动的夜风里，笑了笑，开口说，“以前觉得重要，现在觉得不重要了。”

不仅不重要，甚至她都快忘了喜欢是一种什么样的感觉。

舒瑶这样想。曾经那种少女般的心悸，对她来说已经遥远得像是一个梦，就如同天上这轮半明半暗的月亮，早早藏匿在了乌浓的云层里。

高三那年季柏文回S市，高考前他给她打过一通电话，他对她报出一串数字：“这是我的号码，你有事可以给我打电话。”

他的手机号码，她默默记在了心里。

但那个号码，她只打过一次，在成绩出来的时候，她在周庄小卖部拨下号码，电话里传来那边喧闹的吵闹声，然后她压抑着情绪说出她落榜这件事。

过了会儿，季柏文那边安静下来，笑着对她说：“舒瑶，你不要太难过，人大不一定是最好的选择……你可以补报西安的两所高校，也还不错。”

他不建议她复读，理由是：“复读压力太大，文凭够用就好，关键是专业。”

最终，她没有补报季柏文推荐给她的那两所高校，选择了复读。第二年她分数够了，但没有报人大……

“贝贝，以后不要对你哥说给我加工资了。”舒瑶想到今年自己工资又上浮了百分之三十，对旁边的人说。嘴角挂着淡笑，口吻却很认真。

作为总经理特助，她的工资已经比一般经理都高了。

汤贝嘿了一声，解释说：“……我每次都是开玩笑地说。”

其实，汤贝每次让季柏文给舒姐姐加工资，也是仗着舒姐姐跟她哥是老同学。事实上这些年，她哥在待遇问题上并没有亏待舒姐姐。

回去的路上，汤贝拿起手机，查看有没有消息进来……沈时真的在追她吗？追得这样悄无声息毫无动静？还是，他在用“仙气”追她？

她决定拒绝沈时，在他对她提出交往请求的时候。

第二天，汤贝来到了东院。今天沈时要坐诊，上午她在MDT办公室没有看到他的身影，直到中午吃饭，才看到他端了一个盘子，坐在了她面前。

中午用餐，沈时没穿白大褂，里面打了领带。暗色条纹领带搭配浅色衬衫，不松不紧地系在衬衫领口，正经又撩人。

算了算了，男神如莲，只可远观不可亵玩焉。

“咳……”汤贝开口，放下筷子，对全桌所有人说，“我吃饱了，你们慢慢吃。”

沈时撩了下眼皮，也只是轻轻看了她一眼。

汤贝走了。

刚刚她又明确了一个想法，即使沈时追她，她也不能吊着沈时，所以只要沈时对她提出看电影送她回家或请她吃饭这种要求，她都要拒绝，不能心软或遗憾。

傍晚快要下班，她趁着沈时回来之前，提前离开了MDT办公室，没想到还是在楼下门诊撞到了他。沈时身上没有穿白大褂，自然也是下班了。

“……嘿，沈医生，你下班了？”汤贝问，笑了笑。

“嗯。”

两人从门诊出来，沈时一路都走在她旁边，显然是要送她回去。汤贝心情那个纠结，低头又是抬头，就等着沈时开口说送她。

“这就回去了吗？”沈时出声问她。

“……嗯。”汤贝点头。

“晚上想吃什么？”沈时又问。

果然——汤贝收了收脚步，等着沈时说出一起吃饭的话。然而，好像没有。

“我和朋友一起吃。”她主动说出来。感受到沈时盯着她看，抬了抬脸，继续等着沈时开口说送她回去。

只是，好像也没有。

晚霞满天，微风拂面。沈时收回了视线，侧着身站在她面前，淡然道：“那么明天见，我先走了。”

……噢。

汤贝是这样想的：

如果沈时不是她哥的朋友，不管他是月亮还是星星，她肯定会答应交往，不管两人结果如何，先热恋一场再说。什么合适不合适，谈恋爱没结果又不犯罪。

但，沈时不行啊！如果她答应了跟沈时交往，她哥可能就提着四十米大刀杀到现场了。更不用说以后如果两人不合适谈崩了，她哥跟沈医生还能不能做朋友都不好说了。

汤贝庆幸自己保持着理智，回到公寓坐在书桌前面，打开了笔记本电脑，思忖了一番，开始写信。

“沈医生，你好——”

删除。

沈医生改成了沈哥哥。沈哥哥才能表现出两人的年龄差，以及关系的微妙。

尊敬的沈哥哥：

你好。

那晚收到你的追求表白之后，最近我都心生惶恐，每到深夜辗转不能入眠；何德何能，能有幸得到你的赞赏和垂爱，然而我经过慎重的考虑，不能接受你当我男朋友。

我敬仰你的才华，欣赏你的品格，但是，由于年龄、地域、专业、生活方式和性格等等原因，我们并不适合成为交往对象。作为交往对象，你和我内心最终想寻找的理想目标同样不太符合。所以，真的非常遗憾。

最后，希望我们以后依旧可以保持原先的关系，如果对你造成了伤害，一定要理解我，以及原谅我。

再次感谢你的欣赏！

祝工作顺利，身体健康！早日寻到适合你，也更为优秀的终身伴侣！

汤贝贝

留于3月20日

敲好了这封拒绝信，汤贝整个脑袋都趴在键盘上，恨不得在键盘上滚一波。最后检查的时候，想到一个严峻的现实，她再次打上一句备注的话：

“沈哥哥，如果可以，希望这件事我们都保密，一定不要让我哥知道。拜托了！”

终于写好了拒绝信，汤贝上传邮箱，找到了每次沈时给她发资料单S.S开头的邮箱，眼睛一闭，点了发送，如同拒绝了一个亿的福利彩票。

打开微信，点开沈时的微信头像，她再次表达了“希望此事保密，不要让季柏文知道”。过了一会儿，她便看到沈时在输入，消息一时没发送回来。

顿时，紧张到不行。

“嗯，不跟你哥说。”沈时回复她。

汤贝舒了一口气，她想提醒沈时去看邮箱，输入了几个字，删除。反正早晚，沈哥哥都会看到……夜里汤贝检查了两遍邮箱，沈时依旧没有回复她。

第二期的宣传视频转发率破了千，虽然留言不多，但是点赞和转发很可观，是S大附属医院官博成立以来人气最高的一条微博。

早上来东院，碰到田院长，田院长大大地表扬了她一番，表示半年后续约给她增加报酬。汤贝拒绝说：“你们一个博士外科医生半年工资都只有那个数，还是别给我加了。”

田院长面露一丝尴尬，咳嗽了一声，拍了拍她的肩膀说：“沈时真是推荐对了人。”

院长提到沈时，汤贝转了下眼眸，问：“田院长，是沈医生跟你推荐我的吗？”

“当然了。”院长笑眯眯道，“如果不是沈医生推荐了你，我们医院就直接广发英雄帖了。”

汤贝明白了：“谢谢院长……”

田院长红光满面地离开了。

他应该没有骗刚出茅庐的小姑娘吧，博士海归外科医生的基本工资就是那个数，没错！只是他们还有国家津贴、院级经费以及手术业绩等等各种杂七杂八的补贴。

汤贝开始琢磨第三期视频，然后来到MDT综合办公室，难得今天办公室齐了人。沈时握着两张影像站在办公桌前看着，丁医生也站着，还有黄医生和杨医生。黄医生见到她便说：“汤汤，等会儿我们要开病历

MDT会议，要不要过来瞅瞅？”

开会吗？汤贝立马点了下头：“好啊。”视线不小心撞到沈时，胸口一揪，不知道沈时看到她的拒绝信了没。

会议在十二楼会议室，参加会议的除了几位专家，还有病人家属。家属是一对父子，儿子看着应该上大学了，一个潮范的男孩，头发染黄了，身上穿的衣服鞋子都是时尚潮货。

她拍摄记录之前，征求了他们的同意，然后，选了一个光线最合适的角落位置，开始录制她参加的第一个MDT病历讨论会。

不小心，摄像镜头对上了沈时。她微微偏转方向，对准正发言的丁医生。“我不建议手术，现在做根治性手术已经来不及，只能选择姑息治疗。”

丁医生这样一说，大男孩的眼圈就红了：“你们不是专家嘛，我们转院到你们这里，就是希望给妈妈最好的治疗方案。”

汤贝将镜头悄悄移向男孩，男孩猛地指向她：“你他妈拍我做什么！”

汤贝立马收回了摄像头，低声说了声对不起。明明之前他们是答应拍摄的，可能男孩心里难过才恼羞成怒了。她理解地想了想。

“姑息治疗不是放弃治疗。”就在这时，沈时沉沉开口，打住男孩刚刚有意迁怒的火气。

沈时这个年纪外加他的身份，稍微敛起眉头，周身气势似乎可以压倒一切；顿了顿，他缓和语气，继续对男孩和病患的丈夫说：“选择姑息治疗一方面缓解症状，减轻痛苦；另一方面得到营养支持，再转化治疗。后期手术转化率也相应提高。”

男孩红着眼，擦起了眼泪。

病人丈夫同样一脸痛苦，好在保持理智与沈时、黄医生他们商量起后面的治疗方案，还问起腹膜癌指数高低的影响。显然，不是那种一无所知的病患家属。

大男孩还在抹眼泪，汤贝从口袋里拿出一包纸巾，送了过去。男孩看了她一眼，接过纸巾。

“这位病患的丈夫是某公安局的局长。”会议结束，黄医生在办公室说起了今天MDT诊疗会议的病人身份，“局长平时工作很忙，局长夫人患病之前是家庭主妇，操心了半辈子，今年儿子刚上大学，胃癌晚期……”

汤贝嗯了声，低头查看刚刚的录制，黄医生对她说：“汤汤，儿子只是一时伤心，不是针对你，不要在意噢。”

汤贝摇头，表示没有在意。

“还有，你做得很好，官博第二期视频我们都看了，专业又易懂。”黄医生又表扬她一番。

汤贝笑了笑。

“快说，找谁指导了？”黄医生眨了下眼。

“……”

她转头看了眼沈时，沈时坐在椅子上，握着手机，从会议结束到进办公室几乎没有说话。不能让办公室里的他们发现有什么异常，汤贝尽量坦率地回：“我找了沈医生。”

黄医生了然地一笑：“也对，你是沈医生推荐过来的，他肯定要做好督促工作。”

对……没错，就是这样。

第二期视频转发率上千，还得到了MDT科室大多人的赞誉，汤贝心里也有些开心。结果一声不响的丁医生冷不丁冒出一句：“专业有余，内容却不痛不痒。”

就算知道丁医生一向直言不讳，汤贝依旧红了脸，开口问：“丁医生有什么建议吗？”

丁昇转过身，看向她说：“你在东院待了那么久，自己就没有一些深刻感受？”顿了下，意有所指地看向她后面的沈时，“不要被专业带偏，好内容不是多专业，而是要深入人心。”

汤贝望了眼沈时，沈时同样瞧着她和丁医生，眼神那个直白。毫不避讳地承认他就是那个将她带偏的专业人士。

“啧啧，我们丁大作家就是不一般呀。”黄医生走上前倒水，忍不住抬杠说。

丁昇撇过头，他真是懒得跟这位不懂艺术的“黄大仙”多说一句。

沈时起来了，临走前扫了眼不远处的她，汤贝抬眸收到信号，以为沈时要对她说什么，站起来跟上了他，一路跟到了更衣室。

“我先换手术服。”沈时对她说，声音很轻，每个字都温柔地敲在她心上。

汤贝嗯了声，心绪有些错乱，点了点头，等在了更衣室外面。心想沈时应该不会继续强行追求她吧。莫名，耳后根又热起来。

过了一会儿，换好手术服的沈时出来了，东院的手术服是深绿色的，短袖款，尖领，明明像是宽松的病号服，沈时穿在身上却显得干净而利落。

他手里还拿着一个口罩。戴上之前，他低了低头，看着她问：“想跟我说什么？”

呃？什么，不是他有话对她说吗？汤贝蒙了，回视沈时。

沈时同样轻眨了下眼，略带疑惑地看她。

沈时有一双很好看的眼睛，不知道是不是顶级学霸的缘故，眼神比大多男人都有味道，尤其是专注看人的时候。汤贝想起某位影帝的眼睛，觉得沈时的眼睛同样担得起那句话——“他有一双眼，沉睡万里星。”

终于，她抵抗不住沈时这样的注视，败下阵来说：“我意会错了……”

“我确实也有话要对你说，不过等手术结束再说吧。”沈时望着她，语气依旧浅淡。

汤贝不得不怀疑，沈时是不是没看到她的拒绝信。不过她实在没办法在他要上手术室前，提起拒绝信的事情。如果沈时一时情绪受挫发挥不好怎么办？

如果真的发挥不好，她简直罪孽深重啊！

今早微博还有一条热门转发，转发内容是一个热门小视频，视频里清一色的“年轻医生”聚集KTV，然后一个只有背影的白大褂“年轻女医生”唱了两句《在你身边》……

汤贝觉得画面熟悉，多看了一眼，没错，就是她上次参加的“大爱无疆”派对。星爷是不是脑子有病，居然将视频放到了网上。

视频底下的留言，所有网友都感慨现在医生真会玩，然后猜测是哪家医院的医生，这样多才多艺，颜值那么高。汤贝看着这些评论，跪地。

她精心制作的宣传视频没有上热搜，随便唱了两句，上热搜了。

当然也有一些眼力好的断定这是一群假医生，理由是：“我们学医的忙得连上厕所的时间都没有，哪有时间搞这样的聚会！”

对啊，学医的人哪像他们戏剧学院那么无聊。

汤贝转发了这条微博，汤三哥这个号她许久没有发微博，这样一转发，底下很快有人回复她，还有了第一条热门评论——“难道汤三哥又要祸害医疗剧了？”

没错，她就要祸害医疗剧……

下午汤贝去了急诊室，丁医生那句“不痛不痒”有些伤到她，尤其她还沾沾自喜于前两期视频做得很专业。

她想，急诊室拍到的画面应该会“惊险”许多吧！结果守了半天，基本都是发热、腹痛过来的病人，跟医疗剧里演绎的急诊室区别太大，最惊险的便是一个小孩撞破了脑袋。

汤贝给小孩拍了两张照片，就在这时，外面响起一声大叫声：“医生，外科医生在哪里！”

汤贝回过头，只见一个浑身是血的病人被抬了进来，真的浑身是血，不是《爱都》里用蜂蜜水混合食红制作出来的血液，而是真的血，散发着可以闻到的血腥味。

给小孩包扎的外科医生跑了出来，汤贝跟着出去，只见担架上浑身是血的病人颤抖着唇，完全不会说话，送其来的人也颤动着唇：“……人是从六楼掉下来的。”

一时之间，汤贝有些挪不动脚，甚至有些畏惧这样的场景，更忘了手里的摄像机。

急诊室不少人围了过来，但依旧留着通道。急诊外科医生对护士说："快叫赵医生他们过来。"顿了下，看到前面过来的人，连忙说，"沈医生，帮个忙。"

沈时已经上前。没有多余的话和眼神，一番最快的检查后，做出判断："需要立刻手术。"

而她握着摄像机，模样愣愣的，看着担架上的抽搐微颤的病人，双手发颤，呼吸紧张，这是她在《爱都》剧组从来没有过的体会。当一个活人鲜血淋漓地出现在她眼前，需要争分夺秒地抢救，面对真实而紧急的画面，她还没有开始拍摄，已经胆怯了。

她站在一边，摔下楼的病人被沈时和急诊外科医生抬上了移动病床，病床直接推向抢救室，沈时快要擦过她的时候，她往后退了一步，一个不小心，摄像机落了地。

伴随着护士声嘶力竭的一声："全都让一让！"

很快，病人进了抢救室，围观的人也散了，汤贝捡回摄像机，坐在椅子上检查一眼，镜头已经摔坏了……

晚上，汤贝和几个同学在戏剧学院外面的餐馆吃晚饭，他们对着一大盆毛血旺放下筷子。从餐馆出来，一起吃饭的一个男生叫住了她。

"贝贝，我们都要毕业了，你要不要再考虑一下我？"男生走在她旁边，问出来。

汤贝看向这位曾经炫耀过自己女友多的男同学，有些头疼。今天晚饭是大静约她出来的，过来才知道是为了给这位男生牵线。

"不好意思，我不喜欢你。"她回得直白。

"哎呀，你再考虑考虑呗。"男生油腔滑调地说。

她抬了抬头，回得更直接："不好意思，我喜欢身心干净的男人。"她从黄医生那里了解到HPV知识，没想到还可以变成她的拒绝理由。

身心干净……男生听到她这个话，转了转脑袋，压低声音说："贝贝，其实我……还是一个处男，真的。"

"……"

“之前不是面子问题嘛，其实我真的还是处男呢。”男生对她强调，继续耍嘴皮子。

汤贝抿唇，更加干脆地看着男生说：“那我更不能考虑你了！”

“为什么啊？！”

“……我不喜欢不诚实的男人。”

男生：“……！”

汤贝一个人走在后街，突然很后悔，她明明喜欢沈时那一款为什么要拒绝他……尤其对比追求她的这些乳臭未干的男生，她明显更吃沈时那一套。

吃饭的时候大静说了一句话：判断能不能接受某个男人当男朋友，只需要一个办法，闭着眼睛想象他吻下来的样子，你能不能接受地张开嘴。

汤贝闭了闭眼睛，打算去买杯奶茶喝一喝。

市中心数码商场，沈时立在一个高端的相机专柜前，男人修长的手里握着一个单反看了看，然后指向柜里的另一个镜头，说：“这个镜头再拿给我看一看。”

“你的奶茶，三分糖。”

“谢谢。”同样这边，汤贝接过了店员递上的奶茶，突然口袋里手机振动，她拿出手机一看——沈时的。

沈时要过来找她，她正在奶茶店，这家奶茶店是学院附近的网红店，她想给他带一杯。只是这奶茶的名字取得实在太粉红，什么初恋十分甜，蜜恋七分甜，暗恋三分甜，还有失恋不加糖。汤贝省略前面，握着手机问沈时：“沈哥哥，你要三分甜，七分甜，还是不加糖？”

“你的推荐呢？”沈时问她，显然让她替他选择。

“我觉得三分比较好喝。”

“那就三分。”

好吧，她和他都是暗恋三分甜。其实，她应该给沈时选一个失恋不加糖才对。

戏剧学院后街非常有特色，夜里不少男生会来路边驻唱；两边的景观树点缀着闪烁的LED小灯，星星点点地笼着树冠，一路延长，像是另一种形式的星光大道。

街头还有卖各种明星签名的明信片，真假签名混着卖。

汤贝回了一趟公寓，再下楼等着沈时。今晚公寓楼下有男女交往卫生健康宣传，她路过的时候，一个铝箔包装的安全套发到了她手里。

这种安全套大都是发给男生的，就算发到年轻女孩手里她们也都是连连摆手拒绝，只有她接得最顺手。汤贝将手揣回口袋，继续等在路边。她在医院待久了，接受黄医生各种健康科普，偶尔听一些八卦，觉得性交无非就是高级动物的交配行为，无须对它惺惺作态。

等得无聊了，她将手放进口袋捏了捏小袋子里的套套，手感还挺Q挺弹的。她上小学那会儿，珍珠奶茶店正是开得最火热的时候，当时她学校有个谣传，说奶茶里面的珍珠是用安全套做的，那会儿她也不知道安全套是什么，只要喝奶茶就被男同学嘲笑一番。

当时她还特意问季柏文，安全套是不是可以吃的东西。

现在想想，没文化不可怕，无知才可怕。

对待疾病也一样吧，太多的畏惧是因为无知。那夜在办公室沈时对她说过，全球科学家对癌症研究了近百年，对癌细胞的认识仍然是管中窥豹。

所以，即使他是一位肿瘤医生，同样畏惧着癌这个字。

汤贝没有边际地想着，想着沈时，也想着她的宣传纪录片，等收回思绪，前方不远处沈时提着一个袋子，从车里走下来。

倏然，她又紧张了。

沈时朝她走来，依旧衬衫西裤地穿着，模样清俊又显年轻；可能是学院派的关系，明明他也工作了那么多年，身上却没有沾染太多社会习气。

气质深沉，却不沉闷。明明话也少。

可能有人只要站在那里，就是一道风景线……都已经是风景了，又怎么会令人沉闷。用黄医生的话来说，心情不好往沈医生那边看两眼，便觉得世界真美好。当时丁医生听到这个话，回了一句："那真遗憾，黄医生如果年轻十几岁，说不准还有机会。"

黄医生悠悠回话："年轻倒是不用，唯一遗憾的是我已经结婚。如果我现在未婚立马追求沈医生。现在这个年代，一点点的年龄差距算什么。"

作为当事人，沈时继续写着他的病历报告。

好像，年龄差距真的不是什么大问题啊。

汤贝走上前，开口出声，收回本要叫的沈哥哥，改成了沈医生。沈时站在她面前，视线在她面庞上停留了一会儿，开口说："找个地方坐一坐？"

公寓楼后面有一条人工河，两岸有跑道有杨柳，还有可以坐着聊天的公园长椅。汤贝带沈时来这里，找了一处面朝着河的长椅，两人一起坐了下来。

沈时握着奶茶，待前方一个压腿的老人离开，开口说："汤贝贝……"

听到自己的名字，汤贝立马面向沈时，同时开口："沈医生，今天那位从六楼掉下来的人怎么样了？"

"抢救过来了，但是可能会瘫痪。"沈时回答她。

就算是一个素不相识的人，汤贝还是遗憾了一下，但是觉得能抢救过来也不错。然后，她又问："是你做的手术吗？"

沈时笑了，像一缕微风忽然拂向她，他说："我是肿瘤外科，不是什么手术都可以操刀。"顿了下，"我只是刚好路过帮个忙。"

噢。汤贝点了下头。

只是沈时为什么会路过急诊？因为知道她在急诊拍片吗？这样一想，汤贝心跳又加重了两分。可是，她的拒绝信已经发送出去了……

"怎么说，医生真的很厉害呢。"汤贝又说，眼里的崇拜和仰望没有任何的虚假。

沈时有些发愣。

张安硕有一次跟他闲扯，说男人找比自己年龄小的女朋友容易获得成就感。他也是这样吗？这个结论让沈时付之一笑，他怎么会因为她年龄小而心动。点破关系的时候，他也已经仔细想过了两人的可能性。如果不是同样看到了她眼里的那份心动……

心动？汤贝没想到自己藏得很好的心动，早在她不经意间的每一个注视里流露出来。

“如果医生很厉害，写故事的人岂不是更厉害。”沈时突然也夸起她，声音清然。

汤贝听到这话却不太认同，因为她就是写故事的人。比如汤三哥，完全就是社会毒瘤，危害着小学生的身心健康。

“不是有一位大作家弃医从文吗？”沈时举了一个列子，目光在她这里转了一圈。

汤贝惭愧地笑了，沈时居然用鲁大大来激励她，但还是很受用的。现在几乎所有人都觉得文艺圈变成了娱乐圈，沈时还是肯定了她。事实上她步入社会也会随波逐流，也会变得世俗而迷惘，然而她喜欢的男神却对她说——你很厉害。

如同那晚值班，沈时对她说：“汤贝贝，你很棒。”

“没错。”汤贝粲然一笑，露出一排白牙，咧了咧嘴，自我认知了一番说，“好医生救人命，好故事救人心嘛。”

以后她的纪录片她的故事就算不能救人心，暖人心也好。她不渴望成为对社会多有价值的人，只求活得有意义。

不知道是不是最近接触了太多生死场面，偶尔她也会想一想生命和生活到底是什么。她的想法很简单，就是某一刻她突然重病或死去，回顾过去，她希望自己没有遗憾。

只是那些想做的，想吃的，想玩的……想爱的人，她都努力尝试了吗？然后，她又想到了那封拒绝信，心痛如绞。不知道……沈时看到了吗。

“……好医生救人命，好故事救人心。”沈时重复了一下她的话，“这话是谁说的？”

“鲁迅啊。”汤贝一口回答。

“哦。”沈时点了下头，开着玩笑问她，“那努力做个有意义的人呢？”

“也是鲁迅。”汤贝嘿嘿地笑了笑，全都是鲁大大说的。

“那……我敬仰你的才华欣赏你的品格，这句呢？”沈时侧目端视她，直到停下话来，他眼神依旧望着她，兀自唇角带笑，清峻的面容，融在不太分明的光影里。

这话……也是鲁迅说的可以吗？

汤贝睫毛忽闪忽闪，看来没有任何庆幸，沈时真的看到了她的拒绝信。他不只看到了拒绝信，还当着她的面念了出来。

“沈医生……你已经看到了吗？”

“嗯。”沈时点了下头，说，“昨天你发来我就看了。”

“那你……”汤贝转了转头，如果她现在立马说她后悔了，沈时会怎么看她，会不会觉得她在欲拒还迎？汤贝在心里反复琢磨着。

“走吧，我送你回去。”沈时站起来。

汤贝跟着站了起来。

很快回到了公寓楼下，沈时将手中提着的袋子给了她：“你的单反掉到地上，是我不小心碰到……买了一个新的赔你。”

“不是的，是我自己摔的。”汤贝连忙摇头。

沈时直接送到了她手里。

汤贝知道有碰瓷的，没想到还有主动要求被碰瓷的……她提着沉甸甸的袋子，觉得里面的单反相机特别沉重，像是胸口吸饱了水一样。

回到公寓，她拿出沈时买的单反，将脸埋在了枕头里。居然是她之前没舍得买的最新款，还配了两个高倍镜头。

啊啊啊啊，她不要原则不要面子了……

沈时会买这个型号，应该是洛杉矶那晚，她冲他秀了半天的单反，还对他说了等毕业她再买一个另一个系列的新款。没想到，她随口一提的单反型号，沈时今晚给她买来了。还在她即将毕业之前，送给了她。

汤贝趴在床上蹬了蹬腿，突然觉得什么年龄地域专业性格生活方式，通通都是借口。唯一在意的只有——沈时和她哥是朋友。

但是现在她又想……是朋友也挺好的！好歹大家都是自己人呢。

第二天早上，4S店那边打来电话，她的车可以提了。终于有了自己的小车车了！提车回来，她直接开着骚红色SUV驶向东院。

在东院停车位，下车时她看到季子珊从主楼出来，两人相互瞧了一眼，没有打招呼。主要是距离……有点远。当然这个距离，如果是沈时，她应该会挥手致意。

同时，季子珊也多看了一眼汤贝贝停好的车，心里有些发紧。前几日她和程姐见面，程姐无意中对她提了一件事："你哥是不是要给你买车了？还是汤贝贝？"

"什么……买车？"

"因为我和他还在一起的时候，他有次问我年轻女孩喜欢什么车型。我想不是给你买，就是给汤贝贝买。""怎么说……你哥给你买车很正常，给汤贝贝就有些不太合适，毕竟用的是你们季家的钱。"

"汤汤你买车了呀？"一路上，汤贝收到不下三句类似这样的问候。

她本想低调，没想到还是秀了一把。难道就是所谓的好事传千里吗？口袋里揣着车钥匙，汤贝脚步带风，然后她又在MDT办公室门口遇到了季子珊。刚好沈时也从里面出来，见到她第一句也是："车提回来了？"

"嗯！"

沈时抿唇，原本要在她肩膀落下的手，及时收回，然后与她擦肩而过，离开了办公室。

"……"

昨天沈时最后离开时提了拒绝信的事，他很抱歉令她困扰，所以尊重她的想法。所有事情就当作没发生过。总之，他还真是干净利落，一点都不拖泥带水……咬字的时候，又好像她和他已经发生了很多事情，明明也就握了握手而已！

中午在东院食堂吃饭，汤贝提车的事情又被黄医生提了起来，恭喜的同时提议说："这样的好事是不是要请客庆祝一下。"

她拖沈时下水："……沈医生也买了。"

沈时倏然抬起头，开口说："那就一起请吧。"

"……好啊。"

晚饭她和沈时在东院附近的餐厅一起请客。到场的人，除了她和沈时，一共来了三个人：黄医生、黄医生的儿子和黄医生的丈夫。事实上，丁医生、杨医生、顾医生哪有黄医生那么无聊。作为礼貌，下班的时候她叫了下季子珊，被淡淡地谢绝了。

"话说汤汤，沈医生那么优秀的男人，你怎么不考虑一下，抢手货噢！"吃饭的时候，黄医生朝她挑眉，要将她和沈时凑一对儿。同时，跟自己丈夫秀起恩爱，什么剥虾都让丈夫帮忙；而她像个女王那样只管吩咐，指挥的时候连儿子都不放过。

汤贝突然有些羡慕黄医生在家里的地位。

黄医生抹了抹嘴表示："主要靠调教。"

黄医生上高中的儿子连忙摇起了头，反驳说："不是的，我妈在家有这个地位，完全是用武力镇压了我和我爸。"

汤贝更羡慕了。

请客结束，沈时送她回来，他开她的车，她坐在副驾驶转了转头，思忖一番说起了开场白："……沈医生，我最近买了一台咖啡机。"

"噢，还好用吗？"沈时接下她的话。

"好用啊……煮的咖啡挺好喝的。"

"如果是这样，我也想尝一尝。"

"那你要不要上去坐坐……我给你泡一杯？"

"好。"

以上几句对话，汤贝说得心猿意马又透着男女之间那种双方都明白的意思，沈时这样一一回她，像是她写的剧本台词——他不仅回应她的邀请，她的话，还有她的心思。

汤贝请沈时来到她的公寓，右手伸向输入密码的电子显示屏，心底微微紧张，直到门打开——她公寓很小，是最基础的一室一厅，咖啡机放在最外面的吧台，里面是洗手间。然后，她真的煮起了咖啡，沈时半靠在吧台，耐心地等着。

咖啡机自动研磨咖啡豆，咕噜噜，没一会儿，醇浓的香气充斥在她和沈时之间。

“沈哥哥……我想跟你说一件事。”她双手垂下，打算把话说出来。

沈时看着她，安静地等她说，眉眼如墨。

“那封拒绝信，我后悔了。”她开始说，很紧张，但不缺勇气。

“其实我也喜欢你，我想跟你在一起……

“你呢，你还喜欢我吗？还想跟我在一起吗？

“……还在追求我吗？”

汤贝连续地说着话，一句又一句，黑白分明的眼睛写满了赤诚，只是沈时一直没有回应她，心里不免有些气馁。

“如果你还想追求我……我现在就答应你。”抬着脸，她说完最后一句，双手往后放在吧台，随后，猛地收紧，紧紧地贴在吧台上方——

因为沈时突然吻住了她。

Chapter11

秘密在茶园

这个吻，突如其来，令人心颤。

像是春天悄然而至的细雨，天际刹那喷薄而出的晨曦霞光，夜里不经意抬头看到的满天繁星……

整个过程，不轻不重，若即若离。他的心跳压着她的心跳。

汤贝向来是一个跟着感觉走的人，感觉越来越好，便将手放进自己的风衣口袋，踮着脚试图回应沈时。手握了握口袋里的小玩意，试图放松僵直的自己。

慢慢地，她拿出手，环住了沈时的后背，握拳地按着他衬衫的面料。

为什么是手心握拳……汤贝一时也不知道，甚至还没有反应过来，直到沈时握住她的手，欲要跟她十指相扣，才反应过来，她刚刚从口袋里拿出了什么？！

好像是昨晚免费发到她手里的计生用品……她的天，太应景了吧！

原本前一秒还美妙得不要不要，后一秒汤贝又恢复了绷直的状态，她想悄悄将拿出来的套套放回口袋，不料沈时发现了她的异常，握住了她的手腕问："怎么了？"

没怎么，没什么。她摇头。

太奇怪了……沈时露出了讶异的神色，一只手揽着她的腰，一只手握着她的手腕，开口说话的声音不知道是不是刚接过吻的关系，温柔得像是能滴出水。

“可以给我看看吗？”他对她说。

沈时是长了一双X射线眼吗？汤贝依旧紧紧握着拳头，摇摇头——她不能给他看。

沈时笑了笑。

这样一笑，汤贝又莫名较劲了，她想自己心虚个什么呢，明明只是随手放在口袋里，刚刚她也是随手才拿出来的。

手指徐徐松开，只见一个铝箔包装的安全套，躺在她掌心里。

沈时挑了挑眉头，一时没说话。

汤贝也想不到会这样，转而觉得这个场景非常具有戏剧效果，语气大方又生动地对沈时说：“是不是很惊讶，是不是……很惊讶？”

“还真有一些。”沈时说，接受能力比较强，接吻时候微微泛红的俊脸，也恢复了原本云淡风轻的模样。

真不愧是一个神仙级别的男人。

汤贝如实交代起来，这个免费计生品，是她昨晚发到手里后就随意放到口袋，刚刚也是不经意拿出来的。怕误会，她特别认真地强调说：“不是那个意思。”

沈时笑了，笑意从唇角溢了出来，认可她的话说：“我想应该也不是……那个意思。”

不是那个意思……她怎么感觉，沈时这话里话外还透着一份遗憾呢。

蓦地，汤贝的脸又红了。

她如此坦白诚实，没想到换来一道调戏。沈时不仅调戏了她，还拿走了她这个免费计生品，理由是：“我想你暂时也用不上，等会儿我替你扔了。”

她真想抓住沈时的衣服，咬他一口，不留情的那种咬！

基本情侣都是先确定关系，然后慢慢牵手，再接吻……而她和沈时，是先牵了小手，再接了吻，最后确定关系。

“所以我们这是在一起了，对吗？”沈时确认地一问。

不然呢！

“所以，你刚刚算是交往之前强吻我吗？”

“我想，应该是同时进行吧。”沈时回答她，说出他的看法。

如果他的追求方式是直接吻下来，那的确是同时进行。汤贝突然发现，当沈时玩起文字游戏，她这个写过剧本的人都不是他的对手。

她愤懑地抬起头，又触到了沈时眉眼里的笑意，除了笑意还有一丝风流，清风明月的那种风流。汤贝承认，这样的沈时更令她心动。

冷静的他、严肃的他、沉稳的他，和现在俊逸风流的他，以后她还会看到沈时更多不同的样子吗？

晚上，沈时留到十点才回去，一杯煮好的咖啡他全部喝完。原本晚上他是不喝咖啡的，但是今晚不一样。“反正今晚也睡不着。”沈时这样说。

……噢。

第二天，汤贝从床上睁开眼，觉得今天醒来好像有什么不太一样，嗯，想到了——今天她已经是有男朋友的人了！

早上出门，她选了半小时衣服，才开着小车车去东部院区。

不知道是不是过度容光焕发，她从门诊来到MDT综合办公室，一路收到不下三句：“汤导，今天心情很好嘛！”

瞧这话说的，她哪天心情不好了。汤贝来到办公室，走进去之前特意拢了拢嘴角，暂时还不能让他们发现。办公室里只有黄医生、杨医生和季子珊。沈时还没有过来。

结果她只是随便打了一声招呼，黄医生同样问她：“汤汤，今天看你心情很好，难道昨晚发生了什么好事？”

她是脸上写着“她恋爱了”这四个字吗！汤贝反应了一下，摇了摇头：“没有，没有呢……”

黄医生但笑不语，心想没准昨晚真成了呢。

昨天黄医生为什么好端端让汤汤请客，还不是想办法替沈医生拉线。之所以帮忙拉线，那又是前天晚上的事。她和沈时一起在洗手台清洁双手，她发现端倪后八卦地询问当事人：“沈医生，你对汤汤是不是感觉不错啊？”

本以为沈时不会回她，或者找个理由搪塞她，没想到沈医生一边洗手，一边淡淡地嗯了一声，然后抿起了唇。

“难道已经在追了？”

又是一声嗯。

一个人面部表情真的能泄露太多信息，黄医生观察了两眼，已经得出猜测：“还没追上？”

又是一声淡淡的嗯。

哎呀哎呀，黄医生立马激动了，像是一个大姐看着沈时说：“沈医生啊，虽然学术上你很优秀，但是追女孩子你可能就没什么经验了。”

“的确，经验不足。”沈时搓着涂着消毒液的手臂，自我否定说。

沈医生都这样说了，黄医生自然决定帮忙了：“不过不用担心，姐姐我帮你拉拉线，这方面我的经验比查看肿瘤位置还厉害。”

“是吗？”沈时笑了，磊落地站在黄医生面前，说了一声，“谢谢……黄姐。”

这一声黄姐，黄医生还能拒绝吗？就算昨天没有汤汤提车买车的机会，黄医生也能找出机会让汤汤和沈医生请她吃饭，然后她带着全家给他们拉红线。

所以今早汤汤一过来，黄医生就研究起汤汤的面部表情，一番研究，猜想昨晚是不是已经拉线成功了。不过沈医生这个速度……是不是太快了！黄医生露出了姨妈的微笑。

杨医生抽了两下眼皮，受不了地说：“我觉得黄医生昨晚……才是发生了什么好事吧。”

黄医生：“没错，昨晚我老公给我洗脚了！”

对面，季子珊一声不吭，安静地坐在杨医生旁边写着病历报告。

很快，丁医生也过来了，手里提着一篮子水果，放在了办公室公用的茶水台说：“病人家属送来的，大家一起吃吧。”

“好啊好啊。”汤贝立马起来，拿了一个草莓，注意到丁医生投来的视线，有些不解。刚刚不是他说大家一起吃吗？难道他话里的“大家”没有她？

“洗一下啊！”丁昇受不了，嫌弃地提醒道。

大清早，她就被嫌弃了。汤贝洗草莓的时候，顺手把所有草莓都洗了一遍，端着草莓回来，看到了前方走来的沈时；朝他发射了一个特别信号，递过洗好的草莓：“沈医生，吃草莓。”有意掩藏的声音，带着一份愉快。

沈时从盘子里拿了一颗草莓，道谢：“谢谢……”

里面，丁昇回头看了眼汤三哥手里那一盆洗好的草莓，觉得有人借花献佛的手段真是……好厉害。

之前只要沈时在办公室，汤贝也喜欢在办公室多待着；即使两人没有说话，只要沈时朝她扫过一眼，心情就能雀跃一分。昨天两人交往了，她却想离开办公室了。“草莓我洗好了，你们记得吃啊。”汤贝拍了拍手，提着新摄影机溜了出去。

沈时坐在办公椅上，身体往后仰，靠在了椅背上，手中的草莓放在了办公桌前，轻轻搁在一张纸巾上方。那一点红，像是周庄灯会她提在手里的那盏橘红宫灯，晃啊晃，就晃到了他心上。然而动心的那一刻，应该还更早一些。

真奇怪，本以为他这个人对人对事动心都很难，现在想一想，却也觉得特别容易。

汤贝在一楼草坪遇到了那天病历MDT会诊见到的大男孩，大男孩长得不算特别出众，她一眼就认出了他，主要是男孩染了一头金黄的头发。大概一段时间没有重染，黄发和新长出的黑发有着明显的对比。

“嘿……”男孩主动对她打招呼。

汤贝走了过去，叫他："韩同学你好。"她之所以能叫出男孩姓氏，是因为黄医生在办公室提过他的爸爸韩局长，一位缉毒英雄升上来的副厅级局长。

韩同学跟她道歉，关于那天对她发火。另外自我介绍叫韩磊，今年刚上大一。

"没事。"汤贝摇摇头。

"我真的太抱歉了……"韩磊说着说着，又红了眼眶。这句抱歉，应该也不是对她说，汤贝忙不迭从口袋里拿出纸巾，安慰说："你要坚强一些，你妈妈后面的治疗还要靠你支撑。"

"我知道……"韩磊吸了吸气，结果没忍住，整个人蹲下来，掩面大哭。除了哭，他还检讨起了自己，他以前真的太不听话了，他妈说什么他都不听，只顾着自己玩，管家里要钱，甚至嫌弃自己妈妈只是一个家庭主妇。直到他妈突然检查出胃癌，一切都不一样了。

原来家里的饭不是自己能煮熟的，地板不是自己擦干净的，每周的床单被套是需要有人替他换洗的……他妈明明做了那么多，他还嫌她烦，嫌她啰唆，嫌她管得太多……

"我好怕，好怕以后再也听不到她的啰唆了……"韩磊哭得上气不接下气，哭得脖子都红了，冒出了明显的青筋。

汤贝蹲下来，轻轻说："如果你妈妈听到你这样说，她肯定会很高兴的。"

韩磊摇着脑袋，哽咽道："可是，已经太晚了。"

汤贝一时也有些无措，只能说着："还不晚，还不晚……"

有时候，还不晚就像还来得及，是一句汤贝自己都没办法认可的安慰话，但是她对上韩磊抬起的脸，仍然确定地点头："真的，还不晚。"

至少，如果韩磊以后懂事了，他妈就算没办法治疗好，也会很欣慰吧。

韩磊的一番话，让汤贝心里也有些触动，其实她和韩磊一样都是不懂事的小孩，早习惯了老汤和善善对她的付出，有时候善善对她耳提面命，她还觉得善善不太可爱。

下午汤贝趴在办公桌前给老汤和善善打视频电话，一脸感动地朝他们说了好几句“我爱你们”，视频里老汤咳嗽了两声，对她说：“贝贝……你是不是缺钱花了？”

她是那种只会要钱的蛙女儿吗！

“我就是突然很想你们，想跟你们说说话。”汤贝拿着手机，正要继续卖乖讨好，前面季子珊走进来，她对老汤和善善说，“我要做事了，先挂了。”

“注意休息，每天不要到处乱跑……另外你哥挺忙，不要什么事都找他。”善善对她交代说，语气温柔，依旧是当年气质女神的范儿。

“知道了。”汤贝低声说。

可是，有时候不是她找季柏文，是季柏文要找她。傍晚季柏文给她打来电话，说明天周六带她去茶园吃饭，品尝最新的明前龙井。

她可品不了茶，季柏文又说：“顺便替我提醒一下沈时，让他也一道去。”

“沈时……沈哥哥也去吗？”

“对啊，他明天休息。”季柏文说。

汤贝挂上手机。

昨晚她和沈时确定交往，她提了一个小请求——暂时不要告诉季柏文。

沈时表露了一些为难，但也同意了，说：“虽然我觉得瞒着柏文不太好，但是我尊重你的决定，等你做好准备我们再对他说。”

汤贝觉得自己一时半会儿是做不好准备的。

第二天，汤贝提着一个包包等在公寓楼下；看到沈时的车停了下来，迈着步子走过去，看到副驾驶坐着的季柏文，叫了一声哥。

然后，再称呼开车的沈时：“沈医生，你好。”

一声你好，沈时轻轻笑了下，他单手搭在方向盘上，对她说：“路途有些远，要不你坐副驾驶，让你哥坐后面。”

沈时这个提议，汤贝差点跪下来，结果季柏文没有丝毫起疑，真把副驾驶让给了她，还丢给她一句：“不要磨蹭，赶紧上车。”

汤贝惴惴不安地上了车，驾驶座沈时再次侧过身，提醒她：“系上安全带。”

对，系安全带，因为还没开车呢，她已经觉得……好刺激好刺激！

副驾上汤贝扣上了安全带，季柏文来到后座说：“空间挺大。”

“是吗？”沈时已经开起了车，唇角勾了勾，稳稳地上了前方主路，过了会儿，转过头对副驾驶的女朋友说，“帮我导航一下。”

“……噢。”汤贝回过头，还没有开口，她哥已经对她报起了地址，地址实在太偏，车载导航又搜索不到，她从包里拿出手机导航，想想这一路自己肯定要玩手机，就对沈时说，“沈……医生，可以用你的手机导航吗？”

沈时拿出了手机递给她，刚好前方人行道车停下来，他直接替她解锁手机。手抽开时，修长手指不经意带过她的手心。

汤贝：“……”

明明沈时不是有意碰到，她已经被刺激到快要窒息了，抬眸看了眼中间的后视镜，季柏文坐在靠右位置，双手抱胸，一脸懒懒又漠然地扫视着前方。

然后，他在后视镜揪住了她的窥探，瞪了瞪她。

汤贝莫名联想到以前上课传字条的场景。“哥，你还记得王老师吗？”汤贝扭过头问。

“老王？”季柏文说出王老师的代号，“怎么了？好端端提到他。”

因为他现在特别像当年的老王！

汤贝咬了咬唇，真的想起一件事，开口说：“老王不是有个儿子吗？现在也在S市工作，前阵子王老师给我打电话，问我舒姐姐最近有没有男朋友，我想可能是想找我牵线来着。”

一番话，汤贝无意间说得扬扬自得，毕竟王老师找她办事呢。

“有病。”季柏文冒出一句脏话，对她的话嗤之以鼻，“老王儿子比舒瑶小两岁，怎么会是你想的那种。”顿了下，又加上一句，“汤贝贝，我劝你千万不要找事，如果你……”

小两岁怎么了？汤贝有些不服气，不等季柏文说完，就用黄医生的话堵他：“现在这个年代，年龄算什么问题。”何况她和沈时两人年龄相差更大呢。汤贝转回了脑袋，突然目视前方，“哥……那我找个比我大很多的，是不是没问题啊？”

驾驶座沈时忽然咳嗽了一声，但笑不语。季柏文已经懒得回话，将头靠着座椅，过了会儿，幽幽地嘱咐一句：“汤贝贝，我最近肝火很旺，你最好不要气我。”

季柏文这句话，完全是叮嘱汤贝不要去做什么牵线的事，汤贝却听到了不同的意思，心里头更虚了。

车子驶入了A城。下高速之后，沈时走了一条二级公路，一路上山，茶树满山。从山腰到山脚全种满了茶树。低低矮矮的茶株，连成一片看起来颇为壮观。这个时节茶叶刚冒了新芽，同山里的其他颜色变成一幅画，这些碧绿、嫩绿、黄绿、明绿、草绿……一眼望去，分明又融合。

汤贝拿出了相机，对着车窗取景，沈时微微侧目，对她说：“要不先停下来拍两张。”

“好啊。”汤贝点头，但也问了问后面的季柏文，“哥，可以吗？”

沈时单手搭着方向盘，耐心地等着。

“好吧，拍两张。”季柏文恩准说。

汤贝打开车门，快速下了车。

季柏文对拍照不感兴趣，本想汤贝贝下车，沈时会跟他一样留在车里，没想到沈时也打开了车门。算了，他也下去透透气。

“哥，沈医生……我给你们拍一张。”汤贝站在五米外，举着相机喊。

“不用。”

“不用。”

沈时和她哥几乎同时拒绝。

好吧，难怪两人会成为朋友，都是不爱拍照的人。可是汤贝想在这两山之间拍一张，她对他们说："那你们给我拍一张。"

季柏文和沈时同时伸出了手。

汤贝顿了顿，将相机交到了她哥手里。沈时将手收回，悠悠地放回了牛仔裤口袋，往前走了两步，伫立在山路边。山风吹着他的白衬衫，随便一站，就有一番仙风道骨的味道。

比起季柏文凌厉的长相，沈时面容更俊雅，气质也更清冷一些。然后，汤贝发现了一件事，今天她哥和沈时好像穿着同款裤子，都是洛杉矶黑五买的那件。

汤贝拢了拢嘴角，不打算点破撞裤这件事。毕竟，她哥这件，是买一送一得来的……

拍了好多照片，继续上山来到茶园，等车子再次绕过一个山头，终于看到了一个村庄，一个被茶园包围的村庄。村庄都是翻新的老房子，山色浓郁，白墙古朴。

天禧茶园位于最高的山岭，对面是一个山间民宿，前头停满了各种车，基本都是A牌照的豪车。年代变了，现在有钱人都不去大富豪，喜欢上山陶冶情操了。

下车之际，季柏文跟她介绍了下天禧茶园主人的身份："茶园主人是森善中药多年的供应商，现在儿子接了父亲的班，老江退休后就在这里种种茶树。"

季柏文这样一说，汤贝心里难免有些小别扭，也知道季柏文只是对她说。

没错……因为沈时并不需要介绍。茶园主人姓江，不管是小江先生还是老江先生，都认识沈时。至于她这位跟班，季柏文没有跟他们特意介绍她，他们就称她小妹。

中午，他们在茶园吃了简易又不简单的饭菜，然后，老江亲自给他们炒起了新摘的龙井，坐在一个大圆锅前面，用手翻炒着嫩绿的叶芽儿。

很快，茶香四溢，明前龙井简略地制作好了。

木质茶座，蒲团上方几人盘地而坐，老江继续冲泡茶叶；汤贝有些坐不住，品了两杯茶后，对季柏文和沈时说："……我出去逛一逛。"

"走吧走吧，别丢了就好。"季柏文丢出一句。

"哎！"汤贝提着相机来到外头，立马舒坦了，她往上走了走，看到前面蹲着一个小女孩，也就跟着蹲了下来。

"你在看什么呀？"一大一小的脑袋，几乎挨到了一起。

小女孩抬起头，并不怕生，咧了下嘴，指了指石缝里的蚂蚁说："Ants。"

现在小孩英文都那么好吗！

"麻易——"小女孩又说，咬字很用力，却不太准确。

……好像中文不太行哦。

"你叫什么名字？"汤贝笑眯眯地问。

"闪闪。"

倒是一个中国名字啊，她还以为会听到一个洋名儿呢。汤贝摸了摸小女孩额头的小鬈发，扬起最亲切的笑容，问："你是混血儿吗？"

怎么办，看到混血儿那么可爱，她又想生混血儿了。想起上次沈时对她说中外混血儿很难有蓝眼睛，她特意看了看小女孩的大眼睛，果然里面是乌溜溜的黑眼珠子。

"我不是混血儿。"小女孩认真地对她说起来，"我是……中国小孩。"说完，还抬起小手指着前面民宿告诉她，"我爸爸妈妈就在那里。"

好吧。汤贝顺着小女孩指着的方向望去，前面花草院里一家子人围着藤桌而坐，最年轻的那个应该是妈妈，和小女孩长得也像，至于爸爸……恕她眼拙，她没认出来。主要是有两个男人，看起来都很像。原来这个小孩跟她一样是溜出来玩呢。

小女孩长得很可爱，汤贝举起相机说："我可以给你拍照吗？"

"好啊！"小女孩眼睛一闪，特别地高兴。

沈时坐在二楼，视线一转，也看到底下给小朋友拍照的女朋友，身体往后靠了靠，想起在洛杉矶汤贝贝给一个美国小男孩拍照的场景。

好像，她还挺喜欢小孩的。

“对了，等会儿你父亲也过来。”老江对季柏文说，“老季一直爱这明前龙井，原本我还想让你给你父亲带些回去，没想到他要自己过来。”

季柏文喝着茶，没有接话。

老江继续说：“所以说季总你将森善管理得很好，现在老季才有这样的闲暇。不像以前，他哪有这样的闲情逸致，不然当年他和你妈……”

季柏文突然开口：“今天一起过来的女孩，知道是谁吗？”

老江将视线转向沈时这边，没有说话。

“她是我妹妹，我妈后来生的小女儿。”季柏文说。

“啊呀！”老江有些尴尬，开口说，“我还以为是小时的女朋友。”

季柏文无语，老江这是老眼昏花了吧！贝贝和沈时相差那么大，怎么会是一对?

老江：……他就是觉得很像啊。

然后坐在对面的沈时，实在没忍住，勾起嘴角轻笑起来。

“不好意思，误会误会。”老江举手道。

沈时偏了下头，收了收神色，眼底一点点微蕴的笑意，依旧如外头茶园，春意浓郁。

做人呢，总会遇到各种各样的尴尬，下午小江看到季柏文和沈时的裤子，开玩笑说：“你俩感情还是这样好，穿一样的裤子。”

季柏文有点想笑，看了眼沈时的裤子……好像是有些相似。

两人一起立在石阶上，面朝着大片茶园，微风徐徐吹来，带着一股清新的茶香，季柏文咳嗽出声：“我这条裤子，是贝贝在洛杉矶给我买的。”解释的同时，带着一份细微的炫耀。毕竟，不是谁都有妹妹给自己买裤子。

沈时当然能感受到这份炫耀，笑了笑说：“……我是自己买的。”

季柏文笑了，没想到沈时还能幽默一把，不等他开口，沈时继续说：“黑五的时候，这个牌子的牛仔裤买一送一，当时我只想买一件，然后多送了一件……”

不用说了。季柏文已经明白了，敢情汤贝贝去了一趟洛杉矶，就给他捡了条裤子当礼物！

这是怎么了？不远处汤贝咬着一根草，看到季柏文突然扭过头恶狠狠地瞪了她一眼，不明白自己又做错什么了。

下午三点左右，季子珊、季叔叔他们到了，汤贝选择上楼到房间打游戏，心里有些埋怨季柏文，怎么不说一声呢。躺在床上，她在群里邀请张医生吃鸡，没想到沈时接受了邀请。

“沈……医生，你会玩吗？”汤贝激动了一下。

“我试试吧，太多年没玩游戏了。”

接下来，沈时向她证明了什么是宝刀未老，不，是利剑出鞘！

群里，张安硕忙完才看到邀请，结果汤妹和沈时已经组了二人团。楼下，季子珊望了眼沈时，只见他端着手机，微微弯着腰，像个大男孩那样机不离手。然而却不让人讨厌，反而沉静得像是一幅勾人眼球的公子哥画像。

他和汤贝贝在一起了吗？季子珊心里默默想着。

在自己哥眼皮底下“偷情”是一种什么样的感受，对象还是一个清风雅月的神仙般人物。汤贝觉得沈时作为一个男神仙，就算下了凡，也是周身仙气缭绕。

晚上，季柏文带她和沈时到下面另一家茶楼吃饭，留季叔叔、季子珊他们在天禧茶园跟江叔叔一家人吃饭。回来的时候，季柏文被季叔叔叫走了。

“我们去走走？”沈时对她说。

汤贝环顾了下四周，只觉得夜色沉沉，凉风习习，的确很适合情侣散步。她一路眼观四方，带着沈时来到了底下的另一条小路。小路很窄，下面除了大片茶树，还有桂子树。

桂子树下，还有一个秋千，她走过去坐下来，沈时站在她后面，轻轻替她推了推。这样的感觉真好！汤贝咧着嘴笑，歪过头。

是啊，这样的感觉真好。沈时目光凝了凝，倾下了头。

……汤贝在秋千上跟沈时接起了吻，她坐在秋千上方，沈时站在秋千后面弯下腰，两人轻轻浅浅地互啄着彼此的嘴。

原本晃动着的秋千，慢慢地停下来，只有风轻轻吹着两人的头发。

夜色迷人，叶子簌簌地发着颤。

汤贝觉得自己已经不是一个正经贝，沈哥哥也不是正经的沈哥哥了。沈时不是神仙，根本就是男妖精……而她是被诱惑的小贝壳，微微张开了嘴。

突然，不远处传来一声狗吠，注意到身后站着的一道人影，汤贝猛地推开了沈时。动作太大，差点从秋千上滚下来。

汤贝承认自己有些杯弓蛇影，只是想到上次季柏文打着车灯照到沈时给她吹气的场景，生怕这个时候季柏文又出现，像教导主任那样举着一个手电筒照过来。

然后她推开沈时再次定眼一看，左边小巷口根本没有人影，只有右边茶园里，一条系着绳的狗狗，不停地朝她和沈时叫着。

沈时同样望着她，站直身，眼里无奈又夹着一丝笑意，月光晃进他眼眸，显得清俊似水，又颇有意味。气质也恢复了原先的光风霁月，俨然又是一个正经的沈哥哥。

“贝贝……你吓到我了。”沈时对她说，声音低沉，但没有任何责备。

“对不起。”汤贝立马道歉。

沈时摸了下她的头，像是安抚她刚刚受到的惊吓。

右边茶园里的狗狗又开始叫了，汤贝朝它扮了一个鬼脸，狗狗停下来反应了一下，再次朝她吠叫起来：“汪汪汪！汪汪汪！”

“你看，它都嫉妒我们。”汤贝指着不远处的这条单身狗，仰头总结说。

“……咳。”

外面，季子珊匆匆地从小路跑了上来，差点心跳猝停；捂着反复起伏的胸膛，竟然有一种差点透不过气来的感觉。原来沈哥哥和汤贝贝已经在一起了，刚刚她还看到两人在……

她俯身喘着气，吃力地平息着身体里的难过情绪，可是大脑里依旧浮现着她看到的那一幕：沈哥哥和汤贝贝在接吻，吻得浪漫又亲密，像是情难自控的自然交流，一个仰头，一个弯腰低头。原来她眼里冷静自持的沈时，也会那样温柔，那样小心翼翼。明明下午她看到他们两人，还各自玩着手机……

“小珊，你怎么了？”老江询问从外面回来的季子珊，见她脸色不对，关心地问了问。

“没事，江伯。”季子珊轻声回答，低着头，上楼回了房间。

又过了一会儿，又回来了两人。各自分开，一前一后，但是走在前面的沈时，明显有意放缓脚步等后面善善的小女儿。老江瞅着这两人，心里实在纳闷，真不是一对儿？

“江伯。”

“江伯伯。”

沈时和汤贝各叫了一声。

“散步回来了啊？”老江笑容可亲地问，看向善善小女儿说，“贝贝，山里冷，多穿点，不要感冒了。”他话刚落下，沈时立马回头看向后面的人。

老江：……

汤贝对老江先生道谢：“谢谢江伯伯，我不冷。”顿了下，“我哥还在跟季叔聊天吗？”

“对，他们还在楼上说话呢。”老江回话。

“噢。”

汤贝和沈时在一楼大堂客厅坐了下来，相隔着两个位置。老江心里发笑，站起来玩笑般地说：“我上楼看我的《三国演义》，你们坐着好好休息吧。”

江伯上楼了，一时间客厅里只剩下她和沈时两人。沈时看向她说：“可以坐过来一些吗？”

汤贝挪了半个位子。

沈时：……

楼上，季林森还跟儿子推心置腹地聊天，只是说着说着，语气里难免有些火气上来，今天本来大家可以一起吃个饭，他非要带着贝贝离开天禧茶园到别家茶馆吃晚饭！

他这是做给谁看！

“难道我就那么见不得人？不配跟你们吃饭吗！”季林森指着儿子，收了收脾气，继续发问，“还是你觉得……我季林森很小气，不愿见到人家老汤和善善的女儿？”

季柏文呵笑出声。

季林森默了默：“没错，贝贝是老汤和善善的女儿，但是我已经这把年纪了，难道还能吃醋不成？柏文，你是不是太低估你的父亲了？”

“我可没低估你。”季柏文忍不住，泼了一道凉水说，“你现在想吃醋，也来不及了。”

季林森：“……”

季柏文抬起头，不想说暗话，直接挑明道：“我带贝贝到别家吃饭，真不是怕你小气不小气的问题，而是我小气，我计较。”说完，季柏文站起来，离开了房间。

“咣当。”门已经被合上。

季林森直了直腰，良久没说话，面色沉沉地看向窗外。

外面已是一片苍茫的夜色，山风一涌一涌，影影绰绰里，底下的山茶花依旧可辨嫣红颜色，一朵朵高高地挑着。人一旦年纪大了，就没有年轻时候那么爱计较。可是有时候，他会想如果当年他放下面子去计较，去在意，人生会不会是另一幅面貌。

汤贝坐在大堂茶座旁问沈时，为什么老江也认识他？

沈时回答：“我父亲以前是森善的研究员，所以大家都认识。”至于另一个身份，沈时觉得没有必要提及。

“噢。”汤贝点了点头，看着沈时的眼睛透着笑意，只是沈时还来不及接收，汤贝眼里的情意已经变成了敬意，咳嗽了一声，问起了一个肿瘤治疗领域的问题，“沈医生……关于中医治疗肿瘤这个问题，你怎么看？”

沈时背朝楼梯，从汤贝贝突然转换的话题，就猜到是谁过来了。压了压唇角的笑意，开口说：“首先中医和西医治疗理念不同，中医讲究系统和经验，西医强调对症和临床实验。”

“可是网上好多攻击中医的，觉得中医是……”汤贝真的请教了起来，像个好学生。中西医之争这个问题她是在网上看到的，在MDT办公室根本不敢问，怕顾老听到不舒服。但是她查资料的时候，发现很多人对现在的中医抱有很大的怀疑态度。

关于中医这些年被诋毁，沈时也想过这个问题，面朝女友说：“相对而言，西医比中医科学的地方在于药物上市之前会进行大量的临床实验，但中医讲配方论调理，什么气虚脾虚，但不能说中医是伪科学。相反，中医强调的系统和整体，更像是人体免疫力提升的阐述……”

“还记得我跟你说抗癌药物研究的几个阶段吗？毒性化疗、靶向治疗，现在是免疫治疗。”

汤贝眼睛一亮：“沈医生，你的意思是……中医的调理就是另一种意义上的免疫治疗。”

季柏文走过来，见某人聊得这样起劲，面露一丝欣慰：“好了好了，难得周末过来放松，不要聊这些了。”季柏文出声打断。

汤贝转过头，欸了一声：“……哥，你怎么来了？”

季柏文撩了下眼皮，凉凉道：“我来了已经很久了。”顿了下，“怎么突然对医学这样感兴趣了？”

“哥，你忘了我现在在拍医疗宣传片吗？”汤贝挑眉，回得理直气壮。

沈时扯了扯唇……

汤贝在茶园住了一晚，房间不够，原本江伯伯安排她和季子珊睡一晚，季子珊主动要求跟自己妈妈睡，然后季叔叔和江伯伯睡了一晚。

她一个人赚到了一个房间。

汤贝心里隐隐猜到傍晚看到的人影可能是季子珊，不过这样的事，既然季子珊不提，她也不好提，倒是要好好想想怎么向李柏文坦白从宽了。

第二天早上，大家一起下山离开。两辆车，一辆SUV，一辆高级轿车，一前一后从茶园出发。汤贝没有再坐副驾，一个人靠在宽敞的后座，看着沿途秀丽的山景。

这个周末南方天气暖和，上山游玩的游客很多，尤其是今天周日，上山的车和下山的车撞在了一起。没一会儿，前面山路已经堵得水泄不通。

沈时提前停下来，保持一段距离。后面季叔叔的车子也跟着停了下来。

这个堵法，没有交通警察在场，一时半会儿肯定要堵在山上了。汤贝落下车窗，探出了脑袋，堵成这样，前面还有车往上挤。沈时望了望前方，季柏文已经蹙起了眉头。

这个时候，肯定需要有人下来指挥一下交通，这个人无疑需要肝火旺盛，又要有发号施令的能力。汤贝觉得季柏文很合适。

果然，她哥看不下去了，正要打开车门——然而，晚了一步，前方商务车里走下一个穿黑色衬衫的帅气男人。他在季柏文下车之前，先下车了。

汤贝探出车窗，前面七座商务车也探出一个小脑袋，原来是昨晚看到的那家人。汤贝朝小鬈发挥了挥手，喊了一声："闪闪。"

小女孩也看到了她，同样朝她喊："……贝贝！"

季柏文和沈时互看了一眼，没想到堵一会儿车，有人还能遇到她的小伙伴。

前面商务车里又探出一张秀丽的脸，无疑是闪闪的妈妈。闪闪的妈妈对她笑了笑，然后抱住闪闪越来越往外探的身子，怕闪闪掉下来。

很快，下车的男人合理又快速地指挥着前面的车辆一一倒退，挪出了几米可以行驶过去的宽度。然后不再多管闲事，上车，车技超高地将七座车子从中间开了过去。

七座车都可以过去，沈时这辆SUV自然可以很快过去，倒是后面季叔叔的宾利车是司机驾驶，开得小心翼翼，生怕磕碰到。

汤贝扒在车窗上，有些神思恍然。

"在想什么呢？"季柏文出声问，车子已经稳稳地往山下开去，一路山色宜人。

汤贝转回头，如实回答说："我在想……以后我生的小孩会不会也很可爱。"

季柏文一时无语，只有沈时忽地笑了。

汤贝微微脸红，继续扭回头看风景。

其实，她刚刚是在琢磨怎么跟季柏文交代——她和沈哥哥恋爱了这件事。她越是琢磨，越觉得她哥会成为她和沈医生两人之间的黄世仁……

季·黄世仁·柏文？

汤贝拿出手机，发现童老板找她了，催她快点交白血病女主电影大纲。生活总是痛苦和快乐同时进行，永远不知道下一刻来的是什么。

所以，人生得意须尽欢啊。汤贝回复童老板说："我已经在构思了，下个星期给你。"

然而下个星期……她根本没有时间好好构思大纲，因为善善和老汤要来S市了。按照韩磊的话和舒姐姐的叮嘱，她在东院给善善和老汤买了两份高规格的体检套餐。

周一上午，汤贝开着小车到高铁站接老汤和善善，打算给他们俩一个大大的惊喜。没想到却受到她妈善善的一番质疑。

"真不是我哥给我买的，是我用自己的剧本费买的！"她强调说，有些置气。

"好了。"善善终于信了她，换了一句话说，"那也不能老是熬夜写剧本。"

汤贝委屈兮兮地说："我现在不熬夜，我在医院拍宣传片呢，每天朝九晚五，跟医生们的作息一样。"

"跟医生作息一样？"老汤说话了，"那也够呛的。"

"……"

老汤又说起了一件事："你那个《××传》我和你妈最近看了，我还在网上搜了搜评价，生怕影视公司要找你索赔，没想到还给你剧本费，你说他们咋想的？"

汤贝原本挽着老汤的手，听到这话恨不得立马甩开，咬牙说："那他们还要我继续写第二部，你说他们咋想的？"

"……疯了？"

坏老汤！汤贝耷拉下脸，想到白血病女主剧本，又是一阵痛苦。

她写那种女主飞天啊修仙的剧本就嗖嗖地快，现在构思现实方向的剧情怎么就不行了？明明只是一个网大电影。难道，她的思维真的像网友说的那样，飘得找不着边？

汤贝直接带善善和老汤来到了东部院区，指了指对面的高楼说："我现在就在这里面拍片。"

嗯……不论老汤还是善善，对他们的女儿更多的是骄傲。她独立又聪明，根本不需要他们多操心。

"对了，我要告诉我哥，你们过来了吗？"汤贝回头问善善。

"你哥忙，等我们要走的时候再说吧。"善善说。

"哦。"汤贝有些勉强，顿了下，又羞涩起来，指了指前面的主楼说，"我带你们上去看看吧，我现在在肿瘤MDT科室拍摄……带你们见见里面的专家。"

顺便，见见你们以后的女婿。

手机里，刚刚她和沈时的聊天记录：

"我爸我妈来了，要见一见吗？"

"……是过来考察吗？"

"嗯……也算是吧。"

"所以，我是不是快要有名分了？"

这话说的，她怎么感觉有点幽怨呢？

善善、老汤的体检要在第二天进行，之所以现在就带他们来东院，纯粹是带他们到她拍片的医院参观一番。毕竟能混到知名的三甲医院拍宣传片，汤贝自认为也是一件值得骄傲的事情。

东院的主楼连着副楼，中间是一条长长的过道。她带着善善、老汤进主楼，前方田院长正带着一拨人从主楼出来。这样的场景，汤贝不好主动打招呼。

没想到田院长先跟她打招呼了，停在长廊笑眯眯地问候她："汤导，上午好啊。"

汤贝瞬间赚足了面子，觉得田院长肯定是看到她爸妈过来，才特意停下来跟她招呼。她也朝善善和老汤介绍田院长说："这是田院长，我的……执行制片人外加出品方。"

她这样一介绍，田院长笑得更和蔼，一双原本就小的眼睛只留下条眼缝儿。

善善老汤一起站在田院长面前，善善对外人一向话少清冷，所以由老汤替她感谢了一番。老汤个高人壮，虽然退隐开起了小酒楼，依旧有当年混江湖的范儿。言谈之间，比起田院长更有一种老大哥的范儿。

她家善善就更像大哥的女人了，性子寡淡却不失礼，微微朝田院长点了点头。

呃，她怎么觉得田院长认识善善呢？汤贝瞅了两眼，田院长便带着几位医师走向副楼。然后，善善回过头问她："元元，你怎么会来这里拍宣传片？"

偶尔，老汤和善善会叫她小名元元。

"沈哥哥介绍给我的啊。"汤贝如实回话，顿了会儿，"当然也是我的能力得到了认可，东院才选中了我。"

"我家贝贝就是厉害。"老汤感慨说。

汤贝抿唇，拿捏着矜持谦虚的姿态说："还好吧，我一直是这样啊。"

"……"

汤贝带爸妈去了MDT综合科室，本想带他们见一见沈医生，但是今天沈时有门诊，她总不能带老汤和善善去诊室那边找沈时。他的挂号费可不便宜，而且还是肿瘤外科的号。

MDT办公室今天只有丁医生和杨医生，连黄医生都不在。汤贝跟老汤和善善一一介绍，不知道是不是善善太漂亮了，汤贝觉得杨医生都变热情了。

丁医生坐在办公椅上，稍稍回过头，主动开口：“叔叔阿姨……好。”对于一向不理人的丁医生，汤贝十分感激丁医生能这样给她面。

老汤却觉得自己看起来应该没那么老吧，难道是这位丁医生还很年轻？

比起儿子都上大学的杨医生，丁医生当然算是非常年轻的男医生。老汤坐在沈时的办公椅上，问了问丁医生：“丁医生，你结婚了没？”

丁医生矜傲了半秒：“……还没。”

汤贝瞅了眼老汤，觉得老汤这个问题问得不太合适，老汤笑了笑说：“我就好奇问问。”

“杨医生，王春华的病理报告拿来了——”门口季子珊突然出现，因为看到办公室里的两个外人，停下脚步。

“我带你们到其他地方参观参观吧。”汤贝对老汤和善善说。

老汤和善善相互对视了一眼，事实上他们不懂医院到底有什么好参观的，贝贝却非要带他们过来……

办公室里，季子珊想扭过头再看一眼，汤贝贝已经带着她爸妈离开了。她想汤贝家人应该没认出她是谁，可是她第一眼就认出了善善。当年在讲故事全国比赛上，她见过善善一面，后来又在她爸收藏的一张结婚照里，确认了那张美丽的面容。那张红底的老旧结婚照，她爸还很年轻，微敛的眉，挺直的鼻，五官面容和她哥很相似。而她爸旁边端坐着的女人，气质出众，清婉动人。无疑，那是当年的善善。

关于陈年往事，季子珊从来没有多问过她爸，当年为什么离婚，又为什么跟她妈妈结婚。她感谢她爸和那位叫善善的女人的不幸婚姻，因为只有这样，才会有她。

同样，汤贝贝也是这样吧。

呃……

汤贝站在门诊外，拿着手机看了眼，朝善善和老汤说：“那个，沈医生说要请我们吃饭。”

“啊……沈医生要请我们吃饭？”老汤重复地问了一遍，随后直接拒绝说，“不用不用！太客气了！”

不……不客气，一点都不客气！汤贝站得笔直，又说：“沈医生已经过来了，等会儿就到。”

立马，老汤瞥了她一眼，仿佛是她把沈时揽来的，认为她怎么那么不懂事。

“上次沈医生不是来周庄玩吗？”汤贝心虚地找了一个理由说，“现在你们来S市，他请你们吃饭不是很正常？”

“哎呀，沈时真的太客气了。”老汤说，动了动高大魁梧的身子，看到了前面走来的沈时，爽利地举了下手，“小时，我们在这里！”

刚刚是谁说太客气了？

沈时在附近的酒楼订好了位子，从东院过去有一定距离。四人坐上了车，沈时驱车，汤贝主动坐上副驾，悄咪咪地瞅了眼沈时。

沈时微微侧目，两人视线短暂地交会了一下。

老汤和沈时聊起了天。

汤贝有时候觉得老汤有些话痨，以前善善就说过，他们家就是一个大话痨生了一个小话痨。所以说遗传真奇妙，连话痨都能遗传。万万没想到，老汤跟沈时打听起了丁医生，进酒楼时，老汤突然开口道：“小时，我觉得你们办公室那位丁医生不错哦，感觉很正直。”

咳，没错，丁医生的确是一个很直、很直的男人。

忽地反应过来老汤话里的用意，汤贝赶紧拉上了老汤的手臂，来不及了……老汤已经直接说了出来：“你说，那位丁医生跟我们家贝贝，你觉得合适吗？”

沈时蓦地停了停脚步。

汤贝差点磕在了酒楼前的台阶上，仰了仰头，心里嗷嗷地叫着要命，她站在沈时后面，透过他的衬衫都可以看到他脊背英挺，肩线平直。

“丁医生吗？”沈时出声，声音一如既往地清朗沉静，将手放进裤袋里，回答老汤说，“丁医生的确很不错……不过，可能不太适合贝贝。”

“啊？”老汤笑脸悠悠。

“丁医生脾气不太好。”沈时客观地评价了一句，目光若有若无地瞥了眼后面的人。

“对……丁医生脾气不太好。”汤贝附和沈时说，同时对自家老汤强调说，“丁医生不仅脾气不好，他看我也不太顺眼。”

沈时咳嗽了一声。

东院职工食堂，丁昇打了一个喷嚏，环顾了一圈，问起沈时说：“怎么没见沈医生？”

对面黄医生笑了笑：“当然是有更重要的事情要做。”今天她虽然不在办公室，但是回来就从杨医生这里听说，汤汤爸妈过来了。

如果今天中午沈医生还出现在食堂，那也太不上道了。事实上，顶级高才生谈起恋爱来，也比一般男人强很多啊，简直到了步步为营的地步。

下午沈时还有门诊，陪老汤、善善吃完午饭赶回了东院；汤贝手机里进来了一条消息，来自一家五星级酒店的入住信息。

沈时居然把老汤、善善今晚入住的酒店都订好了，订在了她公寓附近。可是，他现在只是一个没名没分的男朋友啊。

没名没分……汤贝怎么觉得自己好像也有些渣？

可是，她真不知道怎么对老汤和善善交代，上次沈时来周庄时，她还对他们说沈医生是不婚主义者，转眼她却和不婚主义的男人交往上了。汤贝决定在老汤善善回去之前，来一场真情告白。当然她还要叫上她哥，当着老汤、善善的面，季柏文应该也不会怎么样吧。

酒店里，老汤递给她一个袋子说：“这里面有一个护腰，柏文上次扭伤腰也不知道好了没，他每天坐办公室对腰恢复也不好，你把这个护腰给他。”

显然，这个护腰是善善给她哥带来的。不知道为什么，自从当年她哥从周庄回了S市，她哥和善善两人的关系就有些微妙，明明善善对她哥关心得要命，就是很少打电话过去。

“想知道我哥的腰到底怎么样了，就打电话过去问问嘛。”她说。

善善看着她。

好了，她就是受不了这样的美人眼神，拿过护腰说：“我有时间就给我哥送过去。”

不过她觉得对自身形象十分重视的季总经理，可能不会戴上护腰办公。她拿着这手工制作的护腰带，倒是想到沈时一个手术就要三两个小时，弄个护腰会不会轻松一些呢？

“妈，这护腰在哪儿做的，你也给我搞一条呗。”她要同样尺寸的男款。

“你不是有一条吗？”善善说。

汤贝笑吟吟，不好意思说出来，倒在了柔软的酒店大床上；善善温柔地朝她伸手，捋了捋她额头的头发。“妈，我们聊聊天呗。”她歪过头说。

善善浅浅地笑着：“聊什么？”

“聊……要不聊聊你们对未来女婿的期待啊，或者要求什么的。”

善善和老汤：“……”

原本不管季林森还是季妈妈，对未来女婿的期待就是沈时那样的，几乎从头到脚都贴合他们的心意来；可是王晓春已经知道，沈时交了女朋友，这个人还是善善的小女儿。晚上，季柏文被叫回季家吃饭。

对于家务事，王晓春最近有些懈怠，饭菜都是阿姨来做，她开始每天跑美容院，即使五十来岁了，只要一张脸花了大钱，依旧能恢复少许年轻时候的光泽。

“咳……听说你妈来S市了？”饭桌上，季林森特意地问了问儿子。

季柏文抬起眉头，显然他还不知道，他妈过来了。

季林森没再说话，毕竟这张饭桌旁还坐着他现在的太太和女儿子珊。

突然，王晓春看向季柏文说："如果来了，应该跟你说一声啊。"

季柏文靠了靠红木餐椅，没有搭理。

"难道是过来见未来女婿的？"王晓春再次开口，冷不防地猜测说，即使她女儿已经抬眸看向她。茶园那晚，她家姗姗跟她一块睡，她发现珊珊样子不对，反复追问才知道沈时和汤贝贝在一起了。作为一个妈妈，总是格外心疼自己的女儿。所以今天吃饭王晓春才要提一嘴，"柏文，沈时是你介绍给贝贝的吗？可是，你也知道珊珊一直喜欢着沈时……"

"妈！"季子珊差点打掉碗筷。

王晓春两句话，顿时也让餐桌气氛凝结，季柏文一脸铁青，季林森同样很惊讶。

然后，季柏文站了起来。

季柏文来找沈时的时候，沈时人在球场，身上穿着休闲运动衣。季柏文迎面走来，沈时嘴角微微勾着，心里基本明白，季柏文可能已经知道了。

"聊聊？"沈时开口说。

季柏文面无表情地点头。他也很想知道，这位多年的老朋友，会对他说什么。

夜风拂着球场周围的灌木，树影重重地晃着，前面的排屋，从窗子里透出灯火，昏暗而静寂。沈时和季柏文一起坐在球场的长椅上，一个两手握拳，一个双手相扣。

"你那个在医院里看中的人……怎么样了？"季柏文硬着嗓音问。

"已经在一起了。"沈时微抬了下头说，弓着身，声音清润得像是细雨夹风，尤其对比季柏文凛冽如同西北风般的问话。

"呵，速度可真快。"季柏文又说。

"还好，好在我们彼此喜欢。"沈时这样回话。

"彼此喜欢！"季柏文咬咬牙，"那这样的好事，怎么不公开啊。"

"因为——"沈时转过了头，看向季柏文，"因为我女朋友很在意她哥的想法，还在想如何跟她哥坦诚。"

“坦诚？”季柏文觉得自己牙齿都要被咬碎了，“所以要怎么坦诚？”

沈时笑了笑，望向天上的几颗星星，唇角依旧带着微笑，过了会儿，开口说：“当然是希望得到哥哥的祝福。”

“毕竟，我们是认真交往的。”话音全部落下，沈时再次将目光定在了季柏文脸上，然后用自己最赤诚的口吻，一字一句，清晰无比地讲出了一个事实，“柏文，我爱上了贝贝。”

很抱歉，他不知不觉被她吸引直到入了迷，就算一开始，他只当她是一个朋友的妹妹。

第二天一早，季柏文出现在东院。

东院体检在康复中心这栋楼，汤贝正拿着两份体检单子往外走，原本脚步轻快、面容愉快，结果，抬头看到立在她前面不远处的季柏文。

她反应了一下，转过身，掉头就跑。

| Chapter12 |

不敢公开

多年的兄妹，汤贝完全可以从季柏文的面部表情判断他的怒火：他对她是真生气，还是假生气，甚至会不会动手揍她。

从小到大，她最怕的人不是她家善善和老汤，而是季柏文，小时候每次她和小伙伴在外头玩晚了，过来逮她的人都是季柏文。然后，只要他一个眼神，她就知道他要从哪个方向朝她进攻……昨晚沈医生给她打了电话，没有具体说她哥到底是怎么知道的，但是她哥在她准备坦诚之前——先知道了她和他偷偷交往的事。

今天，她觉得既然老汤、善善都在，季柏文肯定不会拿她怎么样，没想到季柏文出现得那么快……刚刚她几乎是本能地选择撒腿就跑，跑了一会儿回头看了眼，没有看到人。

正要往前走，前面季柏文朝她走了过来。

“哥……”汤贝立马服软，叫了一声，戳着不动了。

季柏文哼了一声，瞪了瞪眼，冷嗤道：“有本事谈恋爱就别跑！”

汤贝靠着墙，双手习惯性往后贴，厚着脸皮开口乞求：“哥，我错了，我再也不敢了。”

“……”那好，可以！季柏文指向前面的主楼，“那就过去跟沈时分手。”

分手？汤贝挑眉，啊了一声。

季柏文："不是知道错了吗？"

汤贝连忙摇头说："我说错了……是不应该瞒着你，而是要第一时间告诉你。"

季柏文面色凝了凝。

汤贝继续察言观色，开口说："哥……我是真的喜欢沈医生，难道你不觉得我们很般配吗？"差点，她说出了被棒打鸳鸯时女主角最常说的那句话——我们是真心相爱的！可是面对残酷的剧情，相爱顶个屁用啊。汤贝眨眨眼，企图让季柏文心软。

季柏文咬着话里的般配两字，肝火更是噌地往上冒，压了压火气，问了另一个事："妈和老汤知道了吗？"

"我本来想第一个告诉你，所以他们都还不知道——"汤贝摇头说。

听到这话，季柏文差点抬起手，汤贝脖子一缩，因为后面就是墙，也缩不到哪儿去。呜呜了两声。

"你和沈时交往的事，先不要告诉他们。"季柏文突然开口，冷声冷气地要求道。

呃？汤贝抬了下眼，实在不明白，小声地问："……为什么？"

为什么！因为他不想让老汤和善善跟着担心，更不想失去沈时这个朋友。两个人年龄相差那么大，就算沈时很优秀，他也不认为这两人会长久，最多一个月，不，两个星期。

昨天他在季家听到两人交往的这个事，第一反应是可笑，第二反应结合汤贝贝最近动不动提及找男朋友这事，才觉得可能真是无风不起浪。

一个懒得找女朋友，一个只想找个男朋友，就算沈时真的喜欢上了贝贝，他也不可能让两人交往得这样草率，不当一回事。

好委屈……汤贝差点哭了起来，瘪了瘪嘴。

"知道了没？"季柏文跟她强调。

汤贝被迫点了下头，猜到她哥为什么不让她告诉善善和老汤，是根本就不相信她和沈时是认真的！"哥，你真的太低估我们了！"汤贝梗着脖子说。

火气再次冒了出来，季柏文抬手，汤贝又往后一躲，然后朝左边喊了一句：“妈！”

季柏文：……

汤贝再次跑了，左边根本没有善善，而是她看到了沈时。

沈时就站在前方的过道上，一身白大褂玉树临风，待她跑到他跟前，沈时稳稳扶住她，含笑的声音飘在她头顶：“汤贝贝……你是属兔子的吗？”

不，她不是属兔子，她是属狗的。

季柏文也往这边走来，看到前面手牵手的一对儿，好不容易下去的火气又冒了出来。沈时直接护住自己女朋友，迎面看向上前的季柏文；汤贝更是往后站了站，躲在了沈时后面。

有人撑腰的感觉，真好啊。

“你们这是怎么了？”等着体检单的善善和老汤过来找自家女儿，看到的就是这样一幕：柏文站在前面，贝贝躲在了沈医生身后。然而这样的场景，他们并不陌生。

“贝贝！”善善看向女儿，温尔地责备，“你怎么可以拿沈医生当挡箭牌。”

汤贝松开了沈时的白大褂，收到沈时的一记注视。

对不起，她可能还没有办法给他名分。汤贝直了直身，转过头解释说：“因为我没有告诉我哥……你们来了，他就要打我。所以我就只好躲到沈医生后面了。”

这个差点满分的解释，季柏文摆了摆脸，只能接受。

老汤和善善更是无奈，扯了扯笑，开口说：“小时，让你见笑了。”

“没有。”

“你哥怎么会打你。”老汤开始训她，拿出了爸比的威严说，“这里是医院，不是游乐园。”

话音刚落，季柏文哼了声，真的在汤贝头顶敲了一下，对所有人说：

“没错，我就是要打她，什么事情都瞒着我！”

这句话，几乎是咬牙切齿说出来的。

汤贝眼巴巴地瞅着老汤和善善，季柏文却望向沈时，眼里带着一丝难得的挑衅，继续护啊，护着啊！沈时有些无奈，低了低头，从汤贝手里拿过体检单说：“叔叔阿姨，我们走吧。”

名分不是早晚的事吗？沈时走在老汤和善善身边，老汤那个感谢：“小时你那么忙，就不用陪我们了。”

“没事，我有空。”沈时礼貌地回应，“你们难得来一趟，陪你们也是应该的。”

这两句话，同样带着不一样的意思。

“妈……你来了怎么不跟我说一声？”季柏文突然出声问。

善善看向自己儿子：“我和你汤叔都怕你太忙了……”

“难道连看自己妈的时间都没有？我妈过来体检，我也不知道？”季柏文又问了两句。

善善被问得说不出话来。

汤贝赶紧替善善解释：“哥，这个体检是我前阵子给他们预约的，你放心……咱妈身体好着呢，没有任何问题。”

“那就好。”季柏文站在一边，伸手敲了一下她的脑袋，凉凉地挤对，“还挺孝顺的。”

“哥，如果你再这样敲我，我可能就需要拍个脑CT了。”

“不要瞎说。”善善弯了下唇，“你哥又不会真打你。”

“噢。”汤贝悄悄地看了看这对母子，感觉自己功德无量，再次化解了刚刚别扭的气氛。

因为季柏文过来，善善和老汤体检结束，也不用沈时送他们了，临走前沈时站在康复中心的台阶上，目送他们离去。

汤贝想回头看一眼男朋友都不敢。

她可真是一个渣贝贝，有胆子谈恋爱却没胆子给男朋友名分。汤贝越想越悲愤，尤其沈时几乎完美地配合着她，就算没名分，依旧磊落宽容地站在她旁边，没有任何怨言。

不行……她要跟老汤和善善介绍沈时！汤贝倏然停下脚步。旁边，季柏文也停了下来，看看远处，又看了看她。

“又怎么了？”老汤提着一袋子，扭头问她。

“我……系个鞋带。”汤贝轻声说，默默地蹲下来系鞋带，然后趁着系鞋带的工夫，回过头看了眼台阶上双手放在白大褂口袋里的沈时。

前方的沈时忽地笑了下，看她的眼神似乎在说——算了，他也不指望她了。

老汤和善善回周庄，季柏文送他们到火车站，她又坐上季柏文的车，跟着他回来。

“怎么，要继续送你去医院吗？”季柏文凉凉道。

汤贝坐在后座，嘀咕了声：“……如果哥你不麻烦的话，谢谢了。”

呵！

“那个你还是送我到学院吧，赵老师找我，关于毕业作品的事。”她又说。

季柏文哼了声，但也将车往戏剧学院开去。他就不明白了——沈时怎么就看上了一个戏精。难道天才无聊了，觉得戏精比较好玩？这样一想，更气得牙痒痒。

一旦接受了贝贝和沈时交往这件事，季柏文并不想直接做那个棒打鸳鸯的人。他很了解贝贝，越是不同意，肯定越起劲；他也知道沈时的性子，什么事情都藏得很深。

汤贝来到戏剧学院找赵老师。

办公室里，赵老师跟她商量了一件事，她的毕业作品他已经看了，觉得很不错，刚好最近有一个国际性艺术微电影评选，也是针对新人导演的，问她有没有兴趣参加……不等赵老师说完，汤贝已经确定地点起了头：“谢谢赵老师，我非常有兴趣。”

“最近怎么样啊？”赵老师问她。

汤贝拉了一把椅子，坐下来说：“还好，每天理论转化实际，结合老师你教我的，运用在实际拍摄里，特别得心应手。”

赵老师正端着杯子，手差点没拿稳，茶水洒了出来。

“没想到你真走上了拍摄这条路。”赵老师有些感慨，望着她说，“当时把你招进来，我本以为你后面还是会转到表演系。”

“为什么？”汤贝不解，想了想乐了，“难道老师你觉得我更有……表演天赋吗？”

这个嘛！赵老师嗯嗯了两声，说：“加油，汤导，老师看好你噢。”

汤贝最喜欢的就是被人看好了，因为她肯定——不会辜负他们的期望的！

“谢谢赵老师，以后我获奖了，肯定会在获奖台上感谢一下你。”汤贝笑嘻嘻道。

赵老师：“……”

事实上，好多学生都对他说了这句话，后来获奖的学生也有，不过到时候真记得他这个老师的，真的没有了。“好，老师记住了。”赵老师慈爱道。

从赵老师这里出来，汤贝经过学校的艺术馆，在里面坐了一会儿。还有两个月，她就真的毕业了，不知道是不是有了男朋友的关系，感觉毕业都不忧伤了。

她回了一趟公寓，拿上了善善带过来的护腰带，路上又买了一只酱板鸭。她和季柏文，唯一能证明是亲兄妹的，就是两人口味很像。她喜欢吃的，他都喜欢吃。

晚上7点，汤贝来到季柏文的公寓，拎着大包小包过来负荆请罪。不管季柏文怎么看她和沈哥哥，她瞒着他恋爱，肯定是她不对。何况，她还需要好好贿赂他呢。

不知道是不是跟程姐分手的关系，才7点，她哥已经换上了居家服，坐在客厅看起了电视。真是可怜的孤家寡人啊！

汤贝提着酱板鸭，特别乖巧地叫了一声哥，然后说：“哥，我来看看你。”

季柏文没有回头，继续看着电视说：“东西放下吧。”

“哥，你吃了吗？”汤贝又说。

“还没。”季柏文回她，“等会儿外卖就来了。”

“吃外卖怎么行呢！”汤贝走过来，建议说，“……要不我给你煮个泡面？”

季柏文抬起头，一副完全知道她打什么主意的样子，双腿交叠，同意说：“好啊。”

汤贝到厨房给季柏文煮泡面，放两个蛋，然后将这份诚意满满的泡面端到了季柏文的面前，就在这时，外卖也到了——某高级餐厅送来的四菜一汤。

汤贝接过木盒子装的外卖，再次感受到了阶层的差异，有钱人吃的外卖都跟她不一样。然后，季柏文吃她煮的泡面，她吃他的外卖。她盘坐在茶几前，夹菜，吃得特别香。

季柏文突然放下了筷子，憋了一会儿，还是问了出来：“贝贝，哥问你——”

汤贝拿着筷子抬起头，等着季柏文的问话。

季柏文有些难以启齿，其实这种问题根本不适合他来问，但是善善和老汤都还不知道。“沈时有没有欺负过你？”终于，季柏文将话问了出来，一脸严肃。

汤贝：……

“什么欺负啊。”汤贝看着季柏文，自然先想到字面上的意思。汤贝很想拉拢一下亲哥的感情，特意笑了笑说，“沈哥哥偶尔还是会欺负我，不过我现在不担心了，以后只要他敢欺负我，我就跟哥说。”

季柏文：……

没想到她的卖乖求荣没有任何效果，反而让季柏文面色更沉。汤贝很快明白自己理解错了，她哥说的欺负可能是——那种欺负。

“没有，没有！”汤贝立马摇头，自证清白说，“我们还没有呢……”

哎呀！她哥怎么可以直接这样问她！

因为这个问题，季柏文根本没办法直接问沈时，只要想到那晚他对沈时说的那句“喜欢你就上啊！”季柏文就恨不得捶自己两下。明显，当时沈时就是在给他下套！

汤贝红着脸离开了季柏文的公寓，收到沈时发来的一条信息。待她驱车回到公寓楼，果然看到停在她公寓对面的一辆黑色SUV，然后，两人站在了马路两边。

她打算过去，手机进来一条消息：“你不要动，我过来。”

他都不知道……为了早日给他名分，她刚刚讨好季柏文回来。汤贝带沈时来到公寓顶楼的大露台。最上面的大露台是公用的，所以夜里九点了，还有晒在这里的床单被套。汤贝仔细看了眼，这个床单被套好像是她上个星期晒在这里的……

沈时也认出了晒在这里的床单，说：“有些眼熟。”

汤贝并不想认领，指着这款灰白色床单说：“现在流行这样的，是爆款。”

“哦。”沈时应了一声，靠着围栏，朝她伸出手。

汤贝走过去。

沈时抱住了她。

“……要吻吗？”沈时问她，声音沉得她想直接张开嘴，飘忽又蛊惑。

高楼夜风习习地吹着两人的衣衫，汤贝想到季柏文那声欺负，一时没接话，然后沈时已经吻了下来。她环抱住沈时的腰身，实在不太争气。

就在这时，她左侧胸口抽疼了两下，哎呀了一声。自从谈了恋爱，她好像都娇气了，一点小痛都要喊出来，也不顾忌是哪个部位。

“是这里痛吗？”没想到，沈时更直接，眼睛像是装了X射线，看出她刚刚是哪里作痛。

汤贝点了下头，她可能要来姨妈了，每每大姨妈来访，她左边胸部就时不时抽痛一下，肯定是那颗小花生米作祟了。也不知道花生米有没有长大一些……

“要不……我给你看看？”沈时出声问，征求起她的意见。声音夹着风，涌入她耳里，声音清凉，听起来没有任何其他想法。

如果她拒绝，反而污了。何况，她和沈时已经是男女朋友了。

“好啊……”汤贝低低应下，同意了。

然后，她将脸贴在他胸膛上，感受着沈时的手越来越往上。

他看过她的彩超单，现在又来到了花生米的地盘，汤贝倒抽了一口凉气。

……

沈时的手在她的小馒头处按压了一会儿，很快找到了那颗小花生，说：“还好，一厘米左右，没有大起来。”

汤贝埋着头，噢了一声。

感受着沈时的手依旧留在她的小馒头上方，甚至移动了一下，汤贝仍然埋着脸，不敢看高洁如明月的沈医生，只能低声问一声：“……沈医生，你真的在触诊吗？”

一时之间，沈时没有回答她。汤贝更是紧张得快要打战。

随后，沈时低沉又透着磁性的声音掠过她耳边，似乎还压了压鼻腔里的气息，坦诚告诉她说——“前面是，后面不是。”

瞬间，汤贝的脸从面颊红到了脖子。

今晚贝贝是一个正经贝，沈医生却不是正经的沈医生。什么前面是，后面不是？前面是正正经经的触诊，后面呢？

后面是一个男人对自己女朋友的几乎本能的占有性行为。

汤贝微微抬起头，看到沈时紧绷着的下颌线条，一双眸子又黑又沉，眼睑下方是淡淡的阴影，触碰到彼此的视线，汤贝低下头，低低吐出俩字：“流氓。”

生平第一次，沈时被骂作流氓。

然而，流氓两个字却像一把小刷子挠着他的心，沈时笑了一声，收起了身体里的欲念，替女朋友把胸衣扣回，从后面收回右手。

掌心，残留着一份细腻柔软，美好得他想犯罪。

本以为心动很难，可是真有了喜欢的人，他就像这世上任何一个俗气的男人一样。如果当年的自己知道现在他会变成这样，一定会诧异，甚至嘲笑现在的自己。然而，当年那个恃才傲物、自认聪明过人的沈时，他也陌生了。

汤贝继续将脸埋在沈时怀里，哼哼唧唧，就是不说话。

“贝贝，你是不是快要来例假了？”沈时出声询问。

汤贝：“……”有个医生男朋友是一种什么体验，摸一把就知道她大姨妈要来了吗？

“最近注意饮食。”沈时叮嘱说，“不要吃冷食。”

汤贝嗯了声，继续抱着男朋友。

沈时笑，商量说：“要不下去吧？”高楼上风有些大，怕自家女友这几天抵抗力不太好。

汤贝直了直身，沈时已经伸出手，将她的手收拢在他的掌心里。两人走过露台晒着的床单被套，汤贝继续熟视无睹地路过，然后被提醒：“真的不要了吗？”

汤贝：……

沈时替她收好床单被套，两人乘坐电梯下去，结果遇到一位同门师哥；师哥从电梯外进来，看了眼她旁边的沈时，打了一个招呼说：“贝爷，你可终于把顶楼的床单收走了。”

汤贝朝师哥扯了下嘴。

师哥拿着手机，又说：“原本我和星爷还打赌呢，赌你什么时候能收下顶楼的床单，一个星期，算我赢了噢。”

汤贝又朝师哥呵呵一笑。有没有一点眼力见儿，不知道她身边站着沈医生吗？！不要做一直扯毁她形象的事好不好！

师哥一笑，朝沈时伸出手：“你好，我叫顾力，贝爷的兄弟。”

“瞎称呼呢。”汤贝抬眸对沈时解释说。

“沈时，贝贝的……男朋友。”沈时同样介绍起自己。

“久仰久仰。”顾力嘿嘿地笑着，提了一个邀请说，“楼下赵哥那里烧烤又开业了……贝爷，带你男人一起去呗。”

顾力这口吻，好像她养了一个小白脸似的。关于顾力的烧烤邀请，如果是之前单身，汤贝肯定会毫不犹豫地答应，但是现在不行了，刚刚沈时在楼顶还嘱咐她要注意饮食呢。

“我就不去了。”汤贝出声谢绝，口吻十分礼貌。

顾力那个遗憾。

电梯停在十二楼，汤贝和沈时出来，一前一后来到1206室，汤贝一边输入密码一边说：“……顾力是我师兄，因为导演系基本都是男生，我就跟他们称兄道弟了。”

怕沈时误会，特意解释一番。

沈时倒是笑了，对她说：“你的兄弟看起来都很不错。”

“那是自然，人以群分物以类聚嘛！”汤贝立马蹬鼻子上脸说，“我也是有选择地交朋友。”

“哦，这样。”

送她回房，沈时很快离开，汤贝依依不舍地送沈时出门：“我也要洗洗睡了。”

沈时摸了下她的头。

待沈时离开五分钟，汤贝手机里进来一条顾力的消息：“贝爷，你男朋友已经驱车离开了，可以下来吃烧烤了。”

嘿嘿。不愧是同门师兄，看懂了刚刚电梯里她藏在眼神里的暗话。汤贝甩了下头，揣着手机出门了。她怎么会因为谈了恋爱就放弃自我呢。做人最重要的是开心嘛，恋爱要谈，烧烤也要吃。结果刚一下楼，她就撞上了突然折回来的沈时，简直杀她个措手不及。

“沈医生，你怎么回来了？”

“我钱包落你这里了，回来拿下。”沈时站在她面前说。

……她怎么觉得沈时好像是故意的呢！

季柏文认定贝贝和沈时不到一个月必然分手，不是没原因的。两人性格南辕北辙，一个烂漫，一个克制；至于其他，就算沈时对贝贝的喜欢是真心真意，作为哥哥，季柏文觉得贝贝对沈时更多的是好奇、崇拜；以及沈时那位老男人的外表太具有欺骗性。所以，他才要求贝贝先不要跟善善、老汤提及，能拖一天是一天，拖到后头两人分了，他再兴师问罪。

……如果，汤贝知道季柏文是这样想她的，她肯定要驳他两句：哥，你错了！以后我和沈时，只有死别，没有生离。

好吧，最近她有些入戏。

汤贝开始看白血病的相关资料，她对白血病并不陌生，小时候她看过的好几部电视剧，女主都得了这个病，导致她觉得白血病是一种女主病。事实上白血病的专业医学术语是造血干细胞恶性克隆性疾病；该恶性疾病多发于染色体畸变的人群，更多发于儿童和青少年。

汤贝知道血液科那边就有不少儿童患有白血病，父母辗转求医来到了东院。因为她正在查白血病的资料，索性第三期宣传视频，就以白血病为主题。

资料查着查着，汤贝有些难过，因为她看到中华骨髓库的样本还不到两百万份。下午，汤贝到血库捐了二百cc血，顺便将自己的血液样本登记到了中华骨髓库。

捐血之后，汤贝坐在东院图书室继续剪辑白血病的宣传视频，剪着剪着，揉了揉眼睛，趴在桌上睡了一会儿。窗外黄昏将至，余晖一点点从窗台的左边移到了右边，悄然无声，外面有风吹拂着树叶发出的细微响声，那样轻柔，仿佛下起了小雨。

淅淅沥沥。

汤贝做了一个梦，梦到她变成了白血病女主角，沈时变成了血液科男医生，她爱上了他的白大褂，他也爱上了变成女主角的自己，可是最后依旧逃不开命运的安排，她在他怀里即将离世，摸着他的脸说起最后的遗言：“O ba，sa lang hai you……”

为什么最后变成了韩语，汤贝不知道……做梦嘛，总是这样没有逻辑，可是最后她还是被梦里的画面感动，梦到最后她变成了一颗星星，挂到天际下不来，小心脏顿时痛得一抽一抽……汤贝捂着流泪的眼睛醒来，丢脸地看向坐在对面的人：“沈医生……你怎么来了？”

沈时抬着一双沉静的眸子，问：“梦到什么了？”

梦到她变成一颗星星，悬在天空下不来……汤贝实在不好意思把刚刚的梦说出来，她侧了下头，外面天都黑了，医院里的路灯盏盏亮着。最前面的主楼急诊，灯火通明。

汤贝跟沈时去吃晚饭，一路上交流着白血病女主和男医生的故事大纲。沈时对她说：“你这个构思还是要具体看女主角得的是什么白血病。”

她抬了下脸：“嗯？”

沈时继续说：“如果是M3，急性早幼粒细胞白血病，这种白血病以前算是非常凶险的类型，现在基本也有百分之八十的治愈率；还有就是CML，慢性髓性粒细胞白血病，生存率也超过百分之八十，别说是CLL慢性淋巴细胞白血病，基本属于惰性白血病……”

汤贝听得连连咋舌，所以呢？

“你确定要让你剧里的女主角离世吗？”沈时问她，低下头，眼底带着一份疑惑。

汤贝：……她再想一想吧。

可是，她这次写的电影剧本就像是命题作文，不仅男女主角身份都定了，甚至制片那边希望她将结局写得催人泪下，不要手下留情。

要不她跟制片那边说说，让女主角换一种病？

东院对面的大骨汤锅店里，汤贝坐在靠窗的位置，用吸管吸吮着大骨头里的骨髓，咕噜噜地品尝着里面的美汁，想了想，她问沈时：“沈医生，你还知道有什么凄美一些的绝症吗？”

沈时：“凄美？”

“就是那种得了病依旧可以保持美丽容颜的。”说完，汤贝自己都羞耻了。

“没有。”沈时一口打破了她的设想。

好吧。汤贝继续啃骨头，自言自语："我就知道没有。"

沈时依旧注视着她，汤贝感受到男友这充满"爱意"的视线，摸了下鼻子问："我脸上沾汁了吗？"

沈时问起事："你下午去捐血，还登记了骨髓？"

哎呀，做了好事就是藏不住，汤贝咧了咧嘴，笑着说："不要说了，低调低调。"

沈时面色不太好："你忘了我昨天说的吗？"

汤贝垂了垂眸子，再次抬起头，有些正经地说："沈医生，你可能对你女朋友还不够了解——我的身体素质十分良好，二百cc的献血量对我而言就像被蚊子叮了一口，丝毫不值得一提，用我哥的话说，我就像是……"就像是一头小蛮牛。

"就像是一只活蹦乱跳的白兔子。"汤贝笑呵呵，换了个比喻说。

她这样一说，沈时也笑了，问她说："怎么想起要登记骨髓样本？"

"因为看了你给我的资料啊。"汤贝咬了一口大骨上的肉，嚼了一下说，"中国十三亿多的人，中华骨髓库样本却不到二百万，远远比不上美国登记的样本数量……所以我就登记了一下，为建设更美好的社会主义添砖添瓦嘛！"

沈时一边听她扯话，一边从冒着热气的小锅里舀了一碗骨头汤给她。她笑眯眯、恬不知耻地嘚瑟道："是奖励吗？"

沈时点了下头："是。"

汤贝美滋滋地接过，感觉今天自己是一个棒贝贝，喝了一口汤后，挑了挑眉头说："沈医生，知道我现在境界为什么那么高吗？"

"为什么？"沈时低低地问她。

"为什么，我是医生的女朋友啊！"她得意地将话说出来。

沈时压下唇齿里的笑意："原来是这样。"

对啊，就是这样，不然她哪会去查什么白血病资料，就算一样接了白血病女主剧本，立马胡写一通。她还知道，就算现在白血病治疗率高，但是中国依旧有很多找不到配型的白血病病患。他们有希望被治愈，只是希望一时还没有落在他们身上。

第三期视频，她在白血病宣传视频里呼吁了一番骨髓样本登记，最后拍了一张东院血液科医护人员的合影，一起放上去。结果这期视频，官博君不仅置顶到最上面，还艾特了汤三哥。

第二天，大姨妈如约造访。她的身体真是倍儿棒，来大姨妈依旧一脸血气十足。一大早来到东院，不少医护人士跟她打招呼，尤其来到MDT科室，赵护士朝她不停地眨眼，像是眼皮抽了筋，然后出其不意地叫了她一声："三哥！"

软绵绵的一声三哥，差点让她跪了下来。

汤贝看了看周围一拨人，大脑反应了一圈，赵护士才对她说："去看看昨晚官博留言……"

没想到她恋情被曝光之前，她的小马甲先被扒了下来。

S大附属医院官博，前面一波留言全部类似："汤三哥那边过来，特地过来盖个章。""没想到汤三哥还能制作医疗宣传视频，意外意外啊。""官博君，你是不是@错了，真是我们家三哥吗？

这群无耻的黑粉啊！

官博最热的还是一条图片评论，一位叫"粉红夜猫123"的ID将视频里最后那张血液科医护人士合影截图下来，将最中间的白乎乎胖嗒嗒没穿白大褂的杜医生用红笔圈了出来，上面写着"汤三哥"三个字。

"这位应该就是汤三哥本人无误了。"该条评论下方点赞人数还挺多。

她对不起杜医生！和蔼可亲只是偶尔笑容里透着一丝猥琐的杜医生凭什么替她顶锅啊！汤贝低着头走进MDT办公室，迎面又是一道掌声，黄医生："来，我们给三哥鼓个掌。"

没人配合黄医生，黄医生有些尴尬。

最前面一双带笑的眸子望了过来，沈时抬起手，跟着拍了两下，真是一副随意又无奈的姿态啊。汤贝直了直背，从办公室门口悠悠走进来，边走边笑着说："受不起，受不起……"

她跟着沈时去巡视病房，一大清早，清浅的阳光在树梢绽放着一圈又一圈的光，底下的玉兰树已经凋谢，换成了樱花盛开。来到二楼病房，她上了一个洗手间，洗了洗手，提着相机包出来。相机包里被塞得鼓鼓的，里面全是卫生巾。

走廊尽头放着一张病床，病床上躺着一个人，长手长脚露在外面，蒙着脸。她好奇地犹豫了一会儿，走到跟前，问候出声——“你好，早上好。”

没有反应。

呃……

她又壮着胆子碰了碰伸在外面的手，随后触电般收回，整个人都差点跳了起来。

“凉了凉了……”汤贝几乎是跳着去找沈时，结果很快撞到了沈时的怀里，不停地抖着双腿，指着前面病床上的人说，“沈医生，那里有个人凉了，呜呜呜……凉了！”

沈时一时无语，先将她扶住。

汤贝紧紧地抱住了沈时，悄咪咪回过头看。

就在这时，前面那个被她说凉了的男人，缓缓地从病床上坐了起来，面无表情。

汤贝回头看移动病床上那个凉人，凉人也扫了她一眼，眼神那个凉，透心凉。

丁医生？？？

一时之间，汤贝只剩下目瞪口呆，随后头顶上方传来沈时十分无奈的说话声：“快去跟丁医生道歉。”口吻像是教不懂事的小朋友。

毕竟刚刚她话里表达的意思不太好……只是谁让他手搁在外面，摸起来那么冰冷，而且脸还蒙着，换谁都会有不好的猜测啊！

“走吧。”沈时带她朝丁医生走去，“解释一下误会。”

汤贝望了眼沈时，不用解释了吧。沈时却觉得很有解释的必要，尤其对丁昇这个性格。刚刚贝贝像是一只奓毛的猫儿一样扑到他怀里，显然真被病床上躺着的人吓了一大跳。事实上误会本身就是双方问题。

对，刚刚她的确被吓得快要窒息了。

“……对不起。”汤贝走到丁医生前面，轻声道歉，同时来了一番温暖的关怀，“丁医生，你今天是不是穿少了？你的手好像……有些冰。”

“没事，不用道歉。”丁昇坐在病床上，背靠着窗，双腿落了地，瞧了她一眼说，“你也是……好心。”

好心两字，就像是从鼻腔里吝啬地挤出来一样。

汤贝低了低头，又有些好笑。大脑回放了一遍刚才的场景画面，尽量不让自己笑出来。

“以后不要瞎判断。”沈时对女友说，“有问题就叫护士，幸好躺在这里的是丁医生，如果是其他人，就要找你讨论讨论了。”

汤贝重重地嗯了声，表示知道了。

沈时继续查房，汤贝仍然很好奇丁医生怎么会躺在这里，医生不是有专门的值班休息室吗？丁医生怎么会躺在这里“休息”？她看向丁医生，只见他眼眶泛青，眼底透着红丝，完全是一宿没睡好的样子。想了想，她斗胆问出了自己的猜测：“……丁医生，你躺在这里是在寻找灵感吗？”

丁昇真没想到汤三哥那么能猜，没错，他昨晚一直躺在这里就是为了找感觉，因为他……卡文了。他新文是第一视角写一个临死病人面对死亡的抉择。他是医生，几乎每天都在接触死亡，可是前阵子写到临死病人的心理转变，却发现问题很大，不够细致入微，也没有代入感。甚至，作为一个临床医生，他可能对死亡这件事都麻木了。

“我的新作描写的是一个临死病人……”丁昇解释说。

所以，就扮起凉人了？汤贝了然地点头，佩服道：“丁医生，你真的太有追求了。”

丁昇不吃这套，合上眼。

汤贝还想交流一番呢，因为她新剧女主也是一个绝症病人，也想问丁医生躺在这里有没有效果，如果有效果，明晚换她躺一下？

“你学导演的，肯定知道体验式写作吧。”丁医生睁开眼，低头找到鞋子，穿上黑色皮鞋，站直身体说，“我今天感觉还不错，思路都清晰了——如果刚刚你没出声的话。”

说完最后一句，丁昇拿起病床上的白大褂，拎在手里，经过一个护士，对护士说：“收拾一下病床。”

……怪谁呢！

汤贝去找沈时，沈时正跟一位上个星期刚从手术台下来的病人说话，旁边还有杨医生。这原本是一位食道癌病人，上星期刚做了根治性手术，不仅切除了食道肿瘤，还重建了消化道。

关键是这位T4食道癌病人手术之前还有冠状动脉粥样硬化心脏病。现在，这位病人朝沈时呵呵地笑着，家属更是对沈时感谢不已：“沈医生，真的谢谢你。”

“不客气。”沈时礼貌回应，松开家属握上来的手。

好像对外人，不管是不是自己的病人沈时都有些冷感。汤贝站在旁边瞧了一会儿，举起了摄像机，对大家说：“我给你们拍一张吧。”

“好啊。”病人和病人家属特别高兴。

然后，沈时微微侧了下头，和杨医生各站到了一边，她稍微调了下光，按了摄像机的拍摄按钮。而病床上这位快五十岁的中年男人露着微笑，伸手比了一个“V”。

似乎没有什么比获得新生更圆满的事了。

“刚刚想问我什么？”从病房出来，沈时问她。

呃……汤贝抬起头，笑了笑：“就是觉得沈医生你好厉害好厉害的。”

沈时的目光在她脸上打转一圈，点了下头说：“谢谢。”显然，他也不吃她这一套。

汤贝跟着沈时走出了十号楼MDT病房中心，路上遇到了替她顶锅的杜医生。碰到面，杜医生亲切地朝她笑起来，不知道是不是眼睛小，外加没有眉毛，笑容里真的像网友说的那样，亲切里透着小小的猥琐。

“小汤，你说你一个女孩子，长得那么漂亮，怎么就让人叫你汤三哥呢！”杜医生站在她面前，说起了网上的事情，“结果你看，他们都误会了吧。”

对不起杜医生！汤贝一番低头哈腰地道歉：“改天请你吃饭。”

“行啊，那我就大人不记小人过，看在沈医生的面上，原谅你了！”杜医生开着玩笑说。

沈时也回杜医生说：“不用看我的面……下次有时间我和贝贝一块请杜医生吃饭。”

“好啊，那我可不客气了。”像是赚到了一顿饭，杜医生拢了拢嘴角，满意地离去了。

汤贝仰了仰脸，朝沈时咧嘴一笑。

沈时拍了下她的肩膀。

汤贝回头看了眼杜医生挺着肚子走路的样子，有些不明白“汤三哥”给他们的感觉怎会是杜医生这个款式呢。明明，她走的是某位不靠颜值吃饭的影帝的路线啊！

下午沈时有手术，她也需要重新构思一下绝症女主的剧本。她跟电影制片人建议将白血病换成乳腺瘤，制片人对女主得什么病并不在意，之前考虑用白血病，纯粹是觉得这个病的字面感比较美好，然而乳腺癌这种，会不会削弱女主气质？

汤贝理解制片人的担心，她上网找了一张得了白血病的人的真实图片，发了过去：“这是得了白血病真实的样子。”

制片人没话说了。

整个下午，汤贝都在东院的露台咖啡屋写剧本大纲，一边敲打键盘，一边慢慢地喝着咖啡，思如泉涌。

女主角桥是一位二十五岁的内衣设计师，正处于人生最美好的阶段，结果一次体检不幸检查出乳腺癌；男主梁是一位怀才不遇的外科医生，有着风流倜傥的外形，内心却有着不可告人的心理缺陷。风流又冷漠，寂寞又矛盾。故事的背景就是，检查出乳腺癌的女主桥到酒吧寻找慰藉，打算将残余人生过得疯狂而刺激，自然而然，她在酒吧遇上了梁……

飞速写好了故事大纲，汤贝靠了靠藤椅，端起早凉了的咖啡，打上剧本名：《××绝恋》。

十几分钟后，她把大纲发给了制片人，看完之后，制片人回复过来："所以，最后男主把女主的胸割了？"

咳，怎么被制片人这样一说，原本浪漫治愈的爱情剧本都变成了悬疑恐怖片了。

"不是割胸，是根治手术！"她强调一番。

制片人："……反正最后女主没胸了。"

好像是差不多……但是没胸总比没命好啊，何况没胸怎么了？搞歧视啊！不是还有很多天生平胸的吗？汤贝劝说制片人："主要是通过这个片，我们可以宣扬一下女性健康，关爱乳腺癌病人。"后面，她又说了一大堆。

"可是，我们拍的是爱情电影，又不是宣传片。"

爱情电影就不能有意义有情怀吗？汤贝不认同制片人的话，继续阐述她的想法："结局，女主桥改变了设计风格，设计起了平胸内衣，专门为那些平胸女孩带来美丽。因为这样，工作更有了意义……我们的女主角不仅获得了爱情，还有了更高层次的追求。"

最后，制片人黄姐有些被她说服了，给了一句肯定的话："这个倒是很好。"

……

晚上沈时送她回来的路上，汤贝说了下午构思出来的电影大纲，然后求表扬般地看向沈时。她这个故事是不是特别棒？尤其女主最后的治疗方案，她完全结合了实际情况，一点都没有跑偏。如果按照她之前的想法，女主真的有可能变成星星挂在上面下不来了……

沈时微微点了点头说："挺好。"至少逻辑没问题了。

"我就知道。"汤贝特别开心地说，"我这次构思得特别顺利，主要是把男主代入了你。"

噢，原来是这样。沈时扯笑出声。

汤贝看沈时心情这样好，假装烦恼地说："可是我开头第一场戏还不知道怎么写，丁医生说最好的写作是体验式写作，我也想体验一下……"

她想要的体验，自然不是得乳腺癌。

沈时已经猜到了女朋友心里的想法："是想去酒吧？"

"你同意吗？"汤贝立马觍着脸，笑盈盈地望着沈时。最好到酒吧之后，他还可以扮演梁医生，这样她肯定能很快找到感觉。

沈时不答应。

回到她的公寓，沈时站在门外没有进去，揽着她的腰身，突然问她："如果我不陪你去酒吧，你会自己去吗？"声音清清冷冷，却格外撩人。

如果这个嗓音，变成在她耳边说悄悄话那种，一定更要命。

既然沈时主动提了出来，汤贝仰了仰脸，转了转乌溜溜的眼珠说："……如果一直找不到感觉，我当然要去酒吧感受一下。"

说完，她朝沈时粲然一笑。毕竟她除了是他女朋友，还是一位艺术从业者。

"哦，那我只能作陪了。"沈时说，口吻无奈又纵容。

她就知道，沈时会答应她！

"那我们去酒吧之后，你要不要再扮演一下梁医生？"汤贝得寸进尺地要求说。

沈时只是望着她。然后，朝她摇头。

……好吧，她就知道沈时不可能答应她这个要求。

汤贝垂下头，就在这时，沈时双手都揽住她的腰，低低地问她："如果我答应扮演梁医生，有什么好处呢？"

汤贝立马踮起脚，打算送上一个吻。像是知道她要吻他，沈时主动低下头，方便她这个梁上君子偷香窃玉。"如果你答应我……我一定会更喜欢你。"她在沈时耳边留下这句。

然后她和他，脸对脸，眼望眼。

"哦，好。"沈时答应了她，扬起的尾音带着一丝快意和清沉。贴在她腰上的手，不经意之间，也紧了两分。

S市江心路那一带有很多欧式风情酒吧，格调浓郁。远处是灯火通明的高楼大厦，近处是金色霓虹，一闪一闪。

汤贝不是酒吧常客，但至少比沈时来得多，她带沈时选择了一家复古风的老酒吧，刚进入，迎面便是一首老歌徐徐拂来，酒吧前面一位西装大叔站在竖立的麦克风前，深情温柔地吟唱着："读你千遍也不厌倦，读你的感觉像春天……"

汤贝跟着哼了哼，觉得自己可能没办法代入绝症女主的心境了。沈时找了一个桌位坐下来，最靠走廊的角落；一直跟着的酒吧侍者拿着单子让沈时点酒，她转头走出了酒吧。

桥原本是一个独自留在大城市奋斗的年轻女孩，渴望爱情，期盼梦想开花，结果一切还没有实现，却不幸得了癌症……

桥觉得老天在跟她开玩笑，然而她真成了不幸的那一个。

汤贝坐在外面，如果她在遇上沈时之前得了癌症，她会如何？每次化疗之后，她会不会胡思乱想，当希望越来越渺茫，会不会索性放弃呢。

汤贝稍稍歪过头，不用刻意寻找，便看到了沈时。他坐在角落背靠着沙发。桌前，放着一杯淡色的酒。晦暗的光线，他抬了抬头，朝她望了过来。

梁原本是一个颇具才华的外科医生，年轻时候因为一起医疗事故从大医院调离，之后他便随心所欲，每一天都过得放任风流。

桥和梁在酒吧遇到，原本就是一对红尘男女相互寻找慰藉，可是最后他们相爱了。

爱而不自知。

汤贝再次走进酒吧，径直朝沈时走去，两人目光再次触碰了一番，她搭讪起来："我可以坐这里吗？"

"可以。"

"一个人？"

"你不也一个人？"

“你叫什么？”

“梁生。”沈时念出过来时女友交代给他的名字，抿了下唇，继续问，“你呢？”

“子桥。”

旁边还是刚刚领这两人进来的侍者小哥，听到这两人的对话，实在纳闷，瞧了眼这两人，是他眼花了吗？这个女的刚才不是跟这个男的一块进来的？

出去走了一圈，就不认识了？

就在这时，男的又开口：“喝点什么，我请你。”

女的：“玛格丽特。”

侍者小哥正要记下玛格丽特，男的抬头对他说：“拿一杯酸奶。”

侍者：……

“我要喝酒，果酒也可以。”汤贝同样不满地瞅着沈时，“不然等会儿我没办法入戏。”

侍者小哥：……

有来酒吧玩艳遇的，没想到还有来酒吧玩假装艳遇的……真会玩啊！侍者小哥挺胸上前，开口说：“帅哥，就来一杯玛格丽特呗。”

沈时只好同意。不，应该是——“梁医生”。然后，他继续靠在沙发上，借着幽暗的灯光，安静又别有深意地打量着面前的人。

沈时演技比汤贝想象的好，不，是好很多。不知道是不是他本身就具备梁医生的气质，几乎不需要过多扮演，就是活生生的梁医生。简单的台词，可是从他嘴里说出来，别有味道。完全就是一位坐在酒吧等待勾搭的风流男人啊。

漂亮的玛格丽特端了上来，汤贝假装第一次喝鸡尾酒，抬头说：“谢谢，味道很不错。”

沈时继续端详着子桥，眼睛像是长着钩子，十分勾人。“里面有些闷，要不要出去走走？”他提议说。

“子桥”跟着“梁生”出去了，嘴里留着一丝鸡尾酒甜美的香气。从酒吧来到外面的铁索桥，汤贝望了望沈时的侧脸，突然走神地想到她在洛杉矶医院第一眼见到沈时产生的心思，如果沈时不是她哥的朋友，她可能真会像子桥这样，一点点地被他吸引。

“现在要去哪儿？”他问她，应该是梁生问子桥。

汤贝回答：“你平时……都去哪儿？”

这是还要继续吗？沈时真的无奈了，轻轻笑了笑，“我平时都直接回家，所以你要不跟我回家？”他建议说。

汤贝心跳猛地加快了半拍，然后任由沈时拉着她，将她带上了车。车里，他给她系上安全带，气息压近，吻了下来。汤贝有些分不清这是她和沈医生在接吻，还是子桥和梁生在接吻，直到耳边传来沈时偏沉的声音：“……还要继续吗？”这个继续，有双重意思——继续扮演，以及继续吻下去。

汤贝临时喊了声停……

沈时送她回戏剧学院公寓，她拿出手机，看到了一个未接电话。同样，沈时手机里，也有一个未接电话。都来自季柏文。

季柏文先给贝贝打电话，没人接听，再拨了沈时的号，依旧没人接听。打算回去时，看到前面的黑色SUV，下来一对儿。

……没注意到季柏文之前，汤贝是牵着沈时的手走过来，面上带着笑意。作为一个女朋友，她很喜欢牵男朋友的手，尤其是在这样迷人的夜里，手牵手的感觉很浪漫。结果注意到前面那道遥遥望来的凝视目光，汤贝顿时松开了手。

就这样，被松开了手，沈时将松开的手搭在了自己女朋友的肩上，朝季柏文走过去。

“这么晚，去哪儿了？”季柏文双手抱胸问。

汤贝硬着头皮回答：“约会……轧马路啊。”

季柏文又看向沈时。沈时回视季柏文，眸光极淡。

汤贝想逃离这两人的气场，对沈时和她哥说：“我上楼休息了。”

季柏文眉头一拧：“早该睡了，不知道现在都十二点了吗？”

汤贝嗯了嗯，还是问了一句："哥……这么晚了，你怎么过来了？"

"我饭局结束过来看看你，结果打你电话也不接。"季柏文凝着面色说。不过这句教训的话，更多是说给旁边某人听。男女约会能约到这么晚？

咳！汤贝提前离场，上楼了。

季柏文和沈时靠在车子前面，打算聊一聊。路边偏黄的光线笼着两人挺拔修长的身姿，路边偶尔还有行人走过。季柏文微微曲着腿，从外套里拿出一包烟，抽了一根递了过去。

沈时拒绝，将手放在西裤口袋里。

"戒了？"季柏文问。

"早戒了。"

季柏文自己点烟，吐了一口烟圈说："抽烟这个事，我还是从你这里学来的。"

因为沈时抽烟，他才跟着抽上。

很难想象对吧，当年几乎是所有人眼里的好学生的沈时会抽烟，季柏文也很好奇。至于当年沈时为什么想抽烟，不是为了装帅，更不是排忧解乏，只是好奇戒烟有多难。

没想到有人真的说戒就戒了，与生俱来的自制力真是令他十分钦佩。

"贝贝是不是挺好骗的……"季柏文再次开口，说了一句不着边的话。事实对他来说，他家贝贝就是被沈时用手段骗走的，才一时迷了心。

沈时微微转了下头，没有回季柏文的话，顿了顿，"柏文，你不应该说骗。"沈时轻声说。

季柏文夹着烟，想了想说："沈时，我从不怀疑你做事的能力，不管是学习工作研究还是恋爱，只要你想做，都能做得很好。"

这是什么夸奖，还是觉得他是用能力跟汤贝贝谈恋爱？

难道不是吗？

男人恋爱要么走心，要么走肾，沈时有着比常人都聪明的脑袋，谈场恋爱怎么会难倒他，从容不迫，步步为营。这不是用脑子恋爱，是什么？

"所以，你要跟我传授恋爱经验吗？"沈时反问季柏文。

季柏文摇头，默了会儿开口："沈时，如果有一天你觉得贝贝不可爱了，你对她失去了耐心，请你尽快跟她分手。贝贝很懂事，一定会理解你，不会过多纠缠你。"

"当然，我也会理解你。"咬了咬牙，季柏文又加了一句。

因为这个世上，男人的心上，没有永远可爱的女孩，也没有永远令人心动的感觉。

"是啊，你会理解。"沈时侧过脸，明白他心里所想。

"对，我理解。"季柏文重复着这话，然后同沈时对视，"但是，我也不会放过你。"

"多谢提醒。"沈时目视前方，兀自笑着。有病！

汤贝回了一趟周庄，清明祭祖。从公墓回来碰到舒姐姐，两人一起下山。

舒姐姐早她一天回来，因为今年是第一次祭拜舒伯，事情比较多。从公路下来，汤贝编了两个花环，一个给舒姐姐，一个戴自己头上。

然后，拿出手机拍照。屏幕里，舒姐姐温柔地弯着唇。

汤贝觉得舒姐姐越来越漂亮了，不是小姑娘那种花枝招展的漂亮，而是一种知性温婉的美丽。难怪王老师的儿子为了舒姐姐要留在S市工作。第二天，汤贝和舒瑶一块坐车回S市，快到S市时，舒瑶接到一个电话，轻声对手机那端的人说："我四点左右到……不用来接我，真没事。"

汤贝敏感地抬起头，随即眼睛放光，猜测说："舒姐姐，你谈恋爱了？"

舒瑶放下手机，也没有瞒着，回答她说："他是S市本地人，比我大一些。"

"不错啊！"汤贝替舒姐姐高兴，转而想到沈时，咧了咧嘴，交换道，"我也谈恋爱了，不过我哥不让我告诉爸妈……他也比我大一些。"

舒瑶笑了，问她："是你上次说的那位沈医生吗？"

汤贝嗯了声。

舒瑶微微一笑。

汤贝低了低头，感慨道："其实从结婚角度，我和沈医生可能不太合适，但是从恋爱角度，我们很合适的。"这番话，汤贝完全是瞎扯，事实上她根本没有考虑跟沈时结婚的问题。她只是想知道，舒姐姐是不是找到了那个合适的人。

舒瑶也提了提那个人："他很会照顾人，性格很好，S市有一套房，现在在会计事务所上班，工作稳定……对了，他还是我以前的同事。"

汤贝啊了声："是在森善工作过吗？"

"嗯。"舒瑶点头，"不过已经离职了。"

汤贝和舒姐姐回到S市，各自打了一辆车，森善大楼和戏剧学院两个方向，没办法继续拼车了。因为高速堵了车，坐大巴到S市汽车站已经五点半。

五六点的S市，高楼大厦上方，暮色沉沉；空气也有些凉意，仿佛突然来了倒春寒。

舒瑶本不用去森善大楼加班，可是总经理发来短消息，让她临时将第一季度的分析报表赶出来。她来到总经理办公室，看见季柏文坐在大班椅上，仰着面。

然后，他看向她。

两人公事公办太多年，早没了周庄那会儿的同学之情，季柏文突然问起她私人问题，舒瑶愣了好久。"那个赵中信……如果我没有记错，好像是丧偶独身啊。"季柏文俯身，像是讨论工作那般，将对方丧偶这个事，无伤大雅地挑了出来。

"季总……"舒瑶恨过季柏文？没有，不管他做什么，她都不会恨他，连讨厌都没有。

但是这一刻，舒瑶突然有些讨厌他。

第二天，沈时坐诊，汤贝以学习的姿态和他一起待在肿瘤MDT外科诊室；诊室里面坐着好几位医生，实习的，住院的，还有喊号的护士。汤贝坐在最里面，对着笔记本电脑。

护士往外面喊："十二号，樊树。"

樊树？！

汤贝不由得一愣，很快诊室门被推开，一位穿着牛仔夹克的清秀小伙子朝里面所有医生打了个招呼：“嘿，你们好。”

汤贝缓缓地站了起来：“小树？”

“小贝！”

两人视线碰撞，相互称呼。对面沈时端坐中间，看向站起的女友，再看向门外进来的年轻小伙，微微挑着眉。

Chapter13

猝不及防被求婚

多年未见的樊树，面貌似乎一点儿没变，只有个子像青翠的竹子拔高了一大截。其他仍是瓜子脸，月牙眼，笑起来红唇齿白，热情洋溢。

汤贝和樊树来到医院主楼后面的花园，面对面地坐着。

“胶质细胞瘤？”

“嗯。”樊树坦白了他的情况，指了指大脑说，“好像就长在这里，发现一段时间了，不过几乎没什么影响。”

除了有时候看人看物有些重影。

“那你怎么一个人过来啊？”汤贝又问樊树。

“我妈不是忙嘛！”樊树笑着说。

樊树是一个单亲小孩，从小就只有妈妈带着他，她和他小学同校初中同班，还同桌了一段时间，后来上课讲小话被调离座位。之后初三，樊妈妈带着樊树离开了周庄，她和樊树也就没有再见面了。当时樊树离开时两人都没手机，樊树更是连个地址也没有，只记得分开的时候，她在樊树的纪念册留下一句话：“愿你像天上的一颗繁星，永远闪闪发亮；也像地上的一棵树，朝着天，越长越高！”

“贝贝……你别难过啊。”樊树紧张了，连忙腔调轻松起来，“沈医生都说我位置长得好，开个刀就好了。像我这样的手术，这里每天都有五六台呢！”

“沈时真这么说吗？”汤贝问，鼻子还在发酸。沈时给樊树问诊的时候，她被请到了外面，所以不清楚沈时到底对樊树说了什么。

“对啊，沈医生还说了，发现得特及时。”樊树一直笑呵呵的，然后从口袋里拿出了一小罐木糖醇，“来一颗。”

汤贝摊开了手心。

小时候如果说汤贝跟周庄的小伙伴谁关系最好，六岁之前她都会不假思索地回答是小树，后来有了男生女生的意识，就不好意思说跟小树关系最好了。两人也不会再随便过家家扮演王子公主，甚至樊树请她吃泡泡糖，都是偷偷塞到她手里。

初中樊树变成一个小少年，两人成了同班同学，因为关系亲近被人说早恋，早恋是什么？汤贝当然知道。其实早恋也没什么吓人的，她不要因为被人说早恋，就不跟樊树一起玩了。她和樊树还是继续一起放学，他请她吃泡泡糖，她请他吃棒冰。

她和樊树真的只是好朋友，没有任何早恋行为。

只是有一次两人坐在学校外操场的台阶一起听着MP3里的音乐，樊树突然转过脸问她：“贝贝，我可以亲你一下吗？”

那会儿，她好像有些被吓到，涨红着脸：“可以……但是只能亲脸。”

结果小树没有亲下来，早恋的火苗刚刚蹿起，便被她哥季柏文掐断了，就像一株正要破土而出的小幼苗，还没有来得及抽芽，就夭折了。

樊树回去了，临走前对她说：“我会尽快考虑好。如果打算做手术，我就来东院……刚刚给我看病的沈医生，还挺让人放心的。”

“沈时是美国医院回来的医生，你可以对他放心。”汤贝说。

然后，她和樊树互加了微信。

汤贝回来的路上，在医院的椅子上捡到一个浅黄色的prada钱包。谁的？她打开钱包看了看，有卡有现金。钱包最里面，还夹着一张照片……

一张年代很久的老照片，高高的少年旁边站着一个面容安静的小女孩。汤贝认出了照片里的少年，自然也认出了少年旁的小女孩。

没有过多打量，她合上钱包，心里莫名有一种不小心窥探到秘密的心虚感……

今天MDT综合办公室只有黄医生在，汤贝趁着黄医生给阳台那一盆盆多肉浇水的时候，将季子珊的钱包放在了她办公桌上。

明明是捡了钱包，还要这样偷偷摸摸还给失主，真的有些无奈啊。

汤贝离开了办公室。

十几分钟后，季子珊跟着杨医生回来，在自己桌上看到了丢掉的钱包。不知道为什么，胸口下意识地咯噔了一下，她问办公桌前的黄医生："黄医生，刚刚是谁捡到了我的钱包？"

"啊？"黄医生反应了一下，"我也不知道呢。"想了想，指着门口说，"不过刚刚只有汤汤进来过……"

汤贝和季子珊在洗手台碰到。

两人对着镜子，汤贝朝着镜子扯了下嘴，算是打招呼了，心里难免有些别扭。如果季子珊真的喜欢沈时的话……

季子珊关上了水龙头，待她转过身，出声问她："汤贝贝，你是不是看到那张照片了？"

汤贝微微侧着身，不知道怎么回答好，撒谎吧季子珊不信，直接说吧又不太合适。

"我……的确看到了。"汤贝回答。

季子珊沉默。

汤贝抿唇，其实她觉得大家都装作不知道比较好。只是没想到，季子珊真的很要强，尤其有一股破罐子破摔的倔强。

"没错，我喜欢沈时……很多年了。"季子珊望着她，一股子傲气扑面而来。

唉，汤贝心里那个纠结，说得这样明确做什么，要她怎么回应好呢？那个……不好意思，你晚下手了一步，沈时已经是我的男朋友了？汤贝站在季子珊面前，心里发紧，嘴上仍淡然地应了一声，回答说："哦，我知道了。”

季子珊突然很羞愤，瞳仁缩了缩道：“汤贝贝，我不是特意跟你说什么，只是觉得……”

觉得什么？汤贝的眼睛眨了下，静静地等着。

季子珊脑子有些卡壳，便将程莹莹说过的那句话讲了出来：“……原来男人都很肤浅。”

……这下，汤贝真的什么话都说不出来了。

“沈时也没有那么好，甚至一样的肤浅。”季子珊笔直地站在她面前，样子骄傲而敏感，羞愤又果决。

汤贝却那个委屈：“……”她根本没办法反驳，怕不小心又在季子珊胸口刺上一刀。

“所以，你放心……我不会再喜欢沈时了，我会找一个比他更好的男人。”季子珊咬咬牙，一股脑儿将所有话都说了出来。

年轻女孩一旦处于气头上，就很容易口不择言，事后又会意识到问题。

对汤贝而言，季子珊已经把所有话都说了，甚至姿态高傲地直接退出。一个人演完了整场戏，她还能说什么，总不能鼓掌一番吧。

“嗯。”汤贝终于出声，点了头说，“你能这样想，挺好。”

至于沈时，他就当个肤浅的男人吧。汤贝转身走了。

老实说，她原本有些生气，只是想到季子珊说话的样子，可能真是太喜欢沈时了，比自己的骄傲还要多，才会表现得这样……破釜沉舟吧。

傍晚沈时送她回来，汤贝坐在车里问起樊树的情况，沈时回答她说：“大脑半球神经胶质瘤，瘤体算常见……能手术尽快手术。”

“我会跟小树好好说的。”汤贝接话，心又沉了。

沈时继续驾驶。下午季柏文打电话过来，他顺口问了问樊树这个人，季柏文倒是非常具体地跟他介绍了一遍；听到他说了樊树的情况，沉默了一会儿说：“如果手术把握不大，你让其他医生做吧。”

……这倒还不用。

沈时收了收思绪，转过头，望了女友一眼，深幽的眸色透着淡淡的光，至宁至静。“看来需要做点什么，你今天的心情才会好一些。”他缓缓道。

嗯？做……？

汤贝转过头，做什么啊？她也瞅着沈时，蓦地觉得季子珊好像说得没错——他的确是一个肤浅的男人！

“要不，我们去吃点消夜？”沈时开口说。

汤贝抬了抬眼，半晌，换作请求：“……烧烤可以吗？”

……

五分钟之后，汤贝收起手机，脸上已经挂着笑，开口说：“我觉得叫上我哥比较好，别看他是个总经理，他其实特别喜欢吃烧烤。”

沈时点了下头。

汤贝跟着点头，说出目的：“沈哥哥，等会儿我们一定要好好在我哥面前秀一把，让他好好看清楚，我们是真的交往……不然他可能还觉得我们逗他玩呢。”

“嗯，柏文可能真这样想。”沈时附和。

“没错。”汤贝握了握手，下决心说，“我们必须要让他看到，我们真的在交往了。”

难道交往还有假？沈时心想贝贝突然决心这么大，难道是想到曾经被季柏文拆分的过去？如果是这样，他是庆幸，还是吃醋？

汤贝又确定地问了问：“沈哥哥，你觉得怎么样？”

沈时握上方向盘，顿了顿，侧过头肯定地说：“我觉得不错啊。”

“哥，在忙吗？”

“有事？”

“出来吃消夜不？沈时请客……烧烤哦。”

“烧烤？沈时？”

“……来不来啊？”

“地址发我。”

汤贝选了一家双方距离折中的烧烤店，一家网红烧烤店，名字也很网红，叫作“火烧火燎”。其实，她更喜欢在街边小摊吃烧烤，几个人围着一张小桌，自在又随意。

不过，她总觉得路边小摊跟沈时的气质很不搭。加上最近城管巡场频繁，如果吃到一半，她还要带着沈时撤离，想想这画面就很不对。大二有一次她和季柏文就遇到过这样的情况，吃到一半巡逻的城管过来收摊，结果她都跑了好几米了，季柏文还坐在那里装帅……

坐在“火烧火燎”烧烤店里，季柏文还没有过来，汤贝跟沈时讲起了这件往事，再次回想一番，依旧觉得很好笑，托着脸说：“后来，我哥就不再跟我出去吃烧烤了……也越来越有总经理的架子了。”

后面半句，她跟沈时偷偷抱怨一下。

“烧烤的确要少吃。”沈时说，但也不提烧烤里的丙烯酰胺是2A级致癌物。

“嗯。”男朋友太帅，很多事情都好商量，汤贝朝沈时保证说，“以后我只有心情特别不好的时候才吃一次。”

“我们可以找个其他缓解心情的好办法。”沈时说。

汤贝又嗯了声，莫名有些面热，索性大大方方地欣赏自己男朋友的颜值。

今天沈时穿着一件深蓝色衬衫，虽然穿法随意，却比他穿白衬衫看起来沉稳，沉稳又干净。尤其拢着袖口，露出修长清俊的小臂手腕，显得利落而有力量。明明这家网红烧烤店空间很大，然而沈时坐在这里，已经自成一道风景。后桌散发出来的烟气，都被衬托得像是袅袅仙气。就在这时，后桌一个女生突然受不了地喊道：“天哪，你们俩又吃猪脑，受不了……”

猪脑……

汤贝其实一直很想问沈时一个问题，作为一个外科医生，他开过脑壳，也开过大胸，会吃内脏、猪脑这种食物吗？

“沈哥哥……”汤贝半弯着眼睛，“那个，你吃过猪脑吗？”

“吃过。”很快，沈时回答说。

好意外！

“其实，我在国内上初高中时也会跟同学一起出去吃烧烤，赢了篮球赛或什么竞赛结束，也会出去庆祝吃一顿，记得烤猪脑那会儿还是作为奖励存在的。”

“当然，第一次尝试是被同学逼的，实在没办法吃了一口。”沈时补充说。

汤贝望着沈时，眼睛一闪一亮，不知道为什么听沈时说他的年少往事，感觉十分有趣好玩，又令她好奇不已。

毕竟她更能接受他是吃仙气长大的……

季柏文过来了，原本汤贝跟沈时面对面坐着，看到她哥过来，她就把位置让出来给她哥哥，自己则坐到了沈时那边。

季柏文冷着眼，坐了下来。“怎么想到来吃烧烤？”他靠着椅子发问。

汤贝坐在沈时旁边，乖乖回话：“特意请你啊。”顿了顿，“我和沈哥哥能交往主要感谢哥你，既然我们在一起了就要请你吃个饭嘛——”

旁边的沈时笑了笑，没想到贝贝找了一个如此合适且妥当的理由。

可是，季柏文并不想接受这样的理由，嫌弃地扯话：“谁说我喜欢吃这些东西。”

汤贝抬起头：“不喜欢你怎么过来了？”

季柏文哼气，看着他们说：“我怕我不过来，你们可能又要深更半夜才消停。”

汤贝顿时心虚：“……”

沈时回视了季柏文一眼：“放心，今晚不会。”

汤贝是真的想向季柏文证明她和沈时是认真交往，所以全程跟沈时就像一对热恋的男女朋友那样“互动”。比如她将烤好的肉串不停歇地送到沈时手里，比如噘起油腻腻的小嘴，对沈时说：“沈哥哥……你给我擦一下嘴。”

季柏文：……他就看这两人能秀到多久！

对面，沈时已经拿起纸巾，擦了擦女朋友的嘴角。

烧烤结束，汤贝提起舒姐姐恋爱的事，主要想跟她哥打探下舒姐姐男朋友是个什么样的人。“哥，舒姐姐男朋友之前好像在森善工作，人怎么样？”

季柏文走到她旁边，凉凉回答：“森善员工那么多，我不是每个人都认识。”

汤贝被堵得无话可说。每每季柏文这个态度，她都觉得非常有距离感，就算她和他是兄妹。“哦……”她轻轻应了声，低下头。

汤贝的不良情绪从来是一瞬的事情，待沈时结账出来，又扬起了笑脸，挽上了男朋友的手臂。沈时任由她挽着，身姿颀长地走在她旁边。

另一边，走着季柏文。

烧烤店这条街穿过去就是S市的临江绿化区，春天的夜晚带着幽幽香气，不知名的花香，闻起来清新又宜人，夹着一份寒气的甘冽。

汤贝和两位帅哥走了一段消食路，来到一处江岸，凉风拂衣，吹散了各自身上的烧烤味。季柏文和沈时聊起了天，关于上次他牵线合作的制药公司。话题结合这两年国家的一些政策，国内高端制药发展越来越好，竞争也越来越大。

一个站在病患角度，一个站在市场角度。汤贝站在两人的中间，对着江岸的夜景，心情越来越温软。“……冷吗？”沈时突然问她。

“嗯。”汤贝点了下头，拢了拢垂落的双手。

“冷就记得下次出来多穿点。”季柏文看着前方翻滚的江水，听到这两人的对话，忍不住教训一句。不要以为交了男朋友，他就管不了她了。

结果再次转过头，他旁边这对儿已经抱在了一起。贝贝站在前面，沈时站在后面，一前一后，静静地戳着，黏在了一起。

季柏文碍眼地撇开视线……

樊树同意接受手术，并由沈时为他执刀。只是这个手术他不想让自己妈妈知道，所以关于这个手术同意书，樊树在会议室问沈时："沈医生，我可以自己签字吗？"

沈时看着樊树，建议说："我觉得你还是需要通知你的妈妈，或其他直系家属。"

樊树苦恼地笑了笑："那我再想一想吧。"

然而过来签字的人并不是樊树妈妈，而是一个西装笔挺的中年男人。他对沈时说："我是樊树的亲生父亲。"

汤贝和樊树私底下聊天，才知道他妈妈这几年身体特别不好，同样住在医院里。这样的情况，樊树肯定不能让他妈知道。所以，他去找了那个男人过来。

"小树，你一定要相信沈医生，他会治好你的。"汤贝对樊树安慰说。

"我相信呢。"樊树望向她，"现在开刀就是找熟人医生才放心，不然被多割一刀都不知道。沈医生好像跟你挺熟的……那就跟我也熟呢。"

"胡说什么。"汤贝纠正樊树的观念，"都是一些以讹传讹的事情，就算有，也是个例。"

樊树点点头，一副听话的样子。

事实也是如此，没有一个医生在手术台面对病人的时候，不是拼尽全力。

签好手术同意书，樊树提前两天住进了病房。关于手术告知事项，包括后续情况，沈时也都对樊树具体讲了一遍。樊树已经能接受就算手术成功，后面还会有复发的可能。

"沈医生，能不能不要告诉小贝啊？"樊树请求说，"我怕小贝会难过，为我担心。"

沈时顿了好一会儿，说："如果她自己不发现，我不会多说。"

樊树放心了，十分感激："谢谢……沈哥。"

沈时：……

这几天季柏文因为新药上市问题来了趟东院，然后由沈时带他去东院的实验中心，途中问起樊树的情况，就算当年樊树和贝贝被他拆散，樊树总归也是半个周庄人。

以前也是口口声声叫他季哥哥。既然来了，等会儿还是要去看一趟樊树。

结果就在不远处的一棵大樟树下，看到贝贝和樊树像两只鹌鹑挨靠着，贝贝伸手碰了碰樊树的脑袋，像是在安慰什么。

"沈时……你看他们像不像是一对儿可怜的小鸳鸯？"季柏文问旁边好友。

沈时也看着前面，抿了下唇，没有回话。

季柏文又说："早知道当年我就不棒打鸳鸯了，这样贝贝也就落不到你这只狼手里。"

"多谢啊。"沈时朝季柏文道谢一声，走在了前面。

谢？他还谢他！季柏文想了想，狠狠地嗤笑一下。

樊树住院后，沈时的确很少见到自己女朋友，中午吃饭都没有见到人影。下午沈时站在洗手台清洗双手，揪住了从走廊路过的女朋友，叫住了人："去哪儿？"

汤贝停在长廊，笑吟吟转过身，欸了声："沈哥哥，你手术结束了？"

沈时嗯了嗯："是啊。"

汤贝依旧笑着，回答他刚刚的问话："我刚给樊树考察了他明天排到的手术室，现在去住院部找他……"

沈时一时没说话，只是静静地望着她。

汤贝被望得直眨眼。

"贝贝……"沈时叫了她的名字，上前，两步停在了她面前，微微低下头，再次开口，"你是不是觉得我是一个很大方的男朋友？"

呃？

沈时的话，汤贝有些蒙，呃，他当然大方了！

就算待在美国读书工作那么多年，也没有被美国文化洗礼，每次约会都不跟她玩AA，搞得她都很不好意思，谈个恋爱就像是蹭吃蹭喝……还有上次买车，一起刷掉她那辆的车钱，像是多买一个白菜球似的。更别说洛杉矶两人刚认识，他就将他的卧室让出来给她……还有，她偷拍了他的换衣视频，他也只是关掉自动寻人功能不再追究。

这样的男人，男朋友，怎么不大方！甚至已经不是大方，是大气！是海纳百川啊！

“沈哥哥……你是全世界最大方的男朋友。”然后，汤贝将所有的肯定用一句话表达出来。声音有意压低，趁着周围没人，悄咪咪地表扬他一句。

沈时并不接受这顶高帽，明确说：“那我告诉你，我一点儿都不大方。”

汤贝：……

沈时所说的大方好像跟她刚刚想的有些不一样。难道是吃醋了？她觉得不可能，但不排斥这个可能性——“沈医生，你是……吃醋了吗？”她好奇地问，尾音有些飘。

沈时也不藏着，淡淡反问她：“难道我需要喝掉一瓶醋，我女朋友才能闻到我的醋味吗？”

汤贝：……

吃醋还能用冷幽默的方式说出来，这令她有一种莫名的歉意，可是樊树是她小时候最好的朋友，明天就要动手术了。她只想多陪陪他……

沈时见汤贝垂下头，当然清楚自己女朋友的内心想法，换了话说：“你陪樊树可以，但是要把握好男女关系，别让樊树误会了。”

误会两字，顿时让汤贝明白过来，猛地想到一个可能，问了出来：“沈哥哥，是不是我哥对你说了什么？我和樊树只是朋友同学，我们没有……”

一时之间，沈时觉得自己是不是太霸道了。

“我知道。”沈时抿了抿唇，加了一句，“柏文没对我说什么。”

汤贝嗯了声。

作为男朋友，沈时提出请求：“等樊树手术之后，你不能像这两天这样陪着，这种陪伴已经超过普通朋友可以做的了。”

汤贝默默地点头，明白了。

男女恋爱，要想双方关系长久，一旦出现问题就要快速解决。有时候，也需要有经验的一方带着没经验的另一方。汤贝觉得沈时肯定比她有经验。刚刚那一番话说得真厉害，明明态度强硬，表达却很委婉。她跟沈时走过长廊，然后转过身说：“沈哥哥，等樊树手术结束，我有一个礼物送给你。”

“……好。”

傍晚，汤贝给樊树拍摄手术前采访视频，在他病床前支起摄像机。病床上护工正给樊树剃头，他面带着傻笑问她：“我剃了头是不是更帅了？”

“帅，帅成犀利哥呢。”汤贝回道。她的声音被一起录了进去。

樊树是一个爱笑的男孩，就算明天开脑依旧不影响他爱笑的本性，对着她的镜头，他说起了一件事：“我初中那会儿就特想剃光头，现在这个愿望终于实现了。”

汤贝接了樊树的话：“因为看了《越狱》吗？”

樊树抬起手指说：“……贝贝，还是你懂我！”

汤贝笑嘻嘻，既然是术前采访视频，就应该由她来提问，她问了第一个问题：“手术结束后，第一件想做的事情是什么？”

樊树想了想说：“还不知道，但是我想应该是感谢老天吧，感谢老天爷没有收我。”

胡说什么！汤贝反驳说：“手术顺利不感谢你的手术医生护士，居然要感谢老天爷，迷信。”

樊树惭愧地摸头：“那我就感谢沈医生。”

“嘿，沈医生……”就在这时，樊树抬眼叫了声病房外出现的男人；汤贝也回头看了眼沈时，转了转眼珠，继续采访樊树：“经过这次手术，有什么以前想做没做，后面想去尝试一下的事呢？”

“有！”樊树咧着嘴，认真地回答她，“我要去参加《中国优声》。”

“支持你。”汤贝立马接话，想起以前樊树就最爱唱歌，每次的十佳歌手都有他。

镜头前，樊树继续弯了弯眼。很快，他被剃光了头，朝着她的镜头，比了一个V手势。

最后一个问题。汤贝看向樊树：“紧张吗？”

“有点。”樊树如实回答。

“紧张是正常的……”

沈时进来了，过来查看一下情况，顺便嘱咐几句术前注意事项。“不要有什么压力，相信我。”沈时说，语气有一种笃定的保证。

樊树郑重地点了下头。顿了下，他递出手机说：“沈医生，你可以帮我和贝贝拍一张吗？”

汤贝忽地转了下头，耳后落下沈时清沉的回答：“好，没问题。”

沈时接过樊树的手机，汤贝坐到病床边，樊树将手放在她肩膀上，轻轻地搭着，然后漾出一排白牙笑着。一道清脆的“咔嚓”声，这张两人合影留在了樊树的手机里。

第二天樊树排在脑外第一手术室，第三位手术；整个手术过程会在隔壁的演播室全方位记录。这是东院两年前开通的手术特别服务，利用视频传送系统实时直播手术过程；不仅可以让家属观看到手术过程，也方便实习生和医生交流手术过程，讲解手术操作的难点。

手术室外的直播屏幕，十六块大屏幕，从各个角度记录着里面手术室的情况。今天，汤贝也坐在演播室观看小树做手术，第一个片段里，护士正给沈时撕开无菌手套的袋子。

手术台上，樊树突然朝所有人比了一个yeah，副手胡医生笑了，顿了下，也朝外面比了一个手势。手术外几位观摩的医生也都笑了，对她说：“汤汤，你这位朋友心态很不错呢。”

汤贝扯笑，心却揪着，视频里沈时戴着口罩来到手术台。

手术开始了。

所有步骤都有条不紊地进行，就像黄医生对她说的话，即使再小的手术也都存在风险和各种可能性，但是这样的手术东院每天有好几台，大家都有着丰富的经验。

更别说沈时这样一个天赋满级的外科医生。

内科讲经验，外科论天赋，开刀做手术，除了经验，更重要的是心理质素和操作技能。

视频画面里，不论沈时还是其他医生护士，都在一丝不苟全神贯注地进入手术过程，汤贝原本紧张的心绪逐渐放松下来。因为紧张，她亲眼看樊树的开脑手术，都不觉得画面可怕。或许，还有她对沈时的无比信任……

她想到一句话：你若信赖相托，我必全力以赴。

整个手术时间并不长，从确定切口位置到开颅，将硬脑膜切开，找到肿瘤并切除，然后关闭颅腔，时间比她想象的短。直到结束，沈时摘掉显微眼镜，抬起头。

他朝她看了过来。

此时此刻，就算他什么都没有说，汤贝也已经落了心，樊树手术顺利地完成了。

沈时从手术室出来，汤贝也从手术直播室出去，沈时站在前面，摘掉了手术口罩，没有等她问什么，便说："手术顺利，别担心了。"

汤贝很想抱一抱沈时，但是忍住了。

晚上，汤贝在术后观察室外看樊树，樊树已经醒了过来。他穿着病号服，缓缓地朝她伸出手，又比了一个胜利的手势。

汤贝举起摄像机拍下了这一幕。

这个星期的周末，沈时休息，汤贝也跟着休息。周六，沈时开车来接她。

最近天气逐渐回温，不到中午阳光就十分热烈，像是转入了夏天，明明五月都没到。今早出门，汤贝上身套着一件薄薄的白色套衫，搭着小脚裤，白球鞋。套衫由于织法“偷工减料”，外加是轻盈的白色，显得有些透。所以，她保守地多穿了一件白色小吊带。原本她买这件套衫的时候，专柜小姐特意建议她直接单穿，将文胸若隐若现透出来，非常性感。

呃，她并不觉得。真正的性感是沈时那种就算从上到下都穿得规范妥当，从不多解一颗纽扣，依旧让人感到禁欲，想窥探其中。

今天沈时带她去他新租的公寓，她带上了电脑，里面有她打算送他的礼物。

为了方便上下班，沈时新租的公寓就在东院附近，靠近临江的公园，周围环境很好，只是对于沈时一个人住要租个三居室，她有些……嫉妒。

而他之所以带她过来，显然还把她当小女佣使唤。

公寓是新装修的，里面配套高端，客厅堆着他从紫金花园搬过来的书，和从洛杉矶寄回来的物件，全部没有整理归类。她像个贴心的女朋友，替沈时理了理东西，然后坐在地板上怀疑人生——她怎么越整越乱了。

沈时拿着洗漱用品去了洗手间，她看了看这堆全是英文的文档资料，叫了一声：“沈哥哥。”因为没有得到回应，她站起来，直接走向洗手间，顺手打开了洗手间的门——

“对不起。”汤贝呆呆地站在门口，第一次她看到沈时上厕所，而她像个女流氓，破门而入。视线根本来不及收回去，就继续从上往下……

“贝贝。”沈时制止了她，声音压了压，很无奈。

她赶紧关上门。原来沈时也会嘘嘘……呃，他是人，当然要嘘嘘了，而且他是男人，肯定是站着嘘嘘，跟其他男人一模一样……

汤贝贝默默地走到客厅牛皮软沙发前，坐在靠窗的扶手上方，面色微微发红。同样的场景，让她想到一个鼎鼎有名的大作家，明明娶了心目中的女神，却因为一次无意间打开没有反锁的厕所门，看到女神如厕场景不能接受，难堪得要离婚……

汤贝觉得自己倒不会因为看到沈时嘘嘘就要分手，但是，她心里怎么会如此别扭呢，难道交往这段时间里，她还没有将沈时当作男朋友，只是男神吗?

男神怎么能嘘嘘呢！

呜呜。可是不管是女神还是男神，身体的生理结构是一样的啊……汤贝为自己感到羞耻。

而她之所以脸红不已，甚至情绪反复波动，不全是因为她自己行为冒犯导致，而是她看到了不该看的画面，远远比上次洛杉矶看到的脱衣视频更令人冲击。

因为具体到某个特殊部位。

对，没错，她看到了，都看到了！还是一览无余的那种，现在完全深深地留在了她的脑海里，挥之不去。汤贝热着脸庞，反思般地耷拉着脑袋，直到沈时来到她后面，拍了下她的肩膀。

她怔怔地回过头，有些无颜面对。可是，沈时并不放过她——

“汤贝贝，我们聊一聊。”沈时对她说，依旧是姿态挺拔，面容冷静，从容如常。

啊，还要聊一聊？汤贝仰着头，眼巴巴地瞅着自己这位神仙般的男朋友——聊啥啊，她看都看了……

沈时继续注视着她。

汤贝触碰了下沈时的眼神，抖了抖睫毛。难道，谈一谈第一次撞到男朋友嘘嘘的观后感？

……可是，这样真的好吗？

男女朋友交往初始阶段撞见一些尴尬实属在所难免，可是女朋友这个反应，沈时的感觉却很不对。

汤贝望着沈时，心虚又羞愧，开口道歉：“对不起，沈哥哥。”刚刚她没有敲门就开门而入，实在太唐突太随意了。如果真要聊观后感，她的观后感肯定也先从检讨开始——以后她肯定得到允许后再进去。

她以为他要追究责任吗？沈时想要的不是道歉。他对她的感情向来很明确，也很清晰地区别着朋友妹妹和心动时候两者的不同。从确定心意到袒露情意，不管他对她的态度，还是他的一言一行，他想自己应该没有任何的遮掩和讳饰，最多在要到男朋友名分这件事上，有些巧立名目。同样，他也能感受到汤贝贝对他的感情可能更多的是一种对陌生领域男性的敬仰，对哥哥朋友的尊重，对医生这个职业的好感，甚至就像季柏文对他说的——贝贝就是被你这张脸骗了。

可是，这些都不是他想要的。

所以为什么交往了反而加深了两人的障碍，明明她眼底的心动和喜欢也不假，是他忽略了两人之间的年龄差距，还是她有什么想法是他完全没有想到的？

嗯？

沈时微微抿着唇，目光在女朋友脸上转了转，然后汤贝自然更……心虚了。

沈时放缓面色，轻轻问出一句："贝贝，你除了觉得我是沈时外，还觉得我是什么？"

沈时从来没有问过类似这样的话，可是他想知道贝贝对他这个人的认识到底是什么。很在意，也很想知道，她心里那个沈时是什么样子的。

汤贝坐在沙发上，双手放在膝盖上方，显然在思考如何回答。沈时已经丢了一个眼神过去："我想听你心里的想法，不是修饰过的好话。"

……不用修饰，全都是好话。

"就是男神啊，男神仙，男妖精……"汤贝把她对沈时的几个比拟形象都说了出来，长睫毛一垂一垂地看着沈时。

沈时同样望着她，一时之间没办法说出话来，顿了下先道谢一句："谢谢。"

谢谢她将他看得那样高端，出众，与众不同。

只是两人真的很有必要聊一聊，可是聊完真的就有改变？有些事急不来，尤其是男女两人相处，交往是一回事，真正熟悉彼此又是一回事。沈时坐了下来，随意地问起："男神我理解，但是为什么会有男神仙？还有男妖精？"

两人靠近地坐着，汤贝又转过头看着沈时，提起那次洛杉矶夜晚她在露台看到他的情景，她用她剧本性的方式重现那时的画面，他独自一人站在露台看着洛杉矶夜景，身姿孤拔清俊，迷人得像男妖精。

沈时扯了扯唇，伸了下手。汤贝反应了下，主动环抱住沈时，将头靠在沈时胸膛。

沈时也想到了那晚，看了眼怀里的脑袋，开口问："那你知道那晚我见到你回来，觉得你像是什么吗？"

啊？那晚她也给他留下了什么特别的印象吗？汤贝抬眸，将目光紧紧地落在沈时的脸上，顺着他的下颌，从上往下……

"是什么呀？"等不到沈时主动说，她羞涩地问起。

当时他还在想是否回国这个问题，看到她敲门进来，一脸的笑吟吟，提了提带回来的烤鸭。他突然觉得有个人出现，即使她会打扰他的生活，闯入他的孤独领域，占用他并不想分享的时间和思想，也不是什么糟糕的事。

"像什么啊？"沈时越不说她越好奇。

沈时眼里闪过一丝笑意，回答说："像个送外卖的。"

汤贝：……

面上的表情微微凝固，随后自己给自己添加了一番理解说："就像送外卖那么温暖，那么可爱，那么亲切吗？"

不是，是那么——不及时。

不及时，可是又恰到好处地出现，让他必须替她开门，还要感谢她的到来。

所以，她就是一个送外卖的啊。汤贝万万也没想到她在沈时心里居然是个送外卖的，枉她将他当作男神男神仙对待。

结果呢，一点儿都不公平……汤贝难免有些腹诽，也就忘了礼物这事。

其实也不算什么礼物，就是一个沈时的特别剪辑版，类似MV的效果，前两天她在MDT办公室剪辑，不小心将背景音乐放出来，黄医生还以为她在看医疗剧……

因为背景音乐是《心术》。

不知不觉五月快到了，樊树要出院了。

汤贝陪樊树来找沈时，一块来到MDT办公室。樊树后面就去A市参加《中国优声》，出院之前过来同沈医生道谢一番。

只是，沈时不在办公室，办公室也没有其他医生。她转过身对樊树说："那就以后吧。"

樊树跟在后面，点了下头，反正以后机会还很多，顿了下说："说不准后面我就要过来参加你们的婚礼了。"

汤贝："……"

樊树扬着笑，反复咧了咧嘴，对她说："我已经知道了，你和沈医生在一起了……沈医生真的很优秀，我以男生眼光来看，也很喜欢他。小贝，我替你高兴！"

汤贝轻轻地应了一声，樊树说得好像她和沈时马上就要结婚了似的。

外头丁医生回来了，樊树离开的时候，嘱咐一句："去比赛没问题，但是也要注意休息……不要再进来。"

"嗯！"樊树重重地点着头，一脸的保证。

汤贝突然伸手，拉住了樊树的手臂，在他手心比画一个简单的符号。这是一个幸运符，小时候每次她和樊树考试都会在手心画一个，季柏文说她和樊树属于典型的学渣心理，可是她觉得不管是心理安慰，还是一种友情的祝福，她想给樊树留个好运。

樊树收拢手心，然后朝她挥了挥手，走了，留给她一个朝气蓬勃的背影。

待樊树离开，汤贝一个人坐在沈时的办公桌前，擦了擦眼角溢出来的眼泪，注意到丁医生投来的视线，她问丁医生说："丁医生，樊树这个情况真的会复发吗？"

丁医生坐在办公桌前，过了会儿回答她："基本会。"

"那大概多久呢？"

"每个人情况不一样。"丁昇抬了抬眼，说了一个大概情况，"中位数七八年这样。"

汤贝默默地撇过脸，其实她自己也查过资料，可是如果樊树不动手术，他的肿瘤会压迫视觉神经，很快就会失明。但是现在，他至少还有时间去做想做的事情，去唱歌去比赛……

没有那么大的幸运，但也没有那么大的遗憾。

下午，她到沈时租的公寓休息，躺在客厅牛皮软沙发上觉得自己最近心态有些不对。

原本她很喜欢她戏剧学院的公寓，只是这些天她每天来沈时这个大开间的客厅赶作业，享受这一大片落地窗，这明净舒适的环境，都有点嫌弃她住着的小公寓了。

傍晚沈时回来，汤贝窝在沙发上敲打电脑，双腿交叠随意地搁在扶手上，听到沈时回来的声音，连忙将腿放好。等沈时进来，她端坐在沙发上，浏览朋友圈。

沈时进来，一边脱下外套，一边随口问她："在看什么？"

呃，在看什么……汤贝低头看了眼手机，她一个高中男同学在朋友圈晒了两本结婚证。

"我有个同学居然在毕业之前结婚了。"她像是分享着好玩的事，抬头说给了沈时听。

"是吗。"沈时走了过来。

这段时间沈时很忙，手术很多，沈时在沙发上坐下后，她贴心地给男朋友喂了一颗圣女果，然后自己拿了一颗，放到了嘴里。

突然，沈时看向她……

谈恋爱是不是动不动就接吻啊。

她和沈时又吃起了双方的"口水"，在她吃下第二个圣女果的时候，沈时吻了上来。慢慢地，她抱住沈时，坐在了他怀里。

这个姿势很大胆，可是真的接吻的时候，丝毫不会觉得别扭或尴尬，因为真的很方便。只是吻着吻着，她敏感地感受到了股间的一处坚硬，正嚣张地挤在中间。

她和沈时……好像在玩火……

按照小说或电视剧，基本这样的情况，男主角都会推开女主角，然后去冲冷水澡冷静一番，留下一群暴躁不已的观众或读者，骂爹骂娘。然而，沈时不仅没有推开她，也没有想去冲冷水澡的意思。他继续拢着她的后背，吻着她，还从嘴巴吻到了脖子。

真要命噢……汤贝微微闭上眼眸，不可控制地更加投入，嘴角差点发出了羞涩的嗯嗯声。

她紧张又情动，都快不知道自己是谁，人在哪儿……就在这时，她耳边响起沈时低缓而充满磁性的商量："贝贝，等你毕业了，我们也结婚吧。"

她浑然不觉，一道轻轻的"嗯"从她口齿顺溜地溢出来……

"是同意了吗？"沈时突然收回，眸光含笑，低着头问她。

同意？同意什么了！

汤贝猛地反应过来刚刚沈时好像说了等她毕业就结婚？！然后她就嗯了一声……

不是啊！她那个嗯，不是答应结婚，只是身体情动时自然反应的嗯，是不由自主情不自禁发出的嗯！不是同意的嗯，是……呻吟的嗯啊！

汤贝憋着脸，慢慢没了气，第一次有了骑虎难下的为难。

猝不及防被求婚……

感觉就像前一秒还坐在摇摇曳曳的小船上，突然一个浪打，她直接从小船上掉了下来。待沈时将她捞上来，才反应过来刚刚发生了什么。

"沈时，你是在跟我开玩笑的对吗？"她小声发问。接吻气氛没了，她继续坐在沈时腿上就有些不合适了，她试着下来，不料被沈时稳稳地扶住。

"别动。"这格外压抑的"别动"，有些撩人。

汤贝却十分惴惴不安。

"我还以为是你在暗示我要跟你求婚。"沈时说，目光坦率，神色有少许的遗憾。

遗憾他误会了她话里的意思吗？不过，她之前说了什么？汤贝想了想，难道是她同学毕业就结婚这个事吗？她只是单纯跟他扯话题聊天……

“嘿！”汤贝咧了咧嘴。原来一切都是误会，心里不免松了一口气。正要对沈时好好解释，触碰到沈时抬起的眼眸，又有些卡住了。

沈时眼底一闪而过的遗憾，就算有意掩饰，依旧明明白白地落在她心上。

汤贝自责了，觉得她又变成了一个渣贝贝。两人都交往那么久了，她不仅没有给沈时争取到名分，刚刚的反应更像是在玩弄他的感情。

一切不以结婚为目的的恋爱都是耍流氓……她不只是渣贝贝，还是一个流氓贝。

“贝贝……”沈时突然念了下她的名字，说，“我是认真的。”这个认真，是他对她的恋爱态度。

汤贝抬着脸，默了会儿：“……我也是认真的。”

沈时点了下头，表示他信她，顿了下，将话说得更明确：“以结婚为目的的那种。”

“……我也是。”她回话的声音，轻轻的，缓缓的，但口吻还是笃定的那种。

“嗯。”沈时露出了愉快的笑意，似乎对她的回答很满意。

汤贝舔了下唇，笑了笑。

“当然毕业结婚是太快了。”沈时扶着她，拿着她的左手握了握，修长干净的手指微微收拢，将她裹在了掌心里。

她心口又莫名地一紧，转移结婚话题说：“沈哥哥，我有些饿了，我们去吃东西吧。”

“好。”沈时答应。

沈时从来不会让她局促或为难，对于她不想深入谈及的话题，从来都是见好就收，云淡风轻，只让她享受恋爱的甜蜜。大概是看到了她面上的不自然，准备出门的时候，沈时对她说了一句：“就算我急着想跟你一起住，结婚这事也要征求你家人的同意才行。”

对，没错呢。汤贝站在客厅中间，将手放在了口袋里，将头低了下去。事实上，她家人还不知道她和他恋爱了呢。

恋爱是一件浪费时间又觉得时间短暂的事，出门吃个饭再看完一场电影，已经快要夜里十二点了。从电影厅出来，商场的大门已经关了，需要从特别通道出来。这个时间点一起看电影的基本都是情侣，一对儿又一对儿地挤在电梯里。手牵手，搂腰，或揽肩。

汤贝站在电梯最里面，扣上了沈时的手。

地下停车场，她想到沈时还要送她回去，等他再回来都要凌晨一点了，就算沈时明天不用上早班，可是真的太影响休息了。所以，她直接说："沈哥哥，我晚上就在你的公寓借宿一晚吧。"

沈时转过头，顿了顿："好啊。"

汤贝撇了下头。

夜里汤贝躺在沈时公寓的客卧房间，陷入了莫名其妙的思绪里，不知道是不是心虚作怪，她总觉得今天沈时好像有些不开心。虽然，看起来跟平时约会也没什么区别。

可是，她总觉得他好像不太……热情，尤其对她提出今晚在他这里借宿一晚的事。居然还把她安排到了客卧！

其实，如果沈时直接邀请她一起睡主卧，她也不会拒绝他啊，他和她都亲了抱了，还摸了她的小馒头……不知道自己胡思乱想些什么，汤贝猛地拍了下自己的脑袋，她属泰迪的吗！

汤贝从床上坐了起来。

她又想到了沈时跟她提出结婚的事，他好像说了希望她毕业就住过来这样的话……难道沈时是觉得只有结婚才能住在一起吗？

对比了自己的观念，汤贝有些羞愧。

她觉得同居是同居，结婚是结婚，两者没有必然的联系。可能她身边很多同学朋友都跟男朋友同居了，但都没有结婚。汤贝找了一位夜猫子朋友，敲着手机问："奇奇，你和你男朋友有结婚的打算吗？"

“贝贝，你干什么问这个啊？”奇奇回她。

汤贝继续输入：“我就是在想，你不是跟你男朋友都同居了吗？”

奇奇丢了一个搞笑的表情过来：“同居就要结婚吗？”

汤贝正要回复，奇奇又来一句：“傻子才结婚，结婚就被套牢了，现在只恋爱同居才是真正的享受，不需要承受结婚压力，还可以——”

还可以什么？

汤贝发了一排问号过去。

“只享受二人世界啊。”奇奇回她。

这里的二人世界，只是一个委婉含蓄的表达，汤贝当然明白朋友说的是什么事，何况奇奇还给她发了一个在浪里划船的小表情。

汤贝默默地放下手机。

不知道是不是因为看电影的时候喝了一杯奶茶，汤贝怎么都睡不着。索性掀开被子起床，轻手轻脚地穿上拖鞋，打开了次卧的门。她看了眼主卧，发现主卧灯还亮着，上前两步，就在这时沈时也从里面打开了门——

“沈哥哥……”

沈时穿着男式睡衣站在她面前，同样也没有睡，一时间两边卧室的灯光相互笼着她和他，静静暖暖地交融在了一起。

“你也没睡啊？”汤贝把话说完。

沈时开口说：“渴了，倒杯水。”

“哦。”汤贝应了声，跟着说，“我也是。”

汤贝纠结了，真的纠结了，明明结婚这件事沈时只是随口一提，之所以提及还是因为误会了她话里的意思。可是她自己像是钻了牛角尖，怎么都出不来。

她原本觉得结婚很遥远，现在又觉得当一个已婚族也是一件很不错的事；同时，还可以向沈时证明她的心意，她真的喜欢他，是真的以结婚为目的跟他谈恋爱。

前面，她之所以忐忑犹豫紧张甚至畏缩，只是因为……季柏文。

对，就是她哥！

汤贝终于找到了一个很好的甩锅理由，一切的忐忑情绪都有了排解的着落点。

汤贝这两天思绪万千，沈时也有些感受出来，猜测是临近毕业但毕业论文还没有完成的缘故。是的，汤贝毕业作品完成了，但是她毕业论文还没有写好。每年导演系毕业是最惨的，不仅要上交毕业作品，还要论文答辩。不过毕业论文她前阵子已经基本赶出来了，题目是《电影亚文化景观下的精神救赎》，洋洋洒洒一万多字，挖掘社会人性，装了一回深度。

分析对比这几年的爱情电影，以前的爱情电影里，男女主角最终都为了结婚，现在结婚都不是男女谈恋爱的主要目的……

夜里，汤贝和沈时走在戏剧学院的操场，这个时间学院操场还很热闹，有很多夜跑的人。她穿着气垫球鞋蹬了两下腿，说："我以前还是短跑小能手呢。"

"是吗？"沈时应了声，双手继续插着口袋，看着这些年轻学生，也想起了自己久违的学生时代说，"我以前田径也还行，不过比起短跑，我更喜欢长跑。"

"沈哥哥……"汤贝突然认真地抬起头，目光直直地停留在他脸上。夜幕完全降临，操场上的夜灯围成一个圈，可是光线依旧有些幽暗，尤其对比不远处灯火通明的体育馆。

头顶是一轮明月，亮晃晃地挂在天际，照着人心。

还有沈时的眼睛……

夜风轻轻地吹着，汤贝声音也是轻轻的，可是每个字都咬得清清楚楚，她问沈时："沈哥哥，你那天说的毕业就结婚，是真的吗？"

沈时清俊地立在她跟前，开口："贝贝……"

他终于知道这几天她在琢磨什么了，没想到他随意的一句话让她有了压力。沈时正打算安抚一番，一句令他也应接不暇的话从贝贝的嘴里说出来。

"……其实如果不是我哥会拦着，我也想毕业就跟你结婚。"汤贝说，一脸的坚定。

沈时：……

蓦地，他唇边扯了一个轻轻的笑意。对，都是季柏文。“大概是我表现还不够好，柏文不放心吧。”沈时开口说，流露出一丝苦恼。

“不，不是的。”汤贝摇头，如果沈时还要这样说，她只会更自责。

“我哥有时候就是管得太多，其实心是好的，他只是一时接受不了我们在一起，觉得我们性格年龄不合适……其实是他自己根本不懂爱。”汤贝吐槽起季柏文，话就多了。

沈时还能说什么，当然是附和了。

只是……他和她怎么做才让季柏文接受呢？如果他没有猜错，柏文那边还在等着他和贝贝分手呢。

“不过，沈哥哥，我已经想到办法了。”汤贝终于说出今晚约沈时散步的主要目的。

这下，沈时真的讶异了，愿闻其详地看着她。

汤贝抬眸，终于说出来：

“等我毕业那天，我就搞一个庆祝我毕业的快乐派对，那天我请所有的同学朋友舒姐姐啊还有我哥他们都一起过来，然后当着所有人的面——你直接跟我求婚。

“然后，我立马答应你。”

沈时：“……”

既然她当着所有人面答应了沈哥哥的求婚，自然就要结婚啊！她哥想要阻止都不可能，毕竟不管现实里的求婚场景还是剧本里的，只有女主角不答应的，没有看官阻止的。

到时候她再安排朋友同学起哄，那样的气氛里，她哥还能说什么！他还能做什么！

总之这个办法，汤贝自认为非常不错，唯一藏着她一点儿不良的小心思，就是把所有的锅都甩给了沈时。毕竟要出场求婚的人是他……

汤贝小心地抬眸，望着沈时，期待他的回复。当然他如果拒绝，关于毕业就结婚这个事她更不需要自责了。毕竟她连求婚主意都出了，也算是够意思吧。

“贝贝……”沈时真的笑了，笑得和煦、惊喜，像是一抹春风轻轻地从她脸上擦过，顿了下，他将手握在了她的手臂上，开口说，“你可真聪明呢。”

聪明是指她把后面要做的都推给他吗？

然后她被沈时揽入了怀里，一声难以自制的笑意再次轻轻飘在她头顶，沈时抱着她说：“好，就按照你说的这样做。”

汤贝：……好像沈时没有发现她的小心思呢？

所以，真的等毕业就结婚了？汤贝暗暗地吸了一口气，感觉她和沈时要玩一发大的了！